京極夏彦
巷説百物語

目錄

洗豆妖

某山寺內小孩童
山澗小溪洗紅豆
同寺和尚與其宿有積怨
推之跌落山澗中
撞岩而死
自此，彼孩童之魂
不時現身洗紅豆
時而哭亦時而笑

繪本百物語・桃山人夜話／卷第五・第卅六

【壹】

越後國有一處名為枝折嶺的關所，道路難行。

那一帶生長著巨大椈樹，據聞是個人跡未踏的秘境、連在白天也非常陰暗。昔日被平清盛逐出都城的中納言藤原三郎房利在前往尾瀨途中，曾在這片椈林迷了路，進退失據之際，突然出現一位怪異的童子，沿途折斷樹枝引領一行人上山頂。此處因此得名「枝折嶺」。

比該關所更深之處——

在陣雨之後山嵐瀰漫的深山獸徑上，一個頭戴竹笠的僧侶心無旁鶩地疾步而行。

此僧法名圓海。圓海踏草彈枝，直往前走。

——快，得盡快——他得趕路。然而……

此時圓海驚駭地停下腳步。

一場突如其來的陣雨傾洩而下，一轉眼山間河谷已然大水滿溢。

原本清澈的小溪，這時已混入上游泥沙，化為一條濁流。

——這下子哪過得了河。

山道險峻。若要折返，便得在山中過夜。

事到如今已無法掉頭，只有渡河一途。渡過此河，到寺院的路程便所剩無幾——想必不需半日即可抵達。不走山路，沿街道過關所也需兩天，若要迂迴繞過關所則更得花上四天。反之，取此

捷徑只消一日便可抵達。原本圓海計劃若能在日落前渡河，應可在深夜到達寺院，為此他一路疾行。

這下他渾身突然感到一陣劇烈疲勞。

——真是失策。

這趟旅程原本並不趕時間，按理說應選擇平順好走的道路。至少如果沿著街道走，如今也不至於陷入這教人進退兩難的窘境。

這點圓海其實早有心理準備。今天清晨起天氣就有點怪，但他也未加理會，仍啟程往山中出發。沿途雖然是崎嶇難行的荒野小徑，但或許因為從小常走，對圓海來說，這一帶仍熟悉得宛如自家庭院。不料如今深諳路況已無任何幫助，只因他誤判了天候。

——那麼。

現在法子只剩一個。記得上游應該有一座老舊的獨木橋，在黃昏前便可抵達。取道該處遠比折返划算，若能順利渡橋——

——接下來就不成問題了。

圓海如此盤算著。

儘管舉步維艱，他仍拚命拖著沉重的步伐，沿河岸往上游前進。

溼透的法衣緊貼著整個身子，雨粒啪答啪答地打在他頭頂的竹笠上，不一會兒竹笠上的隙縫便開始滲水，讓圓海無法抬起頭來。

即使身穿輕便的旅裝，還是步步難行。

嘩啦——嘩啦——滂沱大雨傾盆而下，雨滴粒粒斗大。

所幸大風已止。道路雖熟，但如果風勢過於強勁，性命可能堪虞。

嘩啦——嘩啦——轟隆！

——什麼聲音？他突然聽到一聲奇怪的聲響。

勉強抬起頭來，看到眼前站著一名男子。

定睛一瞧，此名渾身溼透的男子一如圓海，身上也穿著僧服。

不過他穿的是未經墨染的純白衣服。此人脖子上掛著偈箱，頭纏修行者的白色綿布。看來此君可能是求道修練者或朝拜者，但也可能是乞丐小販之徒。

只聽到那名男子大喝：

「前頭已經沒路了！」

上游唯一一座小木橋似乎也已經腐朽，被水沖走了——男子又說道：

「不趕快找個地方躲雨，咱們恐怕得雙雙在此喪命。不過，下游河岸有一棟簡陋的小屋，或許能讓咱們撐到天亮——不，看這雨勢，恐怕連天亮都撐不過。總而言之，咱們只能跟老天爺或佛陀祈禱了。」

「一棟——小屋？」

這附近有山中小屋？

圓海完全不記得。

「一棟不知有誰住過的空屋。我正要上那兒去。」

「小屋……」經此人這一提。

印象中好像真有那麼一棟小屋。

「算了，就隨你這個和尚去吧。」

說完，男子從泥濘中躍身而起，往斜坡下跳，從圓海身邊走過，腳步穩健地朝下游走去。圓海轉頭看著這名男子的背影，然後抬起竹笠往那座橋不知還存不存在的方向望去。

他定睛凝視，但在濛濛霧氣中還是什麼也看不見。

降雨的黃昏，天色一片昏暗朦朧。

夜色正步步逼近。

雨勢絲毫沒有減弱的跡象。

嘩啦——嘩啦——轟隆！

——不行。

若果真如那名男子所述，橋已經被沖走，繼續往前走註定會喪命。或許真應該聽從他的建議，那麼動作就得快些。只是——下游真有一棟小屋？

——真有一棟小屋嗎？

圓海轉身往下游走去。那名男子已不見蹤影。

他的腳程還真快。不，大概是因為雨勢太大，不得不加快腳步吧。

路已難以辨識，視線完全模糊，腳步也愈走愈艱難。

照這麼下去，真能順利抵達那棟小屋嗎？

他只得在濁流的怒吼聲中繼續前進。

眼前只剩這條路可走，然而……

已聽不出哪個是猛烈的雨聲，哪個是湍急的河流聲了。

嘩啦——嘩啦——

就在這一剎那。

他踩到了苔蘚，腳底頓時打滑。

圓海身體往前傾，為了避免往前撲倒而往後仰，不料卻用力過度，猛然跌坐地上。

——這是哪裡？

這地方是？

竟然是一大片岩石。

難道這就是大家口中的——鬼的洗衣板？

曾聽人說過這個地方。

圓海渾身虛脫，無力地坐在地上。

這下——反正怎麼做都沒差別了。

在大雨的媒介之下，圓海感覺自己已經和山陵、大氣合為一體。

此時全世界彷彿都被吸入圓海的體內。嘩啦嘩啦的大雨聲，和圓海體內流動的血以一致的節拍合奏，如脈搏般間歇降下。

唰——唰——唰——唰——唰——唰——唰——

——這，這到底是哪裡？

南無妙法蓮華經。南無妙法蓮華經。

一切的一切——都從這裡開始。

為什麼會變成這樣？

唰。唰。唰。唰。

唰。唰。唰。

唰。唰。

唰。

圓海突然回過神來。

也不知道失神了多久。

越下越猛烈的雨水如瀑布般沿著竹笠直往下灌，將圓海與外界完全隔離。

——這可不行！

圓海在突然湧現心頭的恐懼驅策下站起身來，接著便宛如在尋找朦朧的往日回憶，開始沿著河岸往下游走去。儘管視野一片模糊，但腳步自會憑著直覺找出方向。他或走或滑，彷彿已經下定決心似的——朝那兒走去。

真有那棟小屋嗎？他早已拋開這個懷疑。在圓海的印象中的確有那麼一棟小屋。對置身從天而降的無數水滴之中、已經和山景融為一體的圓海而言，外界與內部已經沒有差異，他因此得以心無旁騖地直往前走。

就在前頭。

——就是那棟小屋。

前方果真有一棟小屋。

那棟搖搖欲墜的簡陋小屋就畏畏縮縮地矗立在兩座山之間。果然是棟臨時搭建的小屋，看來只能勉強遮風擋雨。

圓海毫不猶豫地衝到門口，伸手開門轉身鑽入屋內，接著又用力把門關上。

結果發現。

——這是怎麼回事？

他緩緩轉過頭來。

出乎意料的——竟然有眾多視線集中在他身上，讓他頓時不知所措了起來。

屋裡有十名左右的男女圍著火爐席地而坐。

坐在上座的是方才那位白衣男子。他望著圓海，露出了一個微笑。

「還是來啦——」男子說完再度笑了起來。

他已取下頭巾，露出溼透了的頭髮，髮梢還淌著水珠。他的髮髻還沒長到可以綁起來的長度，大概是剃髮後才長出來的吧。

「即便和尚你曾經歷過再多的修行，渾身溼淋淋的還是不免要受風寒。快把法衣裙擺擰一擰，來這兒坐下吧——」

男子滿臉笑容地向圓海招手，並環視在座的眾人。

其中數名似乎是附近農民，也有幾個小販。

牆邊則有個儀態高雅、膚白臉細的女人倚牆側坐著。

她身穿鮮艷的江戶紫和服與草色披肩，與這棟簡陋的小屋毫不匹配。看她這身打扮，應該不是個旅行者。

女人瞇著一對鳳眼微微一笑。

在她身旁蜷著身子的應該是個商人，年約五、六十歲，從其光鮮的打扮看來，應該是某知名

商號的老闆，或許也自江戶來。

白衣男子身旁端正地跪坐著一位身分不詳的年輕男子。雖是一身旅行者打扮，但從其優雅的舉止看來，應非農民或工匠百姓之流。當然，他也不是個武士。即使看到圓海，他也絲毫沒改變姿勢，依然悠哉地開開闔闔地把玩著箭筒的蓋子。

坐在最角落的則是一位衣衫襤褸的駝背老人。

他大概就是這棟小屋的屋主吧。也不知何故，圓海如此確信。

這老人年事頗高，身材既乾癟又瘦小。

圓海他——隨即別過臉去。

他不想多看這位老人一眼。只因為他覺得——

這個老人的表情教他完全無法猜透，想必言語也不通。若然，他應該是個外地人。

「——你就不用客氣了。」此時白衣男子用足以看透人的強烈視線盯著圓海，但語氣仍十分柔和。

圓海想回句話，但男子打斷他的話繼續說道：

「我告訴你，這間小屋曾為這位伍兵衛的親戚所有，因此請不必客氣。是吧？伍兵衛？」

男子朝老人問道。老人面無表情地點了點頭，以異常沙啞的聲音回答：「是的。」

——他不是這屋子的主人？

圓海並不相信這名男子的說法。他直覺這名叫伍兵衛的老人與這間小屋十分匹配，彷彿這棟小屋缺了他就不完整。這老人彷彿就是這棟屋子的油漆，和這棟屋子渾然一體。

此時從額頭滴下的水珠滲入眼眶，教圓海眨了眨眼睛。

白衣男子繼續說道：

「怎麼了？和尚，即使你渾身溼透，也不必見外吧。不必在乎這些傢伙。反正現在會在這種地方出現的人，都是些下等賤民。」

「喂，御行大爺——」那名年輕男子伸手說道：

「這位出家人可能不希望和我們這些賤民同席吧。或許他正在認真修行呢。我看就不必勉強他了。對不對？出家人？」

「沒，沒這回事——」轟隆！

——真傷腦筋。

叨擾了——圓海輕輕拋出這句話後，取下了竹笠。

「那就容在下叨擾了。」

話畢，圓海便朝泥巴地上跪坐下來。

但花了半個時辰，他的心情才平靜下來。

大雨直到半夜仍無止息的跡象。小屋內昏暗異常，只有地爐中的煤炭偶爾發出爆裂聲，震動著圓海的鼓膜。就那一點點炭火，根本不可能把溼透的衣服烤乾，因此溼答答的衣服至今仍緊緊貼在他身上。

這種不舒服的感覺真是無法言喻。

又坐了半個時辰，他才開始覺得習慣些。

在不知不覺間，圓海已經加入圍坐的一群人之中。

在這種漫漫長夜，何不來聊聊江戶非常流行的百物語打發時間？這建議似乎是那名自稱御行的男子所提出的。現場沒有異議。

的確，在這種氣氛裡，不來點閒聊雜談真的很沉悶——

【貳】

小女子我嘛，做的是隨波逐流、四處漂泊的生意。到處走動，就會聽到形形色色恐怖或奇怪的故事。

什麼？你問我做什麼生意？

看我這身打扮就知道，除了表演傀儡戲、當當巡迴藝妓，還能做些什麼？

有人管我們巡迴藝妓叫「山貓」。為什麼叫做「山貓」，因為牠們會變幻人形。這你應該知道吧？其實包括鼬、貉以及狐狸等野獸，都能幻化形體作弄人。山貓也是一樣。

你說我在胡扯？我幹嘛要胡扯？別說山貓，就連家貓也會作怪。要養貓打一開始就得先說清楚要養幾年，不然日後牠準會出來作怪。貓老了可是真的會作怪的。不是有種怪物叫「貓又」（註1）嗎？

小女子……昔日曾住江戶。當時學我的新內（註2）師父養了一隻花貓。當時那隻貓才剛出生不久，吱吱的叫聲聽來活像老鼠。我當時也覺得——這種動物哪可能變成妖怪？

大家也知道吧，有時人就是會一直在意這種事，所以，我便把貓放在掌上，叫牠要給我活個三年。不過這種事馬上就忘得一乾二淨了。後來有一天，牠卻突然不見了。我從走廊找到天花板，上天下地翻遍每個角落，也不知道牠是上天還是下地了，就是找不到牠的身影。而且——當時正好到了那個時候。

到那天，我養這隻貓剛好滿三年。

說妖怪鬼魅很可惡？嗯嗯，這我同意。當時我心裡有點發涼。所以呀，貓是真會變成妖怪的。

其實不用我多說，各位也知道吧？人死的時候不是說得把衣服反過來穿，並且在棉被上放掃帚或柄杓之類的東西，枕頭旁邊還得擺一把菜刀？這些就是用來趕貓妖的。把屏風倒過來放也是，以避免貓接近死人。你真的沒聽過？老兄。至少那邊那位和尚大人應該知道吧？嗯嗯。什麼？你這位和尚討厭貓？

嗯？什麼？為什麼不能讓貓接近屍體？老兄你大概會這樣問吧？那是因為貓會騷擾屍體。和尚大人，你說是不是？貓這種東西，我告訴你，牠的魂魄會出竅，鑽進死人的身子裡。俗話不是說，如果被貓魂附身，懶惰蟲也會認真工作？這可不是胡說的，甚至會爬起來走，還能跳舞呢——不過我當然是沒看過啦。嗯？什麼？不會吧？那邊那位御行大爺看過？真的嗎？

所以你看，老兄。御行大爺，屍體果真會爬起來對吧？腳伸出來？從棺材裡？還軟綿綿的？哎呀，聽得我背脊都發涼了，還真是嚇人哪——

哎呀，真傷腦筋，怎麼一開始就講這種妖魔鬼怪的噁心事。

好吧。接下來要講的是我實際看過的事。這件事可是千真萬確，絕不是我編來唬人的。

註1：日本傳說中的妖怪，兩眼如貓，大小如犬，尾分叉為兩股，會幻化形體為害人間。

註2：日本傀儡戲淨琉璃的一派。

算算大概是十年前的事了吧？

當時我還是個乳臭未乾的小姑娘，約十三歲左右吧。

我有個比我大兩歲的姊姊。

她名叫阿陸，是個美人胚子。

雖然我這個當妹妹的說這些，大家可能會不相信吧。

俗話說一白遮七醜，她的皮膚就白得徹底，就連她吃下去的東西從喉頭都能看到——我這樣講是有點誇張啦。什麼？你說我也是？哎呀，哪有這回事兒。我和姊姊哪有得比呀。她生得楚楚動人，近鄰都公認她是那一帶無人能比的美女。連我這個當妹妹的都以她為榮，也相信只要再過一些時日，我也能變得像姊姊那麼標緻，只是最後還是變成這種跑江湖的下三濫就是啦。

什麼？是啊，我的確很希望能變得像她一樣。

然後我這個姊姊呢，有天嫁人了。

嗯，記得當時正值盛夏。

男方是隔壁村子的大財主——好像是本陣（註3）的嗣子還是村長的長子什麼的——嗯，記得名字好像叫與左衛門吧。

論家世與社會地位都是無懈可擊，我家的長輩也都很高興能促成這門親事，只有我有點難過，也有點寂寞。哎呀，我可不是因為那種莫名其妙的理由難過的。姑娘長大都得嫁人嘛——雖然我沒把自己嫁出去就是了——不是啦，當時我雖然只是個小姑娘，也已經十三歲了，哪還會因為自己最喜歡的姊姊被人搶走而鬧彆扭呢？

是因為我不喜歡這個名叫與左衛門的男人啦。

沒錯。他是個令人討厭的男人。

他個子矮、脖子粗——眼神也難看。

這該怎麼說呢？該說他相貌卑俗還是不雅？總之，他這個人一點兒也不優雅。當然，像我這樣的鄉下姑娘，也不知道什麼才叫優雅，但我想與左衛門讓我討厭，就是因為他長得實在太俗氣了。

唉，如今仔細回想起來，那男人也許原本也沒這麼差勁吧。至少他還算個性純樸、循規蹈矩，咱們女人家與其嫁個油腔滑調的美男子，還不如選擇這種單純的人。

但當時我就是很討厭他。

當我被告知日後得管他叫姊夫，我就氣得連吭都不吭一聲。想來我當時還真是沒禮貌呀。

因此，婚期愈近，我也愈討厭他。

連爹娘也沒多說幾句話，只是默默地看著姊姊。不出幾天，這麼標緻的姊姊就要離開我們身邊，想到這兒心就一陣痛。什麼？噢，她也沒嫁到多遠啦，雖然夫家離我們家還不到一里，也算不上什麼生離死別，不過畢竟一個女兒嫁做人婦就不一樣啦。

嫁出去的女兒不就等於潑出去的水？

嫁給一個富農當老婆，想必會很累人吧？原本美麗的肌膚會失去光彩，原本纖細的手指關節也會變粗——這也是理所當然嘛。任誰年紀大了都會變這副德行。

只是——怎麼說呢，總覺得原本光彩耀人、在年輕姑娘身上才看得到的晶瑩剔透，一嫁人就會越來越暗淡了。

註3：江戶時代諸侯或高官出巡時投宿的高級旅館。

所以，婚禮日期決定之後，我就成天黏著姊姊，說什麼也不肯離開她。當然啦——其實從小我就像隻跟屁蟲，老是跟著姊姊不放。

我這樣可能讓姊姊很困擾啦。但我姊姊也從沒露出過一絲嫌惡，真是個溫柔的姑娘啊。

那是婚禮前一天的事。

我們倆一同上山。

我姊姊一向愛花，從小就常到山上摘花。那天她說，上山採花吧，今天是最後一次了——哎呀——這句話是姊姊講的，還是我講的，好像有點忘了。

那是個風和日麗的日子。

夏天的花朵真是爭奇鬥艷呀。

和春天的花相比，我更喜歡夏天開的花。

草木青青，每棵樹上的葉子都在迎風搖曳。

真是個舒服的好日子。

那地方雖說是一座山，但地勢並不如這座山險惡。

那座從村外十字路口轉個彎就能走到的小山，就連小孩爬起來都不費吹灰之力。一爬上山頂，一望無際的風景頓時出現在眼前，連遠方的高山都是清晰可見。而且沿途風景也很賞心悅目，不過我並沒有看風景就是啦。因為緊跟在姊姊背後，我只看到她潔白的頸子上隱隱浮現的汗珠，以及沾著汗水的鬢毛。一直到姊姊說她累了想休息一下為止，我都一直看著她。

到山頂的途中有個類似平野的地方。我們就在那兒休息，姊姊坐在一座巨石上，眺望山上的樹林。我在她下方隨便找塊地方坐了下來，透過樹梢，望著飄浮在宛如遍撒藍玉般的藍天上的雪白雲朵。

我連當時雲朵的形狀都還記得。現在只要閉上眼睛，不要說形狀，就連那雲朵移動的速度都還歷歷在目。如今回想起來，即便我已經活到這個年紀，還不曾看過那麼蔚藍的天空。

緩緩地。

那些雲朵朝西方飄去。

但我突然抬起頭來。

心裡有一股不祥的預感。

然後——只見姊姊就像這樣，整個人變得硬梆梆的。

她動也不動的，看起來就像一座地藏菩薩的石像。

我沿著動也不動的姊姊恍惚的視線瞄去。結果——

各位猜怎麼來著？

我看到了一隻貓。

那是一匹山貓，一匹體型很大、有點像老虎的山貓。牠站在山茶花樹蔭下盯著姊姊，眼珠子像金剛石般閃閃發光。

我當場了解，就是牠讓姊姊變得動彈不得的。

她變得像隻被蛇盯上的青蛙。

這下子連我也害怕了起來——噢，不，也不完全是害怕啦。

只是整個腦子變得一片空白。我想，就是貓的魔力讓我們動彈不得的吧。

而山貓背後草叢上方的天空，就這樣——

出現了晚霞。

所以我們倆僵在那裡似乎很久了。

這時傳來一陣鳶還是什麼的啼聲。

這下我才猛然回過神來，定睛一看，發現貓已經不見了。我們甚至懷疑自己是不是根本沒看到這隻貓什麼的。只是時間真的過了好久。

接著姊姊便倒地不起。

後來怎樣我也記不太清楚了。畢竟都已經過了好久啦。不過呀——當時我總覺得，姊姊的魂魄好像有一半被那隻貓給吸走了。

那天婚禮辦得非常熱鬧。

附近一帶的張三李四、甚至只是經過的過路人，都被請進來喝喜酒。

大家不是演唱歌謠就是大跳其舞。簡直就是一場歡樂慶典。

原本肌膚就很白皙的姊姊，抹上白粉後更是迷人，還穿著一身白無垢（註4）。當時我真的覺得打從我出娘胎，還不曾看過這麼漂亮的人，讓我覺得自己簡直就是在作夢，特別是她頷首欠身的嬌羞模樣，看來更是楚楚動人。

但是。

嗯。

我才一下子沒看她喲。

突然間——

姊姊竟然像一陣煙霧般煙消雲散了。

一開始沒有任何人發現。然而，失蹤者不是別人，正是坐在金屏風正中央的新娘，婚禮的女主角竟然憑空消失。真是不可思議呀。

就連坐在新娘旁邊的新郎官也沒有注意到。也許這不能怪他，因為當時新郎與左衛門彷彿背後塞了一塊砧板似的正襟危坐著，兩眼直視前方，緊張得連新娘的臉都不敢看一眼。但即使如此，現場那麼多人，竟然沒一個注意到這件事，未免也太奇怪了吧。

婚宴頓時一片大亂。

原本把酒高歡的眾人彷彿被潑了一盆冷水，大家的醉意頓時消退。

就像我稍早提到找那隻貓的情形，大家開始找人，翻遍每個角落，連榻榻米都掀起來，屋頂裡頭也沒放棄，全村的人都開始找了起來。

不會吧？竟然找不到！可是，也沒看到她走出這棟屋子啊。

於是，眾人接下來開始搜山。事情像雪球越滾越大，原本喜氣洋洋的婚宴，不料竟演變成一場大騷動。

哎。

竟然到半夜都還找不著。

隔天過午之後，姊姊才被人找到。

姊姊是跑哪裡去了？嗯，原來就是那裡呀。前面提到的。

就是那座小山呀，山腰的小平野的——那座石頭上。

註4：上下一身白的禮服，除了當成新娘禮服外，神官、僧侶亦有穿著。

據說姊姊當時就靜靜地坐在先前和山貓相視的地方。一接到消息，我爹和與左衛門立刻帶著一群人衝上山，但姊姊已經血氣盡失，臉色一片慘白。當然，當時她身上還穿著新娘的衣裳。

據說姊姊當時神情一片呆滯。

妳跑哪裡去了？做了什麼事情？什麼時候溜出來的？不管大家問她什麼，她都答不出來。接著眾人要她回去，繼續把婚事辦完，她卻直搖頭大喊——不要！我要留在這裡！我要留在這裡！見她不聽勸，村裡的壯丁只得強將她扛下山。當時我們一家人在與左衛門家等候，而姊姊就像是被山賊綁架般一路拚命掙扎，回到婚禮現場時，已經被嚇得不成人形了。

什麼？接下來怎麼了？喔，然後呢，那天傍晚姊姊又消失了。結果，又是在那座山上的巨石上被找著的。

什麼？你問為什麼會這樣？

老兄，如果我知道答案，還會被搞得那麼累嗎？

我爸爸和新郎都問了很多問題。

妳跑到這種地方做什麼？到底妳心裡在打什麼鬼主意？但任大家再怎麼拚命質問，她仍舊緊閉雙唇發呆，一副什麼話都沒聽進耳裡的表情。

一般而言，碰到如此失禮的情況，男方一定會要求解除婚約。然而，或許是與左衛門宅心仁厚，他認為像阿陸這麼好的姑娘，是不可能做出這種傻事的，一定是生了什麼怪病——他甚至從鄰村請來個醫生替姊姊診脈。

什麼？醫生哪診斷得出她有什麼毛病？你說的一點也沒錯。管他是宮廷御醫還是再世華佗，都不可能診斷得出來。哪有人聽說過這種偷偷溜出婚禮跑到山上的病？

結果情況就這麼僵著，與左衛門也只得放棄求醫，轉而請靈修者來為姊姊加持祈禱。但南無阿彌陀佛再怎麼唸，情況仍沒絲毫起色。想必大家原本以為姊姊是被狐狸精附體了吧，不料請出神佛幫忙，還是沒用。

唉呀，竟然當著這位和尚面前這麼說，真是太失禮了。

和尚和靈修者應該不太一樣吧？

反正忙了半天，姊姊還是動也不動。

與左衛門就這樣繼續忙了三、四天，到了第十天左右，終於連他也受不了了。

什麼？你問我的反應？嗯，畢竟碰到這種怪事的是我最喜歡的姊姊，所以我當然用飛的也想趕往山上關心關心呀。不過家人不准我出門，也只好死心了。什麼？你看不出我有這麼聽話？

啊哈哈，沒錯，被你說中啦。

事實上，我半夜還是偷偷溜去看姊姊。結果在月光之下，看到姊姊還是像婚禮那天一樣，呆呆地坐在岩石上頭。依然穿著一身白無垢，而且一直沒吃沒喝的，身體已經瘦了一大圈，彷彿連肌膚都變透明了。看到她那副可憐相，我不禁悲從中來，頓時潸然淚下。

於是我向她問道：

姊姊、姊姊呀，至少告訴阿銀妳出了什麼事吧——

這下姊姊笑了笑，並如此說道：

——我有了意中人。

——也已經和對方私定終生了。

這番話讓我嚇了一大跳！怎麼會有這種事？想不到姊姊早已經有心上人！但是人家來提親的

時候，她連吭都沒吭一聲呀。當時就只有我反對這門親事，只是我表面上也沒有表示任何意見。當時我之所以沒吭一聲，也是因為姊姊看來是那麼高興的緣故呀。

這——就讓我很困擾了，猶豫一陣子，我還是把這件事告訴了爹。我當時的想法很簡單，就只想讓姊姊恢復正常。

這下子連我爹娘都被搞得狼狽不堪，到最後只好硬著頭皮向與左衛門道歉，並送上銀兩陪罪，拚命告訴對方看來咱們家這個長女已經瘋了，自己已顏面盡失，還請與左衛門多多包涵等等。但姊姊另有男人一事，當然沒辦法啟口。

倒是，與左衛門堅持不肯收錢，還相信姊姊的病總有一天會痊癒，表示要繼續等下去。然而，尋常的農夫百姓碰到這種事或許無話可說，但與左衛門畢竟是大戶人家公子，家中父母可不容許他這樣耗下去。有一次我躲在牆角偷偷看到，他的父母氣呼呼地怒斥姊姊讓他們家顏面盡失呢。

總而言之，我爹娘只能一再道歉。

但對姊姊這個原本很惹人憐愛的女兒還是十分不捨。

紛紛擾擾好一陣子，這門親事終究還是告吹。

然後呢？哎？如果是一般情況，故事應該是就此結束吧。

也許，姊姊經過千辛萬苦，最後能和中意的郎君長相廝守。這種愛情故事說來也並不罕見，不是嗎？

只是——姊姊終究無法與這個男人共結連理。

因為，根本就沒這個男人。

你們聽不懂嗎？啊，也難怪你們不懂。

簡單講，我們在村裡找來找去，都沒找到姊姊這個對象。甚至連附近幾個村莊也都沒有聽說過有哪個人是姊姊的男人。可是……

可是，姊姊依然是動也不動地坐在那座巨石上。

她是不是瘋了？我想應該是吧！

即使連哄帶騙，好話說盡，她仍然無動於衷。硬是把她帶回家，她也一再偷偷跑回去。到最後連我爹娘都死心了，只好上山為她蓋了一棟茅屋，讓她至少有地方擋風遮雨。除此之外，每天早晚都還為她送飯。

是啊，就是這樣。

為人父母的就是這麼傻。

我姊姊後來怎麼了？她啊，從此就關在那棟小屋裡，寸步不離。但是——

過了有一個月吧，一個奇怪的消息傳了開來。

大家說有個來路不明的男子去找我姊姊。

甚至還有人每晚都聽到吟唱詩歌的美妙聲音。

這個唱歌的男子，應該就是姊姊的男人吧。

不，也有人說那是姊姊自己以男人般的聲音唱的。

也有人說曾看過姊姊赤身裸體地在月光下歌唱。

甚至有人宣稱，姊姊的男人——

是一隻山貓。

聽到這個傳言，我這才突然想起那件事。

怪不得姊姊當時整個人被那隻山貓給迷住。只不過，我並沒有把這件事告訴任何人。

但即使如此，這些謠言還是滿天飛。

大家都說山上有隻山貓在作怪。

結果，害怕鬼魅的村民從此沒一個敢再走近那裡。

就連我爹娘也死了心。我也聽他們說過反正送上去的飯菜，姊姊到後來也都不吃了，像這樣被妖魔鬼怪附身，兩老也只能當作這個女兒已經死了。

但我可不死心。

所以——我又跑上山偷偷瞧瞧。

可是，根本沒看到任何男人的影子。

沒錯，一如謠言所述，這全都是姊姊一個人在作戲。

她輪流以男聲與女聲對話問答，而且講的已經不是人話了。講著講著，還會激烈地扭動身體唱起歌來呢。

唉，她果然——

瘋了。

過了幾天，姊姊就死了。是活活餓死的。

這也是理所當然的嘛。她死時只剩一身皮包骨了。可是……

她的遺體四周散落著許多山貓毛。

唉，真的很多——多到嚇人。

【參】

藝妓阿銀的故事講完了。

性喜解謎的百介聽得十分入神。百介是個以收集諸國神怪故事為樂的怪人。世間充斥各種鄉野奇譚，不可思議的傳奇多不勝數。有志成為作家的百介四處收集這類故事，期盼有朝一日能將這類百物語編纂成冊。

所以，在這棟小屋裡遇到這群人，教百介頗為慶幸。特別是那個做修行僧打扮的男子一提議大家講鬼怪故事渡過漫漫長夜，百介就不由自主地暗自叫好。原本還為被風雨絆了行程大嘆倒楣，最後反而得感謝這個惡劣天候呢。

農民們也講述了有人過世的家裡飛出閃閃發光的東西，或者某人因被昆蟲告知而來得及趕回家看爹娘最後一面等等。雖然題材了無新意，但他們樸實的敘述口吻聽來還是頗為精彩。

至於幾位商人所講的故事，也都屬於熟悉的類型。雖然話語流暢，但還沒講完就猜得出結局，算來並不駭人。

講怪談不能只靠技巧。

只有阿銀的演出較值得稱許。

這位女子身分不明。但從打扮與行頭看來，她應該是個一面吟唱義太夫一面操弄傀儡的巡迴藝妓沒錯。至於她準備前往何處，腦袋裡在打些什麼主意，百介完全猜不透。

只是她的故事雖然算不上駭人，卻很有趣。

首先，就連百介都沒聽過山貓也會成精。就百介所知，貓的迷信或傳說，大多與天候有關。比如若看到貓在洗臉，就代表天氣會晴或陰，這類諺語般的傳說百介也是耳熟能詳，也有一些認為貓和生孩子有關的迷信。許多地方也流傳著貓怪或貓又的血腥怪談，只是這類傳說多半和復仇有關，內容大多與「鍋島貓騷動」（註5）大同小異。

這類傳說大都找得到源頭。比如許多都是在江戶大受歡迎的民間故事與戲劇劇本，在流傳到鄉野後演變成地方上的鄉土奇譚。喜好怪譚的百介遍覽這類書籍，戲也大多觀賞過，因此只需聽個幾分，大概就能猜出箇中情節。

如果聽到的只是隨便改一些老故事裡的地名與人名，這種換湯不換藥的故事會讓百介覺得很掃興。

但阿銀講的故事好像沒這個嫌疑。

百介從頭到尾記錄下了阿銀所講的故事。

——等等！

請問這故事發生在哪裡？

剛剛阿銀並沒有講明這件事發生在什麼地方。如果真要把這故事寫進書裡，沒有地名是不行的。除此之外，基於這冊書的性質，百介也希望能排除掉捏造的故事。

那麼——我得先請教阿銀的生處。

「阿銀小姐——這麼稱呼妳對嗎？」百介正要開口時，最晚進門、坐在門口旁的和尚突然以嘶啞的嗓音問道：

「請問女施主——妳是哪裡出身？妳的故鄉是——」

也想請問這故事發生在哪裡？——那和尚向阿銀問道。

沒想到自己的問題被搶去問了，百介只好乖乖閉嘴。

一眼望去——只覺得那和尚表情相當詭異。當然，可能是因為淋雨疲累，但明顯感覺得出這和尚頗為焦慮。

「請問，這故事是發生在……」

阿銀稍稍歪著頭回答：

「我的老家是攝津（註6），這故事當然就發生在那裡，並不是發生在這一帶，請各位不用擔心。」阿銀以開朗中帶點嬌柔的嗓音說道。

但那名和尚聽了這番解釋後還是緊張依舊，只是一臉驚訝地看著阿銀，並再度問道——這故事是虛是實？

「哎呀，不會吧。沒想到這位和尚生得魁梧卻如此膽小。各位，這座山裡應該沒有山貓吧？」

阿銀說完，一群人同時發出一陣略帶嘆息的微微笑聲。

野狗是有，但山貓倒是沒有——農民補充道。沒錯。這附近要是有隻「山貓」，那就是我阿銀這隻「巡迴山貓」囉——阿銀若無其事地說道。但和尚還是兩眼圓睜，一臉鑽牛角尖的表情。

註5：佐賀藩二代藩主鍋島光茂的故事。自認是圍棋好手的光茂與臣下龍造寺又一郎下棋，因棋局發生口角，又一郎因此為光茂所殺。又一郎之母得知，憤然詛咒鍋島家後取出懷中小刀自殺，讓自己的愛貓飲其血，託愛貓代為報仇。貓將光茂的愛妾阿豐咬死後化身為阿豐。此後，城內時常發生異狀，而鍋島光茂亦身患重病。

註6：古地名。相當於今日大阪府西部與兵庫縣東南一帶。

——這和尚是被什麼給嚇著了？

不會吧，難道聽了這樣的故事就開始怕起山貓來啦？這下百介也好奇了起來。他看來應該是這座山另一頭那叫什麼寺裡頭的和尚，難道和尚會怕貓嗎？

這時百介突然發現那名御行也緊盯著和尚瞧。

——這惡徒不可不防。

雖然客客氣氣、應對有方，而且饒富吸引人的魅力，但實在摸不清這位御行——記得他名叫又市——心裡到底在想些什麼。百介認為說明白點，這傢伙並不可靠。此時那位和尚——他法名圓海——再度向阿銀問道：

「女施主的姊姊，真的叫——阿陸嗎？」

阿銀笑著回答：

「當然是真的啊。不過，這已經是過去的事了。倒是，阿陸這名字為何教你這麼緊張？」

「這個嘛……」阿銀單刀直入的問題讓圓海有點困惑，只見他表情曖昧地支支吾吾起來。

只見這名和尚以手指擦拭額頭。他額頭上的不是雨水，而是汗珠。

這裡並不熱。也不知道他是在流汗還是在冒冷汗。

這和尚焦躁的舉動讓百介心生好奇。

「怎麼啦？和尚你幹嘛這麼緊張？難道我的話有哪裡不對勁嗎？還有，你一直盯著人家瞧，難道我臉上沾著什麼東西？」被這樣一說，原本直盯著阿銀的圓海慌張地低下頭來。這名和尚相貌平凡，舉止也是陰陰森森的。

另一方面，阿銀個性豪邁，談吐舉止像個男人，但嗓音還是頗嬌柔嫵媚。她長得一張瓜子臉、是個眉眼生得十分標緻的美人胚子，如果舉止動作能像一般姑娘那麼溫柔，一定是個好女人。只不過，她似乎不了解這個道理。

哎呀，雨勢變小啦——一個走到窗邊的商人說道。

御行聞言抬起頭來回道：

「啊，真的變小了。不過，現在才剛入夜。雨應該還不會停，大家還是在此過夜方為上策。如果冒險上路——嗯？」

叩、叩。

一陣細微的聲音不知從何處傳來。

圓海臉色畏怯地移動起來。

御行推開商人，探頭往外瞧。

「這位御行，怎麼啦？」一個看起來像商人的中年男子問道。

御行歪著腦袋仔細傾聽，嘀嘀咕咕地表示好像聽到了什麼聲音，接著又把腦袋歪往另一頭，困惑地說道：

「好像有人在磨米——」

「磨米？不會吧，應該是在去殼吧——不對，好像有人在洗紅豆什麼的。」

「紅豆——」圓海聞言惶恐地喊道。

「嗯，聽來的確像這種聲音。」於是，商人也把手放在耳邊傾聽。

百介也聽到了。

當然，這可能只是一種誤以為自己聽到了什麼的錯覺。

但百介很清楚地表示——沒錯，真的聽到了。
最後，就連農夫與挑夫都說，沒錯，聽來像是在磨紅豆去皮。但百介只覺得很可笑。
他若是沒有表示自己聽到了這個聲音，不知道有幾個人會認為自己也聽到了？儘管雨勢已經變小，但這場雨還沒停。而且周遭還有溪流的轟隆作響，以及山上特有的回音，怎麼可能聽得到磨紅豆的聲音？
百介心想，即便大家認為自己真的聽到了，恐怕也只是和百介一樣，誤以為自己聽到了什麼而已。像這樣同聲附和，該怎麼說呢，也實在是太可笑了。至於那名御行，也不知道他清不清楚這個道理，突然高興地說：
「這是怎麼回事？在如此深山，如此時刻，哪有人會傻到冒雨磨紅豆？要說聽錯了嘛，大家也都聽到了。這位和尚，你也聽到了吧？」
圓海並沒有回答。
「哎呀，嚇死人啦。那聲音不就是那個洗磨紅豆的老太婆——」
阿銀說道。
御行聞言大罵：
「磨紅豆的老太婆？如此深山，哪可能有什麼老太婆？況且又還沒過年，洗紅豆要做什麼？倒是妳這個女人吹噓自己是攝津人，其實是這座山裡的臭鼬精吧？」
「你這臭癟三！胡說八道什麼——」阿銀反罵回去。
「她口中那個磨紅豆的老太婆是個妖怪啦。這深山裡哪可能有人洗紅豆？明兒個大家可得小心，千萬別掉進河裡。」

「你這話是什麼意思？」

御行悻悻然地問道。百介則回答：

「這位御行，磨豆妖還是洗豆妖都是在河川或橋底發出磨穀物聲的無形妖怪，據說聽到這種聲音的人都很容易落水。」

御行聞言嗤鼻笑道：

「呵呵。這位先生，你不是說自己曾寫過，還是正在寫什麼書嗎？這不過是迷信啊。如果你是像我們這種無學的行乞者也就算了，但你學識淵博，怎會講出這麼荒謬的話？這下大家都相信你的胡謅了。」

「誰說我荒謬？其實，洗豆妖這件事──那不過是鄉下人的迷信吧──」

御行打斷百介的話說道：

「我告訴你吧，所謂洗豆妖，根本就是茶柱蟲。這種蟲喜歡停在紙門窗上，沙啦沙啦作響，有人就說那很像洗紅豆的聲音。而且，什麼洗豆爺爺還是煮飯婆婆的，哪有人傻到跑進如此深山來做這些事情？呿，這種胡說八道，我在江戶連聽都沒聽過。還說什麼無形妖怪的，哪可能有什麼東西是無形的──」

當初他看眾人百無聊賴而唆使大家講鬼故事，沒想到自己倒認真起來了。御行如此表現，不禁讓百介有點生氣。

於是，百介悻悻然地回答：

「御行大爺，話不能這麼說。事實上，妖魔鬼怪故事不分古今東西，到哪兒都聽得到。單就我聽過的，類似的情節就多不勝數。雖然您將這些故事悉數斥為荒唐無稽的迷信，但它們不似咒術，

真的有人親身體驗過。而不論是洗豆妖、磨豆妖，還是紅豆婆婆、紅豆小孩、紅豆張三、紅豆李四，雖然名稱因地方而異，但指的大概都是同樣的東西。反正就是不見其形，只會發出洗豆聲的妖怪。總之不管這類妖怪存不存在，這些傳說絕對不是空穴來風。」

——沒錯。這些傳說一定是有根據的。

畢竟洗豆聲乃出自人為，絕非自然現象。正因如此，當我們在山中或水邊等不可能有人煙的地方聽到這類聲音，自然會覺得很怪異。

的確，茶柱蟲又名磨豆蟲，但也不能因此斷言這就是這種現象的真正答案。

這是百介的看法。

此時——

「這種說法我也聽過……」有個農夫打破沉默說道：

「聽說，磨豆聲乃荒神所為。如果聲音很近，代表今年會豐收；若是聽來很遠，就會欠收。我們村裡是這麼認為的——」

「不對，不對……」一個挑夫說道：

「那東西其實是水獺啦。是成精的水獺，有時會洗豆，有時會把人抓去吃——不是有首歌這麼唱嗎，所以，那東西應該不是神吧。」

「可是，賣藥的不是說紅豆是很珍貴的食物嗎？我們可是難得吃到紅豆的哪。我們倒聽說那是山神的聲音。」

「照我們老家的說法，發出這種聲音的應該是蛇。」

「不對不對，哪有可能。蛇沒手沒腳的，怎麼可能洗東西？那就是狐狸囉。我們村裡就有會洗衣服的狐狸。」

「嗯？你們都聽過這個東西啊——」御行露出誇張的驚訝表情。

「請問這位和尚有何意見？」

——這下大家都轉頭看向圓海。

圓海皺著臉，還是不說半句話，看來似乎很不高興。

——果然有問題。

百介心裡這麼想著。

倒是——這下終於輪到原本一直默默聽大家講話的中年商人說故事了。

【肆】

在下名叫備中屋德右衛門。

我在江戶經營雜糧批發——噢，不，我已經退休了，不該說還在經營什麼事業。

噢，想必老爺爺你家境不錯吧。

還好啦——就容我來談談洗豆妖吧。

那東西其實是個幽靈。

沒錯。那是個含冤而死的小僧，一直唰啦唰啦地洗著紅豆。什麼？是的，據我所知，洗豆妖就是這麼回事。我的商店位於日本橋下——對了，這位御行，你不是說江戶也有洗豆妖嗎？

還有，入谷的稻田那一帶也曾出現過他的蹤影，也曾在元飯田町某大戶人家宅邸裡出沒。所以，這種東西真的存在。認為我在說謊的人回去後不妨問問看。

什麼？你問這些東西是否真是幽靈？

當然是呀。不過也說不定是哪隻愛作怪的狐狸裝出來的幽靈吧。

嗯，我之所以如此斷言，是有理由的。

因為我就是那洗豆妖的雇主。

喔，當然，事情我會講清楚，各位無需擔心。嗯？這位作家先生的問題是？

這個嘛，在日本橋的備中屋。

我在五年前把財產讓渡給養子後，便開始過起隱居生活。不知該怪我身體不夠好還是沒積陰德，不只年過五十膝下猶虛，老婆更是老早就撒手西歸。

結果，我連個能繼承家業的後代都沒有。

因此我才收店裡的掌櫃為養子。

直到五年前我都非常忙碌。雜糧批發是個教人忙得不可開交的行業。

為了進貨得巡迴諸國，還得斡旋雜糧批發商的糾紛，不在店裡的時間非常多，因此無法兼顧每個細節。有時甚至忙到連吃飯的時間都沒有。

我店中有大掌櫃、小掌櫃，以及夥計、小廝等，人手其實不少。不過，怎麼說呢，我就是沒辦法信任其中任何一個。

什麼？是呀，我就是大家所謂的守財奴。只不過如今回想起來，當時自己為什麼那麼貪心、那麼吝嗇，還真是莫名其妙。人只要睡覺有張床，坐著有張蓆子就可以過日子，我幹嘛這麼貪戀財

產？反正，當時就是想不開，看到任何人都覺得是來分財產的。

對對，大家都猜想我沒有子嗣繼承家業，所以得從員工裡頭挑出一個繼承人。

其實我也有此打算。只可惜，當時的我實在是——唉。就是這麼一回事吧？

在我看來，員工裡頭會算錢的都讓我覺得太貪心，太一本正經的也讓我覺得笨手笨腳。總之，在我眼裡，他們全都不是適當人選。

人還真是難挑呀。如果有血緣關係也就算了。不不，該說如果有個這種人選，我就不會有任何意見了。

因此，要是不趕快找個能把大小事都託付給他的人選，生意可就做不下去了。

我當時有個掌櫃，名叫辰五郎。

辰五郎是個上乘的人選。

每天早上，他比任何人都早起，而且總是第一個打掃環境。他工作起來甚至比小廝還認真，從擦桌椅到算帳，做起來樣樣乾淨俐落。不，應該說是「無懈可擊」。

想必他真的是很認真在工作，若是我當時能考慮清楚些——是呀。儘管他如此為我盡心盡力，我還是完全無法相信他。因為我不斷懷疑這傢伙其實是在覬覦我的財產——當時的我就是這麼想的。

像我這樣過日子，當然過得很寂寞。

換成是你，也會如此吧。

總之，我就這樣——嗯，該怎麼說呢。不久店裡來了一個新的工人。其實也不是什麼工人，就是個孩子啦，一個年約十三的孩子，是個從鄉下上江戶來謀職的鄉下人。

名字呢，叫做彌助。

嗯？

怎麼啦，這位和尚？你是身體不舒服嗎？沒有嗎？剛剛好像聽到你發出一聲驚嘆。沒有嗎？那就好。

話說回來，我很疼這個叫彌助的孩子。

為什麼疼他？這位姑娘，那是因為他一副傻裡傻氣的模樣呀。

坦白講，彌助的腦袋有點……

雖然人講的話大都聽得懂，但這孩子並不正常。是呀，他的智能只有五、六歲孩童的程度——所以，他真的很天真，完全沒有欲望、心機，一被稱讚就手舞足蹈，一挨罵就痛哭流涕。這孩子就是這副德行。

怎麼啦，這位和尚，你臉色真的不太對勁呢。真的嗎？只是燭光的關係？是嗎？那就好。可能是因為蠟燭快燒光了吧。不知道還能不能燒到明天早上呢。什麼？要蠟燭還有？在那只偈箱裡頭？這位御行還真是未雨綢繆呀。

話說回來，彌助就是這副德行，這樣在我店中是幫不了什麼忙的。

所以，我也只當他是個小童工，讓他做最簡單的工作。不過從另一個角度看，他倒也不可能覬覦我的財產，所以，我就常把他帶在身旁。

這教其他員工都無法接受。他們拚命工作，依然得不到我的讚許，而這個呆頭呆腦的彌助反而討得了我的歡心。這情況讓許多人議論紛紛。

沒錯，你猜著了。凡是對此有意見的員工，我都認為不可靠，全部加以革職。當然，如此一來，員工士氣註定低落，工作意願也只會愈來愈低。

是是，現在我懂這個道理了。既然再怎麼努力工作都得不到我的讚許，任誰都會死了心吧。如此一來，工作自然會出錯。

當然，工作出錯的，我一定請他走路。

就這樣，轉眼之間員工竟然只剩一半。

唉呀，只能怪我自己瞎了眼。

不過，彌助這孩子雖然智能有點不足，卻有一項特技。噢，這該怎麼描述呢？

什麼？是啊。舉個例子，如果我在一只升斗裡裝滿紅豆，他只要看一眼，就知道裡面總共幾顆。

怎麼啦？和尚，和尚，你還好吧？

這實在很不可思議。真的是一顆不差，而且連試幾次數目都完全正確。真的，他就只要看一眼就算得出來呢。平常我們把紅豆拿在手上，多少可以知道重量。這方法各位也知道吧？什麼？你也估不出？其實這不過是個簡單的技倆啦。問題是他能告訴你多少顆，不管目測的是一盒還是一升，都奇準無比。

然後我這麼一個吝嗇的人——很愛動腦筋賺錢，當然就想利用彌助的超能力大賺一筆啦。比如有一次我宴請諸侯，就把彌助叫來表演，以娛貴賓。

諸侯用升斗撈起一旁準備好的紅豆，問彌助裡頭有多少顆，彌助就畢恭畢敬地說出裡頭有幾百幾十幾顆。諸侯的家臣算了算，結果一粒不差。

大家這下可都樂了。

我和彌助也受到很多讚美。不僅如此，我的生意也愈做愈興旺了。

但從這時候起，我的腦袋卻越來越迷糊了。

有天我把彌助叫到大家面前，宣佈將讓他繼承我的家業。

不料這話一出口，卻換來一片譁然。

但儘管抗議聲不斷，彌助還是一如平常地痴笑著。

但既然繼承人已經決定，還是得慶祝一下。

結果呢。

要慶賀什麼的時候，通常要吃紅豆對吧？

這是一種吉祥食品，我決定把彌助當著諸侯的面猜對的紅豆煮來吃。

好像彌助也了解我的用意，他似乎也很高興要慶祝，反正他也很喜歡吃紅豆就是了。

我就叫他把紅豆洗好再拿過來。

好的，彌助點頭。不過，我店裡沒辦法洗紅豆，通常這種工作都會拿到後面請做菜的女傭幫忙。

於是彌助便捧著一堆紅豆離開了，我想他是到廚房或者什麼地方洗紅豆去了吧。沒想到他就這樣失蹤了，宴會當然也就辦不成啦。

呆子終究是呆子，人人都這麼說。

至於我呢，雖然覺得彌助很可憐，但想一想，大家的想法也很有道理。這下我也無話可說了，只有一種被人背叛的感覺。

過了幾天——

村裡巡守隊的人來通報，說在河邊發現一具屍體。

遺體也被撈上了岸——

對方表示從長相與打扮看來，死者應該就是我們家的小廝。

結果沒錯，那正是彌助。

他的腦袋都裂了。

可能是被人推落還是滑倒落水的吧？

但到底是在哪裡，又是如何跌落水中的？大家都猜不透。大家要洗紅豆大抵都是在江戶市區內洗的，也不至於跑到河邊洗吧。

他跑去河邊做什麼？

結果，從那天晚上開始……

要不要洗紅豆——

要不要抓個人來吃——

唰唰——唰唰——

每到晚上，就聽得到妖魔鬼怪唱著這首駭人的歌。

而且就在我們店裡。

大家都說聽來是彌助的聲音。

沒錯，我也聽到了。

接著就會聽到啪啦啪啦的聲音。

我趕緊跑出門察看，發現屋簷下有許多小豆子。

是紅豆。

方才聽到的大概是紅豆打在雨窗上所發出的聲響吧。

啪啦啪啦地。

這情況持續了好幾天。

後來又開始覺得，沒舖地板的房間內似乎有誰躲在裡頭。

我戰戰競競地往裡頭一探。

發現有個小孩把紅豆撒在地上數著。一粒、二粒、三粒。

要不要磨紅豆——

要不要抓個人來吃——

唰唰——唰唰——

接著他馬上站起身來。

旋即消失在井裡。

隔天早上，我到井裡查看，在裡頭找到了彌助的遺物，以及許多紅豆。除此之外，還找到一顆染血的石頭。

噢，原來彌助是在廚房遇襲的。當時手捧紅豆的他被人用石頭敲碎了腦袋，然後就被拋進了井裡。後來兇手又把屍體撈起來丟到了河邊。

嗯，就是辰五郎下的毒手。

其實我原來也不知道。奉行所的補吏要求我前往說明案情，我就帶著當時還是掌櫃的辰五郎同行。他卻自己招了。

記得他當時臉色蒼白，渾身發抖。

後來我問他，他才告訴我補吏背後站著一個……

背對著我們的小孩。

而且好像正在磨著什麼東西。

他說還聽到了唰唰——唰唰——的聲音。

但是我什麼也沒聽到，什麼也沒看到。

結果，辰五郎被判了死罪。

我也是因此才覺醒的。這位能幹的掌櫃也實在可憐，他之所以會殺害那個無辜的孩子，無非是因為我對財產的過度執著。這下我完全覺醒了，立刻把所有財產交給排名第二的掌櫃，開始周遊諸國寺社，為彌助與辰五郎的在天之靈祈福。

什麼？你問我後來的情況？

喔。彌助似乎還是無法投胎轉世，我不管到哪裡都還聽得到他的聲音。要不要洗紅豆？要不要抓個人來吃？喏，你們聽。

唰唰——唰唰——

聽到了吧？那就是含冤而死的彌助，正在洗紅豆的聲音呀。

【伍】

此時圓海突然大吼一聲站了起來，把現場所有人都嚇了一跳。只見圓海說著一些沒人聽得懂的話，拚命甩著溼漉漉的衣服，結果弄熄了原本就已經焰火微弱的蠟燭。屋內頓時陷入一片漆黑。

「你們，你們到底是誰？有何企圖？」

他的吼叫似乎是這個意思。但百介完全被搞迷糊了，只是一個渾身溼透的壯漢在黑暗中瘋狂甩動身子，著實令人害怕。再加上這黑暗本身就瀰漫著一股凶暴的氣氛。

百介可以感覺到農民與攤販全都是惶恐萬分，個個無力地貼著牆壁。這時候御行大喊鎮定、請你保持鎮定。不料圓海卻大吼著要他住嘴，還說：

「好吧，都是貧僧不好。都是貧僧幹的呀。」

圓海吼完，突然又開始大聲痛哭，一下手敲牆壁、一下腳踏地板，過了好一會兒才安靜下來。

沙啦沙啦，傳來河流的水聲。

淅瀝淅瀝，雨還是下個不停。

唰沙唰沙，山也在嗡嗡作響。

唰唰——

唰唰——

唰唰——

還有洗豆妖！

「彌助！」

圓海大喊一聲後，怒吼著踢開了小屋的門衝向屋外。外頭的聲響原本就吵雜，這下少了門戶遮掩，屋外的風聲、雨聲、河水聲全都變得更響亮了。

「物語——明明都還沒講完呀。」百介聽到名叫又市的御行說了這句話。

在轟然作響的雨聲、河水聲中，隱約還可以聽到圓海的吼叫聲。也分不出這是從峽谷還是從記憶中傳來的回音，不斷在百介耳中急促又反覆地迴盪著。

沙。

沙。

沙。

沙。

之後大家都沒再開口，也沒把溼掉的蠟燭重新點燃。為了躲避門外的雨，一群人乖乖地擠在小屋內等到天亮。

隔天。

雨完全停了。

昨夜的事件宛如一場惡夢，想必在場的每個人都有同感吧。尤其是昨夜已過，如今回想起來更像是一場夢。百介心中如是想，走出了小屋。

——那位和尚到底是什麼身分？

他完全猜不透，只覺得滿心困惑。

此時聽到比他早步出門的賣藥郎中吃驚地大喊：

「喂！出事啦！」那個和尚死啦！——只聽到他如此大喊。百介立刻趕了過去。

出了小屋後，稍沿岩場往下走就能到達河川。水位已經比昨晚降低一些，但水流還是很湍急。

只聽到山鳥還是什麼的吱吱喳喳地啼叫著。

那鳴聲彷彿在說，不管是誰死了和這座山都沒關係。

只見圓海躺在小屋外的河邊，整顆頭埋在水中，已經氣絕身亡。他可能一離開小屋就滑了個

跤，在滾落河岸時腦袋撞到了石頭吧。只見他一顆禿頭上染滿了血。

他的臉上兩眼圓睜，依然是一副滿面驚恐、正欲號啕大哭的怪異表情。

這麼看來，他衝出小屋後的那聲尖叫，可能就是臨終前的痛苦哀嚎了。

百介當場雙手合十地祈禱了起來。

「唉呀——虧我還好心警告過他小心點的。」

背後傳來那位巡迴藝妓的聲音。回頭一看，原來御行與備前屋也趕來了。另外，仍站在遠處的幾個農夫和挑夫也都朝這頭張望。

老人伍兵衛也從門內探出頭來觀望。

「這位老隱士，你不是說過洗豆妖出現後，就會有人落水？」

阿銀皺著眉頭向德右衛門問道。這位商人則點頭回答：

「看樣子，和尚的法力也比不上妖怪。真是可憐呀——」

哦，這是洗豆妖幹的好事嗎？一個農民問道。

御行使勁點了個頭說道：

「看來果真是如此。不過，這還真是出乎我的意料啊。看來這位先生所述屬實，洗豆妖是真的存在的——」

百介不知該回答些什麼，只能站著發呆。

「嗯——或許吧。」

要說他是滑倒跌死的也就算了，不過，當時確實聽到磨紅豆的聲音。若真是如此……

御行這下似乎已經能接受這樣的解釋，他先看看百介，接著又大聲朝眾人問道：

「有誰知道這個和尚要去哪間寺廟嗎？」

這下有個搬運工人站出來說道：

「這條河對面有間名叫圓業寺的古寺。我前年曾去過，那裡的住持日顯和尚我也認識。」

「喔，是嗎？那不就剛好了嘛。相逢自是有緣，你如果順路，可不可以先上那寺院一趟，向住持敘述整件事的經緯，不然，就這麼把這和尚留在這裡，也未免太沒陰德了。咱們這就把屍體撈上來吧——喂，這位作家，過來幫個忙吧？」

說完御行便走近屍體，抱起了和尚的腦袋。百介則抬起了腳，挑夫也點頭表示願意幫忙。

「他大概是被那磨紅豆的妖怪給盯上了——是吧？」

也只能這麼解釋了——御行以洪亮的嗓門說道，接著便問百介——這位作家，準備好了嗎？眾人便一同使力將屍體從水中拉起，百介移動著冷得直打顫的雙腳，幫忙把溼漉漉的屍體抬到岩塊上。

接著御行從懷中掏出搖鈴，搖著鈴說道：

「御行　奉為——」（註7）

接著，御行從偈箱裡取出一張牌子，放在死者皮開肉綻的額頭上。

這下現場所有人都很有默契地低下頭來。

山鳥仍在鳴叫著。

接下來，眾人合力把屍體搬進小屋裡。

註7：咒語，相當於中國的「天靈靈地靈靈」。

農夫與挑夫三三五五離開了。只有阿銀、德右衛門以及御行、伍兵衛、百介還圍著遺體站在小屋裡。

伍兵衛面無表情地盯著圓海的屍體。

現場的氣氛相當奇妙。

此時御行說道：

「看樣子——應該錯不了，雖然如此結局有點出乎意料，但想想這樣也好。」

伍兵衛低聲回應了一聲「是」，接著雙手掩面地發出奇怪的聲音。原來他是哭了起來。

這位矮小的老人肩膀不住顫抖，哭得十分傷心。

阿銀見狀說道：

「伍兵衛先生，你很不甘願吧？好了，你痛恨的辰五郎已經死了。這也是彌助幫的忙。」

德右衛門接著說道：

「有道是天網恢恢，疏而不漏，這句話果然沒錯。其實，阿又曾說，這傢伙之前好像也滿認真在修行，如果他能認罪，或許可以原諒他。」

「且，且慢。難道你們是——」

百介驚訝地高聲問道，御行則嚴肅地回答：

「是這樣子的，這個自稱法名圓海的男子，出家之前是個名叫辰五郎的地痞流氓。他以這座山為據點，如雲助山賊（註8）般為非作歹。」

「辰五郎——那不就是這位備中屋的——」

百介趕緊翻起筆記簿。他把昨晚大家在這屋內講述的怪譚全都詳細記錄了下來，他在裡頭找到了這個名字。

「——沒錯，就是那個掌櫃的名字。」

這下御行笑了起來。

「備中屋——根本沒這家商店。這個老頭其實名叫治平——真正的身分是個諞客。」

喂，別管人家叫諞客好嗎？昨晚自稱德右衛門的中年男子抗議道，語氣與昨夜判若兩人。

「其實這傢伙也好不到哪兒去。別看他現在一身僧服，一副潛心禮佛的模樣，之前卻是江戶首屈一指的大騙子，人稱詐術師又市。」

由此可見，他是個專以甜言蜜語招搖撞騙之徒。

「這——這到底是怎麼回事？」

百介搞迷糊了，到底是怎麼回事，完全不清楚。

見狀，御行——詐術師又市——一臉複雜表情地望著百介，困惑了一會兒後說道：

「話說十年前，這個辰五郎愛上伍兵衛的愛女阿陸，算是單相思吧。後來阿陸決定嫁人，辰五郎便決定強行將阿陸據為己有。竟然在婚禮當晚把阿陸拐走，並把她關進這棟小屋裡，連續凌辱了七天七夜。」

「阿陸——那不就是阿銀的姊姊嗎？——喔，難道妳也……」

阿銀嬌媚地笑了起來，說道：

註8：「雲助」其意為如雲般漂泊不定，指江戶時代的搬運工或挑伕。由於其中素行不良者甚眾，故也泛指不法惡徒。

「我是個江戶人，我想你應該一眼就看得出來吧，鄉下藝妓其實要比我這副模樣來得土氣。至於阿陸，其實是這位伍兵衛先生的女兒。一如我昨晚所說，阿陸據說長得很標緻，不過，後來並不是被山貓，而是被山狗咬走了——」

見阿銀開始含糊其詞，又市便接著說：

「據說阿陸在這棟小屋裡被發現時已經快斷氣了。她已經什麼都聽不懂，也沒辦法回任何話，身上依舊穿著一襲白無垢——就這樣，阿陸一步也沒離開這棟小屋，就在這裡氣絕身亡。」

「那麼，昨晚那故事——」

看樣子，這故事並非抄襲。

但亦非完全屬實。

換言之，就是眾人將事實加以巧妙改編而成的寓言。

「原來如此——這下我懂了。」

原來，故事中那名叫阿陸的姑娘中了山貓的邪被關在一棟小屋裡，事實上也真有這麼一棟小屋。但阿陸並不是中了山貓的邪，而是被歹徒抓來監禁的。

百介不由自主地環視起小屋內部。

那位婚禮當晚遭逢奇禍、飽受凌辱終至發狂的姑娘，就是被關在這棟小屋裡挨餓至死的。又市凝視著圓海的屍體。原來這個死去的僧侶正是——

「雖然我們不知道是誰下的手，但這一帶的人當時就懷疑是辰五郎幹的。只可惜沒有證據，這個狡猾的傢伙犯案時完全沒有留下破綻。只是——」

「只是什麼？」

「他犯案時被阿陸的弟弟彌助看到了——是吧？」

又市一問，伍兵衛便低著頭點頭回應。

「被她的——弟弟看到？唉呀，這個彌助該不會是……」

彌助不就是那個虛構的備中屋的小廝嗎？

「是的，但彌助這孩子有點……」

「這我知道。」

這下輪到又市開始含糊其詞了。

看樣子，他們口中的彌助一如昨晚德右衛門——也就是治平所述，智能有點問題。

若情況真是如此，他這個目擊證人恐怕也沒太大用處。

「總之，伍兵衛想盡辦法要幫阿陸報仇，可是彌助並不想選擇這條險路。在五年前，當時十八歲的彌助就上附近的古寺——圓業寺出家了。」

「圓業寺——那不就是……」

「沒錯。就是這個圓海——不，辰五郎所在的寺院。」

「那不就是——」

治平低頭看著圓海的屍體，繼續說道：

「誠如我昨晚所述，純樸天真的彌助出家後，師父為他取了個法號叫日增，對他是疼愛有加。他能一眼看出紅豆的數目也是真的，因此他在寺院裡頗受器重。不過，最吃驚的當然還是圓海——不，辰五郎這個傢伙。」

「什麼！他當時也還在寺院裡？」

又市回答：

「是這樣子的，阿陸過世之後，即便辰五郎原本再怎麼胡作非為、惡貫滿盈，這下也受不了良心的苛責，因此就出家了。當然，他也可能只是拿寺院當避風港，打算等事件平息了再出去。只是沒想到目擊者彌助也來了。這下子——辰五郎開始擔心案情曝露，終日為此惶惶不安。」

「然後——」

然後就是——阿銀接下了話說道：

「有天日增在這條河上游一處名叫鬼洗衣板的地方洗紅豆，突然被人推落，腦袋撞到岩石死了。真是可憐啊，對吧？阿又。」

「沒錯。那塊岩石，就是阿陸和彌助姊弟從小嬉戲的地方。辰五郎很可能就是在那兒第一次看到阿陸的，後來又在同一個地方殺害了彌助——」

唉，伍兵衛說到這兒，不禁嘆息起來。

又市以憂傷的眼神看著伍兵衛說：

「所以，這個圓海竟然殺害了伍兵衛老先生一對兒女。老先生經過多方查證，發現圓海應該就是兇手，但又苦無證據，才會演出這場戲的。他打聽到前幾天寺院派圓海去江戶辦事，便決定在圓海回程時設下陷阱逮住他。他一路尾隨，結果昨日遭逢大雨——正好符合他的計畫。」

話畢又市站起身來。

「那場雨說不定是阿陸與彌助請老天爺下的呢。」

治平說完也站了起來，阿銀也隨他起身。

「如此說來，昨晚的一切全是——你們精心籌劃的陷阱？」

百介終於恍然大悟。還真是個精緻的計謀呀。

一個姑娘在婚禮當晚失蹤，被關在小屋裡餓死，一個能正確猜出紅豆數目的小孩，日後在洗紅豆時被同宿僧侶殺害，雖然故事不同，但這些細節都是真有其事。換言之，即使情節不甚相同，但包括人名在內的許多細節是完全一致的。

所以也難怪，圓海一聽到阿陸的名字立刻有反應，彌助這名字也教他渾身發抖，辰五郎這個名字更讓他顫慄不已。

不知內情的人，當然不會察覺這些故事其實是意有所指。因為這些事除了兇手之外，全都沒有人會知道。而圓海洞悉一切細節，當然對每個故事都會有反應。這麼說來，難怪……

——你們，你們到底是誰？有何企圖？

——好吧，都是貧僧不好。都是貧僧幹的呀。

猶記當時圓海情緒大亂，口吐狂言，幾近瘋狂。

這下一切都明白了。原來就是這麼回事呀。

圓海果真是兇手。若非如此，不可能緊張成那副德行。這時阿銀開口說道：

「其實我們不過是利用了一些偶然的機會，但能否成事還端看圓海是否會到這間小屋避雨。而包含百介先生您在內，還有那麼多人也都來此避雨——我和伍兵衛一起到達時，小屋裡面已經有四個人了。所以，若是阿又沒順利把這傢伙帶來，這次恐怕又要錯失機會了吧。」

阿銀邊說邊望著圓海的屍首。

又市接著說道：

「好了，謎題先生，我們得上路了，你想做什麼就請便吧。這件事圓業寺的日顯和尚完全不知情，伍兵衛老先生也吩咐過最好別打擾到人家，所以——」

我了解了——百介點頭答應道：

「只要說一切都是洗豆妖所為，就行了吧？」

「沒錯。要不要洗紅豆？要不要抓個人來吃——？」

又市說到這裡，和善地伸手扶起蹲在地上的伍兵衛。

——還有，如果你要渡河，上游有座獨木橋，取道該處比較安全——話畢，他露出了燦然的笑容。

白藏主

白藏主之事蹟
狂言（註1）屢有敘述
當為眾人所熟知
在此暫略不陳

繪本百物語・桃山人夜話／卷第一・第一

【壹】

甲斐國有座山，名曰夢山。

此山楓葉嫣紅松葉深綠，雲影光霞交映，五彩繽紛渾然一體，看似山，卻疑人在夢中。眼前只見朦朧模糊，觀者無不以為自己已到虛無飄渺西方極樂世界。入山者只覺視線昏暗，心境宛如行走黃泉路。白天雖沒如此陰暗，山中仍處處呈現現世與幽世交界的感覺，故得名「夢山」。

此山山麓。

有座樹木鬱蒼繁茂的森林。

面積雖不大，但密林叢生。

這片樹林名為「狐森」。林中有座矮丘小塚，似乎祭祀著什麼，一看，果然有小祠堂一座。

彌作在此塚坐下身子，略事休息。

他正在趕路。已兩日未曾好好休息，疲累的雙腳已僵硬如鐵棒，如今終能稍事歇息。

目的地已近在咫尺，他原想一鼓作氣抵達，但體力已不支。

樹林內十分潮溼。

註1：將日本猿樂中滑稽、低俗的部份改編成戲劇的表演。與舞蹈、抽象的能樂相反，狂言較著重模仿與寫實的對白。

但彌作一路疾行，口乾舌燥。
他取出竹筒欲飲水潤喉，一將竹筒放到嘴邊，便發現手掌骯髒，因此彌作先以手巾擦拭雙手。
但汙垢屢拭不落。
好不容易一坐下來，要再度起身著實痛苦。彌作已是疲累不堪，就連臀下似草似土、硬中帶軟、同時又溼漉漉的感覺，平常應該是令人不快的觸感，此時卻讓他覺得舒服極了。
彌作對任何事都已經不在乎了。真想一直坐在這裡，哪兒也不去。
一直到五年前為止，彌作一直住在這座森林。
——是誰。是誰，在哪裡？
是誰在哪裡犯錯了？
——用這隻手……
把那個女人……
他抬起頭往上瞧。看到一叢蕨葉。
細細的葉尖上蓄著草露的蕨葉。
其中一顆露珠愈積愈大，葉尖因此彎曲下垂。
彌作又乾又渴的眼裡，見此終於稍感潤澤。
——有隻狐狸。
樹叢陰影處，不知何時出現一尾狐狸，靜靜站著。
——是在恨我嗎？
狐狸靜止不動。兩顆黑如墨漆的眼珠深邃如地獄入口，上頭亦無任何倒影。此乃理所當然，

畜牲哪可能對人心懷怨恨，牠看起來那麼憤怒，無非是因為彌作自己心裡有鬼。

彌作是個獵狐高手。

他擅長利用熊脂烹煮老鼠充當誘餌，設置獵狐陷阱。

如此便可想捕多少就捕多少。

然後，捕到就殺，殺完再捕。

有時也會啖狐肉。不過，食肉並非他獵捕狐狸的目的。

主要是為了賣錢。狐狸這東西，只要殺了就能換錢。

剝下狐皮拿去市場賣，可以賣得好價錢。

所以——

這座森林裡的狐狸，全被彌作抓光了。

不論公的母的，老狐幼狐，整座森林裡的狐狸都被彌作殺光了。

眼前這隻狐狸動也不動地看著彌作。

牠幾乎可說是正面面對彌作。於是，彌作也靜止不動，屏住呼吸，全身肌膚都緊繃了起來。

——這是……

難道是在彌作離開森林的五年間，從某處遷來的狐狸？還是漏網狐狸的後代？

——也有可能是被捕殺的狐狸亡魂。

彌作並不確定畜牲有沒有靈魂，不過他認為應該沒有才是。

總之，彌作對狐狸只有忌諱與厭惡，完全沒有一絲愛憐。

狐狸仍舊凝視著彌作。

彌作也緊盯著狐狸。

——這是報應嗎？

這就是自己殺害狐狸的報應嗎？

——也沒必要如此膽小吧？

彌作責怪自己，然而……

——難道就是在這裡？

這下彌作想起來了。

當時自己就是這樣背對著祠堂彎身坐著。然後，那位和尚——

剛好倒臥在這隻狐狸佇立的地點。

他仰面倒在地上，額頭著地……

還流著血。

求求施主別再殺生了——貧僧也知道你窮困潦倒，三餐不繼——

貧僧就以一貫錢買下你的補狐陷阱吧——

只要貧僧做得到的，我都會幫忙——雖是畜牲，也有親情——殺生之罪，將成為你投胎轉世的業障——

拜託你。別再殺生了——別再濫殺狐狸了——別再殺生？

狐狸還是以黑漆漆的眼珠子望著彌作。

不，是彌作自己認為狐狸正在看他。

因為狐狸的瞳孔中，映著彌作無藥可救的罪孽。

——殺生。

——親情。

此時蕨葉上的露水滴落下來。

這應該是不會發出聲音的，彌作卻覺得自己聽到了水聲。就在這一剎那。

那隻狐狸不見了。

「這位老闆，您是江戶來的吧？」

突然傳來一陣人聲。

媽呀！彌作大喊一聲，以撐在地上的手為軸心向後轉身，朝聲音傳來的方向——也就是他背後看去。祠堂樹蔭下似乎有個白色的東西。兩手撐地的彌作只覺得心跳加遽，渾身繃緊了起來。

——是隻狐狸。

祠堂後面露出一對尖尖的耳朵。

接著一張狐狸臉便冒了出來。

這下彌作被嚇得癱坐在地上。

此時突然傳來一陣令人魂飛魄散的笑聲。

——是狐狸。難道是神派來的狐狸？

——這座祠堂——會不會是……

「還真是滑稽呀。想不到你竟然如此膽小——」

彌作已經喊不出聲來。

「——看來你真的是嚇壞了。哈哈，我一向就愛惡作劇。」

話畢，這張狐狸臉竟然掉到了地上。
——是一只面具。
原來，那只是一只狐狸面具。
接著，一張女人的臉從祠堂旁冒了出來。她白皙的皮膚生得晶瑩剔透，長得一張瓜子臉。她的雙眼細長如下弦月，眼眶有點泛紅，只見她張著鮮紅的朱唇露齒而笑。
——原來是個女人。
雖然彌作一直沒注意到，看來這位女子老早就舒服地偎坐在荒廢的祠堂後方了。「嚇了你一跳吧？」那女人說著，輕盈地起身從祠堂旁走了出來，整個人出現在彌作眼前。
她身穿色彩鮮艷的江戶紫和服，披著草色披肩。
太突兀了，樹林中出現如此亮麗女子，與周遭景色完全不相襯。
看來她應該不是附近居民，但也不像個旅行者。
——果然是……
彌作全身打了一個冷顫。不可能，這女子絕不可能是狐狸化身。
彌作從來就不相信禽獸會變成人這類傳言。然而——剛剛為何會產生這種聯想？
冷靜想想，應該是在這片荒野中突然聽到人聲引起的恐懼所致。
但雖然已經知道是個女子，他依然喊不出聲來。
「這是怎麼啦？大爺您看來像是被狐狸精給嚇到了似的。難道我長得那麼可怕？」
女人說完，半滑半走地步下土丘，接著輕輕一跳跨過岩石，來到彌作前方，動作簡直就像隻狐狸。

「真傷腦筋。難道大爺您真的以為我是隻狐狸？」——她一張臉生得還真是白皙。

「——大爺您表情為何如此嚴肅？即便此處名為狐森，您也用不著這麼緊張。沒想到大爺您膽量竟然這麼小——」

話畢這名女子又笑了起來。

接著她微笑著伸出右手說道——別只知道站著發呆嘛！

彌作莫名其妙地將兩手藏進懷裡。

他不想被這個女人看到自己這雙手。

只因為它們實在太骯髒了。

被嘲弄的彌作覺得沒必要隨她笑，便無言地站起身來。

「——是這樣子的，也許到了這兒才和您打招呼，難免讓您吃驚。如果嚇到您了，請容小女子道歉。事實上，從江戶出發時，我就跟在您後頭，也不是刻意要和您同行，不過，看到您健步如飛地走在前頭，跟著跟著倒也習慣了。後來在進山路前的某個地方，卻突然不見您的人影。我當時以為可能是目的地不同吧，便繼續往前走，到了這座小祠堂便稍事休息。沒想到此時您反而出現了。」

從江戶一路跟來——是真的嗎——彌作非常驚訝。彌作走路速度一向很快，這女人真能趕過自己？

看您這表情，好像不相信我說的？女人皺著長長的眉頭說道。

「我又不會把您擄來吃了。看我這身打扮，也看得出我不過是個巡迴表演的傀儡師兼藝妓吧。可不是什麼牛鬼蛇神呀。」說得也是。可是……

——此人到底居心何在？說不定……

彌作這下更詫異了。沒錯，此人並非官員或捕吏。但聽說捕吏會利用從小訓練的部下祕密調查民眾。所以雖然是個弱女子，也不可大意。

——可是。

他認為應該沒有人在追捕他了。那個女人的屍體，應該已經被當作自殺殉情而被處理掉了。理應不會有任何人懷疑彌作涉及這起殺人案才對。

那個女人——

——登和。

追蹤了她三個月，然後。

在三天前。

大爺您要對我——到底要對我怎樣——我都不會吭一聲，不會跟任何人說的——

然而，請饒了我這條命。我的，我的孩子——

血花飛濺。

血流滿地。

是人血。

手，彌作整雙手都被沾汙了。

——不要。不要。不要。

怎麼啦，大爺——女人大聲喊道。

「您臉色好像不太對勁。是不是一路從江戶走過來太累了？只是，天氣這麼冷，您這一身汗是——

「沒有，我沒有——」

彌作感到一陣暈眩。

這時那女人伸出手來說道：

「這可不行。在這種地方倒下去可註定要沒命了。萬一讓您死了，我可積不了陰德。要是讓您就這麼曝屍荒野，日後可要招您的靈魂怨恨。我可不想這樣呢。來，過來吧。」

女人牽著彌作走向小塚那兒去。

彌作就這麼讓她牽過去坐了下來。然後女人撿起扔在一旁的竹筒遞給彌作，並對他說——喝點水吧。

那女人告訴他自己名叫阿銀。但彌作並沒有報上自己的名字。

他不覺得自己有義務讓對方知道自己的姓名。

水筒裡的水都快漏光了，剩下的只夠他舔上一小口。可能是蓋子在落到地上的時候鬆掉了吧。

但他還是感到很舒服。

不過，這也正是自己原本坐的地方。從這裡可以看到那叢蕨葉。

蕨葉對面則是剛才那隻狐狸所在之處。

彌作這下開始納悶自己為何要那麼慌張了。

這女人頂多是個流浪藝人，根本沒什麼好怕的。一來她什麼都不知道，即使知道，也不至於會對自己不利吧。

即使她是捕吏的走狗，或者是強盜集團的一員，也沒什麼好怕的。因為——

——只要把她殺了不就得了。

唉呀，真討厭——阿銀故作撒嬌語氣，又說：

「——大爺這樣坐著，想對我不利也不會方便吧？」

自己內心的殺意似乎被這女人給看透了，彌作整個人馬上變得像個洩了氣的皮球。

看樣子是什麼都做不成了，因為自己的步調早已被這女人打亂了。

或許自己也必須稍微假裝一下才行。而且——

——如果她真的是隻狐狸。

「我不是告訴過大爺了嗎，我不是狐狸。」彌作驚訝地嚥下一口口水。

沒想到自己心裡想的全被這女人猜透了。

——難道這就是大家所說的通靈能力？

既然如此——

阿銀再度笑了起來。

「真是抱歉，看樣子還真的是被我說中了。反正您應該還在懷疑我吧，看您表情那麼呆滯。」

「妳、妳——」

「不會吧，大爺難道認為，我可以看透您的心思嗎？討厭，我又不是妖魔鬼怪，要我講幾遍您才願意相信呢？」

「可是——妳——」

——她應該是只是個旅行者吧。

別理她，別理她——

彌作越來越慌張，漸漸頭暈目眩起來。

大概是看透了彌作內心的慌亂，阿銀悠哉地一腳跨上土塚。

「大爺好像受到非常大的驚嚇。其實，如果您心裡沒有鬼，即便鬼神也無法看穿您的心思。更何況您應該也看得出來，我不過是個小人物，我也是看到您這副坐立難安的模樣，隨便猜猜罷了。萬一真的讓我給猜中了，也不過是僥倖而已。」

說著，阿銀往土塚上方爬了二、三步。

彌作的視線緊追著她的背影。

「——這麼對您說或許有點自大，其實一個人心裡有鬼，妖魔鬼怪就一定會找上他。反之，光明磊落的人就算想碰都碰不到。一個人若心生恐懼，即便看到破舊的雨傘，都會擔心裡頭會不會伸出一隻手來，或者掛在枯木上的舊草鞋，會不會露出兩顆眼睛。可見世間一切奇怪事物，全都是疑心生暗鬼、無中生有的吧？」

這女人講的話倒也有幾分道理，只是他內心明白——十分明白，自己之所以驚懼，之所以恐慌，全都是有原因的。

彌作的疑心暗鬼無非是為了這件事。

對吧？如此笑問的阿銀看起來非常親切，眼神也純潔無瑕，但這眼神卻讓彌作覺得和剛才看到的狐狸幾乎一模一樣。當然，照這女人的說法，我們之所以覺得別人眼神有異，完全是自己心裡有鬼。

這下彌作也看開了。

「的確——妳說的一點也沒錯。容我為自己的多疑向妳道個歉。誠如妳所說，我剛剛一直害

怕妳是不是狐狸化身。其實全都是因為自己心裡有鬼。」

「您心裡——有什麼鬼？」

「是呀。我看也不必再隱瞞了——我原本是個獵人，這一帶的狐狸全都被我殺光了。如今路過此故地，才會懷疑妳是不是幻化成人形欲報親仇的狐狸。」

這的確是事實。不過——

這樣說來是有點沒陰德——那女人說道：

「也許吧，殺生總不是善事，不過，如果那是您的生計，就另當別論了。獵人原本就是靠捕獵野獸維生，被您捕殺的狐狸也該瞭解，應該不至於幻化成人形出來報復吧？」

「也許吧。唉，可能也是我自己太膽小了。」

我還真沒用呀——彌作自嘲道。

自己曾經毫不留情地……

殺害了……

好幾個人……

「不，不是這樣。」

——那，自己到底在怕什麼？

彌作心裡再度嘲笑了自己一番，然後說道：

「我以前——在剝狐狸皮時，從沒覺得狐狸可憐。我心裡想到的就只有這張毛皮值多少，能讓我賺多少銀兩，不管成狐仔狐我都是看了就抓，抓了就殺。所以，與其說我膽小——不如說是因為我積了太多惡。」

積了太多惡——而且做得太過分了。

「可是您不是已經洗手不幹了嗎？」

阿銀抬頭望著神社問道：

「難道你不是因為同情狐狸而洗手不幹了嗎？是吧，你是覺得牠們很可憐才不再打獵的吧？對不對？」

——其實並非如此。

「沒有啦。其實是有一位和尚看不下去我濫捕狐狸，警告我殺生將成為來世的業障；被他這麼一說——唉，我才開始有這種想法的——」

——他在胡說八道。

這番話不是真的。彌作根本不是這麼一個有慧根的傢伙。

這點彌作自己最清楚不過。

他之所以不再打獵——原因是……

——那個和尚。

普賢和尚。

求求施主別再殺生了——貧僧也知道你窮困潦倒，三餐不繼——

雖是畜牲，也有親情——只要貧僧做得到的，我都會幫忙——

饒了這些狐狸吧——「那和尚滔滔不絕地勸著我，到頭來我也覺得確實自己做的很過分——沒辦法，我天生遲鈍，要不是被和尚點醒，根本就不會想到這些。」

「只要有人指點就能參透，也不壞呀。」

「或許吧。」

——你參透了嗎？根本完全沒參透！

「所以我從此就不再——獵狐狸了。」

這位大爺——此時阿銀一張白皙的臉轉向彌作說道：

「——野獸這種東西是會乘虛而入的。若是你為人光明磊落，牠們也沒辦法讓你中邪。反之，若被牠們發現您心虛，說不定就真的會變成妖怪出來作弄您喲。」

「也許吧。」

所以你自己也得多小心——話畢，阿銀從掛在腰際的小藥盒裡取出幾顆藥丸，放上彌作的掌心。

「這是些提神藥。奉勸您吃下去歇一會兒再出發。我不知道您要上哪兒去，但還是稍微補補元氣吧。」

「太……太感謝妳了。我，我正打算前往這座夢山後頭的寺院，造訪當初開導我的和尚。只剩沒多少路了——」

「後山的寺院？那不就是寶塔寺嗎？」

這可不行哪，大爺——阿銀突然大聲說道。

「寶，寶塔寺那兒——出了什麼事嗎？」

「這您有所不知，寶塔寺那一帶正亂哄哄的。官府好像派了許多人到那兒，恐怕想進去也沒輒吧。」

——官府。

「這是怎麼回事？——官府？」

「說是在追捕嫌犯。」

「追捕嫌犯——什麼樣的嫌犯？」

「那還用說，當然就是壞人囉。要不是盜匪就是山賊——據說是一逮到路過這一帶的旅人便把他們剝個精光，並且把他們殺掉——一些比攔路搶匪更壞的傢伙。」

——殺人。

「妳，妳是指——寶塔寺的——普——」

普賢和尚？

——不會吧？

難道登和他——在被殺害之前漏了口風嗎？

怎麼啦？大爺，您還好吧——阿銀皺著眉頭問道。

但感覺上她的聲音變得愈來愈遠。

普賢和尚？那個男人？

那，那個男人，已經被捕了嗎？

「為什麼？」

「您問我為什麼？——您這問題可真奇怪。我只聽說有個到五年前為止一直在江戶大坂地區為非作歹的盜匪頭目，名叫茶枳尼伊藏，現在正躲在寶塔寺裡頭。噢，他還有個名叫桑原的部下。據說捕快還沒抓到人，所以，最好避免上那兒去。」

——茶枳尼的伊藏。

看樣子我的運氣還算不賴呢——
這下子可走運了——可是，這到底是怎麼回事——
要請他幫個忙嗎？——像隻狐狸一樣——喂，這位獵人——
這位獵人——
「您怎麼啦？大爺。來，把藥吞下去吧——」
彌作把藥含進嘴裡。
味道有點苦。
此時他感覺意識變得一片朦朧，漸漸為夢山的夢所吞噬。他就這麼在狐森的祠堂前溼漉漉的苔蘚植物包圍下，安靜地失去意識。

【貳】

醒來時，他發現自己正躺在地板上。
睜開眼睛，他看到正上方是一根又粗又漆黑的樑柱，慵懶地掛在沾滿煤灰的昏暗天花板上。
整個房間到處是煤灰，給人朦朧的感覺。
看著看著，就連自己的眼睛都朦朧了起來。
轉頭往旁邊瞧，只看到一大片黑得發亮的地板。
看樣子應該是棟農民的房子。

只見不遠處坐著一名男子。

你醒啦——那男子說道。

彌作坐起身來，甩了兩、三下腦袋。

一陣刺痛頓時從頸子衝向腦門。

你還不能起來——男子伸手按住彌作的肩膀說道。他看起來很年輕，不像是個鄉下人。雖然也不是個武士，但穿著打扮相當整齊。

彌作把身子轉了回來，低頭望著地面。

治平，治平，拿一些水過來。男子大聲喊道。

他的聲音從耳朵侵入，在彌作頭殼裡面四處亂竄。讓他頭痛得不得了，過了一會兒，一位個子矮小的老人端著茶碗走了進來。

喏，把這碗水喝下吧——說著，老人把茶碗遞給了彌作。是一只有點缺損的粗碗。

——那個女人呢？

阿銀？阿銀呢？

彌作伸手接過茶碗。

「覺得好些了嗎？」

老人問道。

「我——」

彌作張開了嘴，卻說不出半句話來。因為下巴一動，耳根一帶就痛得教人痙攣。他勉強含了一口水，皺著眉頭吞下去，整個人便往前俯臥在地板上。

他就這樣趴了兩刻鐘。

年輕男子與老人，似乎一直坐在俯臥著的彌作身旁。

——這是哪裡？

彌作緩緩抬起頭來問道。

老人回答是他家。年輕男子接著說：

「我正好打狐森經過，看到你倒在白藏主祠堂前頭，就……」

「正好？」

不太可能吧，那不像是有人會經過的地方。

彌作什麼話都沒說，但想必臉上已經露出一副驚訝的表情，年輕男子見狀便開始解釋：

「我不是壞人。我叫做山岡百介，是江戶京橋人——說了你應該也沒聽過吧。就當我是個初出茅廬的黃表紙（註2）作家吧。最近我專門寫些讓小孩解悶的讀物和謎題，因此大家都叫我謎題作家百介。希望日後有機會能——」

「寫些百物語嗎？」

一旁的老人以揶揄的口吻說道：

「這種東西很快就不時興啦。恐怕還沒等到你出名，就已經過時了呢。」

聞言，百介面露嫌惡的表情回道：

「這不過是治平先生個人的看法，可是在任何時代裡，妖魔鬼怪的怪談都是不可或缺的。而且我甚至認為，怪談乃書籍故事之尊，所以——噢，我講到哪兒了？——喔對，所以我才要這麼累，行腳諸國到處收集摻雜咒術、迷信、與古怪傳說的鄉野奇譚。結果——當我正好打狐森的古老祠堂經過時，就——」

「幹嘛講那多以前的事？之後你就怎麼了？」

個子矮小的老人倒著茶問道。

「怎麼了？——就是碰巧看到這個人了呀。」

「你認為，這又是狐仙幫你帶的路嗎？別再胡說八道了好不好？那座森林的傳說，其實是在治平我出生之前的事了。」

——狐森的傳說？

彌作沒聽過這則傳說。

彌作原本是上州人。

他搬到甲州是十年前的事，所以許多以前的傳說他都沒聽說過。他在狐森落腳時，那座祠堂已是腐朽不堪，無人參拜了，只有許多狐狸在裡頭鑽動。

「是個什麼樣的傳說？」

「噢，抱歉。這個嘛——」

「是這樣子的，我是個——」

你是個獵人吧？——名叫治平的老人冷淡地說道：

「直到四、五年前為止，你都住在那座森林中自己蓋的小屋裡，是吧？後來你好像搬走了

註2：流行於江戶時代安永（1772～1781）至文化（1804～1818）年間初期的圖畫書，多屬成人讀物。

——現在森林裡狐狸日益增加，真教人傷腦筋。」

「你——知道我是誰？」

彌作驚訝地問道，老人則噘起嘴唇，露出一副理所當然的表情說道——或許你不知道吧，他邊說邊從彌作手中取回茶碗——我已經在這一帶住了五十年啦。

老人雖然這麼說，彌作卻不記得自己曾見過他。

這也難怪，彌作住在狐森中時，幾乎都沒和其他人有過往來。

「那座森林裡的——那座祠堂到底是……」

彌作還沒問完，治平便有點不耐煩地回道：

「祭祀的當然就是狐仙啊。」

「祭祀——狐仙？」

這彌作就不知道了。

——那麼，那女人是……

「我以為那是祭祀稻荷（註3）的祠堂——」

不對、不對——治平連忙揮手說道：「那座土塚，是一隻名叫白藏主的老狐狸的墳呀。牠是那座森林的土地神。就是因為有牠的庇佑，當地才有那麼多狐狸。所以，原本是禁止在那座森林裡抓狐狸的。」

「真的嗎？」

彌作在那座森林裡抓了好幾年狐狸。

而且，還在祠堂前殺了不知多少隻。

——這難道是報應？老人以無精打采的眼神凝視著彌作問道：

「你會怕嗎？」

「——嗯。」

「也難怪你害怕。不過，我想你大概不知道這件事，才會在那裡抓狐狸。至於白藏主作祟或怨靈之類的事……」

——這種事……

這種事我哪會怕。只是……

「話說回來，你為什麼躺在那裡？」

「喔，那是因為——」

「被妖魔附身了嗎？」

——被妖魔附身？

這麼說來，那個女人——阿銀是——

果然是……不，可是……

——應該不可能吧。

「是有，有個女人——」

「女人？白藏主就是母的呀。是隻雌狐呢。」

——雌狐？

註3：被視為各種產業之神的五穀神。

那麼，那女人就是——

「可、可是，我——」

治平突然神經兮兮地大笑著說道：「你這個獵人怎麼這麼膽小？不用擔心啦。畜牲就是畜牲，怎麼可能作弄人？會被這種東西嚇到的無非是膽小婦孺之輩、或愚蠢至極之流。反之，了解五常之道的智者，狐狸對他根本不成威脅。」

五常之道。

也就是仁、義、禮、智、信。

「我剛剛跟你講過，白藏主的故事已經是很久以前的傳說了。百介是個一聽到這種事就全盤皆收的呆子，但我可不一樣。在這夢山山麓住了五十年，從來沒被什麼妖魔鬼怪嚇過。更何況，那些可惡的狐狸老是蹂躪附近的田地，幸好有老兄你搬來把這些惡棍全殺光呢。」

——全殺光？

聽到這句話，彌作不禁渾身痙攣，伸出雙手看著自己的手掌。

——這雙手好髒呀。

上頭沾滿泥土、枯草、汗水——以及鮮血。

「難道我真的碰上——狐狸精了？」彌作說道。治平聞言露出一臉困惑的表情。這也是理所當然的。直到不久前，彌作都沒相信過狐狸會幻化成人這種蠢事。假若今天這件事不是發生在自己身上，想必這下他臉上也會有著同樣的表情吧。

彌作繼續說道：

「——的確，我到現在還是不相信狐狸會成精這種事，不過，正如治平老先生所說，我直到

五年前都住在那座森林裡，捕到狐狸就剝皮去賣。正如你所說，在五常之道方面我是有所欠缺，因此，今天才會在那座森林做了那場白日夢，這一切都是我的——」

「喔，你等等。」

治平打斷了彌作的話說道：

「我不清楚你遇到了什麼事，但可不能馬上就斷定是白日夢。你遇到的女人，說不定真是個人，或者甚至是個女強盜——」

——強盜？

會不會是官府正在追緝的強盜頭頭？

「真的，就是那座——寶塔寺——」

「寶塔寺——寶塔寺怎麼啦？」

「沒有啦——就是——」

「你和寶塔寺有什麼因緣嗎？」

百介驚訝得瞪大眼睛問道。但彌作不敢說出真相，只好含糊其詞地反過頭來問治平寶塔寺到底發生了什麼事。

「噢，就是和那個白藏主有關呀。」

「就是那隻狐——狐狸還是什麼的？」

「是的。就是那隻老狐狸，牠化身成和尚，在寶塔寺做了五十年的住持。這古怪的故事夠傻了吧？不過是昔日的民間故事罷了。」

「狐狸——變成——寶塔寺的住持？」

如果牠變的是和尚，那倒還好——

「那……那是……」

所以我說是很久以前的故事呀——治平扭曲著一張臉說道。

這你也有興趣嗎？——百介反問治平。

「噢，這個嘛——」

——這到底是怎麼回事？為何這件事會牽扯到寶塔寺？

算了，這種古老傳說是查不出真相的——治平自暴自棄地說道。百介則苦笑著說：

「治平先生認為這不過是個捏造的無聊故事。事實上，我周遊列國，到處都聽過類似的故事呢。」

「所以，更證明這些故事都是唬人的吧？」

「別打斷我的話，就讓我扼要地說明一下吧。在很久以前——也不知道有多久，反正應該是治平先生出生之前，大概五十幾年還是一百年前吧，那座森林裡住著一位和你一樣的獵人，而且也專門抓狐狸。」

「既然他靠打獵維生，抓狐狸也是理所當然的吧？」

「也許吧。那個獵人和你一樣愛濫捕，他把森林的土地神，也就是一隻老狐狸所生的許許多多幼狐悉數獵捕殆盡。老狐狸悲慟異常，就化身為寶塔寺的住持，前去造訪這個獵人。」

「他為什麼……為什麼選擇寶塔寺？」

「因為寶塔寺的住持，剛好就是獵人的叔父，原本的名字就叫白藏主。」

「噢——」

「幻化成白藏主的老狐狸和獵人見面之後，便拿出不知從哪裡偷來的一小筆錢交給獵人，要求他別再殺生，也訓誨這個獵人殺生的罪孽將讓他下輩子遭報應等等。」

求求施主別再殺生了——貧僧就以這一貫錢，買下你的捕狐陷阱吧——

雖是畜牲，也有親情——殺生之罪，將成為你投胎轉世的業障——

別再濫殺狐狸了——那個和尚就是——

普賢和尚。沒想到，就是那位和尚。

怎麼可能？怎麼有這種事？怎麼有這麼莫名其妙的事？

彌作不由得背脊發涼。

「可是，一個獵人如果不再抓狐狸，就沒辦法維持生計。他從和尚手上拿到的那點錢沒多久就花光了。便再度前往寶塔寺找他叔父，請求白藏主允許他抓狐狸，要不然就再給他一筆錢。這下老狐狸更傷腦筋了。」

說到這裡，百介從懷中掏出了筆記，看了一下，繼續說道：

「老狐狸決定早獵人一步趕往寶塔寺，設計誘出本尊白藏主——並殺了他來果腹。」

「真是惡劣——」

牠畢竟是隻畜牲嘛——治平有點不耐煩地說道。但要說惡劣，最應該被指責的應該是那個獵人，因為他殺害了更多生命，不，獵人之中最可惡的其實就是——

——就是我。百介翻了翻筆記後繼續說：

「狐狸再度變身為白藏主之後，擊退獵人，後來連續擔任寶塔寺住持五十年之久。五十年之後，他前往倍見的牧場參觀狩鹿，結果真面目被名叫佐原藤九郎的鄉士（註4）所飼養的兩條狗

——鬼武與鬼次看穿，當場就把這隻老狐狸給咬死了。據說那是隻剛毛銀白如針，渾身雪白的老狐狸。」

「雪白的——」

——那個女人。那個巡迴藝妓……

「據說那隻老狐狸就被埋葬在我發現你的那座小塚。後來居民開始祭祀白藏主，尊牠為森林守護神，就沒有人敢在那裡抓狐狸了——」

「至少在你搬來之前為止。」

治平以沙啞的聲音作了個總結。

一座沒有人敢在裡頭抓狐狸的森林——

這就是這座森林裡狐狸為數眾多的原因，彌作也是因此才在那裡定居下來的。

百介再度打開筆記，說道：

「之後，凡是狐狸精幻化成法師，便被稱為白藏主，甚至連如狐狸般愚蠢的法師都被稱為白藏主——這是我聽別人說的。另外，也有人認為能劇的戲碼『釣狐』就是根據這個故事改編而成的。」

彌作愈聽腦筋愈混亂。不，該說是愈錯亂吧。

稍微喝水潤澤喉嚨，他這才漸漸講得出話來。

「你，你這個故事是——」

未免太巧合了。這故事裡的獵人，所作所為幾乎和彌作一模一樣。

如果這真的是自古以來的傳說——不就等於彌作的前半輩子都白活了？

自己過的竟然是和古老傳說完全一樣的生活，這不是件很可笑的事嗎？

「——你說的都是真的嗎？」

彌作忍不住問道。百介再度翻閱起筆記。

「當然，這故事有幾成屬實，我也無法確認——不過，寶塔寺裡好像也有類似的傳說。事實上直到十年前為止，那座小塚與祠堂都是由寶塔寺負責管理的。我曾經和已經過世的住持見面，聽他提過這個故事……」

「什麼！」

——這傢伙見過伊藏？

「你……你見過那，那位住持？」

百介訝異地望著一臉狼狽的彌作。

「見過呀。如果再晚一點，可能就沒能趕上了——」

「沒能趕上？——你的意思是……」

——是指捕吏的——封道搜索嗎？

「你說你趕上了，那，那是什麼時候的事？」

「十天前而已。當時我初到此地，才開始寄住在這位治平先生家不久——」

——十天前？

「那，你來這裡主要是——」

註4：定居鄉間的武士，或享受武士待遇的富農。

「主要是為了打聽一件事。聽說這裡好幾代前真有一位叫做白藏的和尚，寺傳中也有記載，說這和尚很疼愛一隻獨腳狐狸。所以，我好奇這會不會就是那個傳說的源頭。」

「我不是這個意思，我要問的是……」

百介這下更是一頭霧水了。

「提到獨腳狐狸，其實唐國就有類似的傳說，講得是一隻獨腳但博學多聞的老狸貓——不是狐狸就是了。」

「我問的不是這個。」

彌作緊張得一顆心亂跳。

「對，對不起，我……我要問的不是這件事，是——」

這下百介打斷了彌作的話：

「你要問寶塔寺的事情嗎？這座寺院昔日一度香火鼎盛，但不知你知不知道，現在只剩下住持一人獨自留守——唉，看來挺寂寞的。記得這位住持叫做白玄上人，又稱普賢和尚，被譽為普賢菩薩轉世——欸，你會不會也認識他？」

彌作低著頭，輕輕回答了一句——是的。聞言，百介露出了奇妙的表情。

「奇怪，我去找他時，他看來還挺老當益壯的呢，真沒想到現在會碰上這種事——治平，你說對不對？」

治平不耐煩地點了點頭，同時拿起身旁的鐵瓶在剛才那只碗中倒了些水。

「這種事指的是——官府的搜索嗎？」

「什麼？」百介驚訝地張大了嘴。

「你的意思是那個和尚被逮捕了？」

「他死了呀。」

「是被判死罪？——還是——當場被打死的？」

「噢，看來咱們的話沒對上。」

百介困惑地搔搔頭說道：

「其實是這樣子的，之前我之所以去拜訪他，是因為那個傳說和唐土的故事很類似，想了解詳細情況。我問他有沒有相關文書可供參考，那和尚爽快地答應了我的要求，表示會到經藏或庫裡（註5）找找。」

「真的是那位和尚？」

——這怎麼可能！

「和尚要我等候三日，所以，過了三天後——也就是六天前，我再度前往寶塔寺。但走進寺院大門後，任我再怎麼喊都沒人回應，走進去一瞧，才發現他在本堂——已經死了。」

「六天前？」

「是的。我真的嚇了一跳，立刻連滾帶爬地衝回這裡，拜託治平通報附近民眾。」

「我們也不知道他的本山在哪裡，屬於什麼宗派，所以不知道該怎麼幫他舉行葬禮。後來我們只好從鄰村寺院請來一位和尚，粗略地安葬了他。」——伊藏死了？不，不可能。不是才說過昨天還是今天，官府派人到寶塔寺抓人——

註5：住持與其眷屬的住所。

——那麼我……

「我到底……」

我到底昏睡幾天了？彌作以嘶啞的嗓音問道。

「怎麼啦？看你臉都發綠了。」

治平拍了拍彌作的背，並向他遞出一碗茶。彌作接過來一口氣喝乾，然後告訴兩人那女人——巡迴藝妓阿銀——說了些什麼：

「那……那座寺院裡，有個盜匪頭頭——」

寺院是最好的掩護嘛——

「還說這個盜匪專門劫掠路過夢山一帶的旅人——」

比攔路搶匪還惡劣——

「一逮到人就殺——」

殺掉——

治平驚訝地問道：「這麼說來，你真的是碰上狐狸精了。哪可能有這種女人呀，那一定是狐狸變的啦——」治平這番話朦朦朧朧地在彌作耳邊響著。你們在說什麼？我看你們倆才是狐狸精吧？對不對？

接著在不知不覺間——彌作又昏了過去。

鈴——

他似乎聽到了鈴聲。

稍稍打開眼睛，只見眼前一片黑白，視野一片模糊。

沒有樑柱，沒有天花板。只看到一片天空——天空？

怎麼回事？只覺得地上軟軟溼溼的。

他轉頭望望。那老人呢？那年輕人呢。

聞得到潮溼泥土，有點潮溼的臭味。

綠色。白色。光線。蕨葉叢與——水滴。

「彌作。彌作——」

有人在喊彌作的名字。啊，是法師。

蕨葉叢後方似乎有一位和尚。

這和尚是狐狸變的嗎？

可是，我已經把這和尚殺掉了呀。

用鐵鎚把他像隻狐狸似的捶死了。

「彌作。彌作。」

——不，不對。

彌作醒了過來。

喔，這裡是土塚。是狐森的土塚。

那和尚並不是普賢和尚。

「老大——」

彌作整個人跳了起來。蕨葉叢對面的草叢陰影裡，站著一個身纏法衣、手持錫杖的大塊頭老人。

他就是茶枳尼伊藏。

「我還以為你——已經逃走了呢。」

「老大，老大，你——」

我為什麼會在這裡？

「登和呢？——你把她給殺了嗎？」

——登和。我把登和給……

「殺……殺了。」

真的嗎？——只聽到一個低沉粗啞的聲音在森林中迴響著。

——我為什麼——會在這裡？

「嗯，是真的。我——」

「——我是不是瞎了眼睛看錯人了？喂，彌作，號稱殺人不長眼的彌作，不過是殺個女人，竟然得花上三個月？」

伊藏揮舞著鈴鈴作響的錫杖走向彌作。從樹梢洩下的陽光形成點點亮斑，照耀在他的臉上，讓他的五官看起來更加朦朧。不過，來者應該就是伊藏。不，一定錯不了。

「因為我不知道——她住哪裡。」

「我沒告訴過你嗎？你打算和她一起遠走高飛嗎？」

「胡說八道。我已經……了。」

「我說的沒錯吧，登和已經懷了你的孩子。所以，你怎麼可能殺她？」

大爺真的——真的要殺我嗎？

我沒有跟任何人洩漏消息。都沒有講啊——至少饒了這條性命。孩子他——孩子他——

血花四濺。

「我把她殺了。」

我，我就是用這雙手，殺了登和。

「殺了她，就像殺狐狸那樣嗎？」

「是的，像殺狐狸那樣。」

「為什麼？」

「就是照你的吩咐啊。」

伊藏大笑起來。那是從丹田發出的輕蔑笑聲，坐在地上的彌作手裡抓著泥土，愣愣地看著伊藏大笑。

「嗯。剛剛飛毛腿政吉已經傳來消息，說品川的旅館裡發現有人自殺。確實是個女的沒錯，而且——就是登和。」

「你果然——在監視我——」

我能相信你嗎？——伊藏大吼一聲，接著掄起錫杖，使勁朝彌作打下去。

彌作從土塚上滾落下來。

「我完全按照老大的吩咐——」

廢話少說！——伊藏開始用腳踢起彌作。

「我——這甚至連自己的孩子都用這雙手給殺了。就用這雙手——」

彌作看著自己骯髒的雙手，上頭沾滿了泥土、枯草。

血——這些血，是我親生骨肉的血。

「哈哈哈，所以，我才要問你為什麼要殺害她們？」

「那不是——老大您吩咐的嗎？」

「那是你自己搞錯啦！」

彌作腹部被踢得整個人蜷作一團。

「即使沒有我吩咐，你也應該把登和處理掉。喂，彌作——你這傢伙真大膽，竟敢搞上老大的女人，是不是不要命了？真的，我本來打算取了你性命的，不只搞了我的女人，還把我關的女人放走，交代你的工作也做得一塌糊塗。然後你還敢跑來找我，騙我說要改邪歸正，還搞出了一個孩子，你不覺得自己很可笑嗎？」

彌作好不容易擠出幾個字來：「這……老……老大……」

「幹嘛用那種眼神看我？我問你，登和原本不就是你的女人嗎？當時你還沒到道上混。你忘了自己五年前在這裡下的決定嗎？你早就把自己的靈魂賣給我了。」

伊藏再度揮起了錫杖。

「我——我可不記得曾把女人賣給你啊。」

混帳！——鐵棒又朝彌作背部打了下來。

呃！彌作發出痛苦的呻吟，口中已經含滿血水。

「幹殺人放火這一行的強盜，怎麼可能和良家婦女成家？我也曾警告過你吧，幹我們這行絕不能為感情所累，所以，千萬別沾染上女人——」

我說過吧？我警告過你吧？伊藏不斷以錫杖捶打著彌作。

「所……所以，我才和登和分手。後來……老大你就……就將登和據為己有——這件事情我不知道。沒人告訴過我。」

「難道我所有事情都得一一向你報告？你以為你是誰啊？是她自己跑來找我，主動獻身的，還告訴我要她做任何事都可以，所以我才把她留下來的。可是看看你們是什麼德行，未免也太可笑了吧，竟然還來個舊情重燃，還敢說自己想金盆洗手？你這個窩囊廢——」

下顎挨的一計上踢，讓彌作整個人仰天翻了過來。

蕨葉叢上的露水閃閃發亮。

他感到呼吸困難。

——難道這……

真的不是夢？

為什麼總覺得四周都在搖晃？是不是因為從樹葉縫隙間洩下來的陽光？只覺得所有的樹木都在搖晃，夕陽也在搖晃。

不——

百介不是曾說過？

寶塔寺的住持在六天前死了——

不——那是一場夢。可是。

阿銀也說了。

官府派人到寶塔寺抓人——

那也是一場夢嗎？不——難道，就連五年前的那件事也是一場夢？根本就沒有普賢和尚這個人？

難道當時那是狐狸化身？若真是如此——

一切都是夢，都是夢。

全都是狐狸搞出來的幻覺。

彌作把手伸進懷裡。

這不是很奇怪嗎？伊藏為什麼會一個人跑來這種地方？伊藏如此謹慎多疑，怎麼可能沒半個手下護衛，就跑進狐森來？

彌作把臉轉過去。

伊藏背對天空，在陰影中的五官完全看不清楚。欸，這光景——

這光景……不就和五年前完全一樣嗎？

當時彌作就是在這裡，像這樣——

不——這不就和——

那？

——

——伊藏已經死了。

現在對我又是罵又是踢的，一定是隻狐狸。

一切都是騙人的。是狐狸幻化來作弄我的。

彌作在懷裡摸到自己的武器。

這是他非常熟練的武器。

彌作抓到的狐狸之所以能以高價賣出，理由是——

狐狸皮上頭都沒半點傷——

上頭既沒有槍傷，也沒有刀傷。他以熊脂烹煮的老鼠作誘餌——

活捉到的狐狸，全都被這隻鐵鎚——彌作弓著身子一躍而起，將對方撲倒在地，

並趁對方驚恐不已時，朝對方眉間施以一擊。

——啊。和那天完全一樣。

血。

只見做僧侶打扮的男子身子往後仰，緩緩倒臥下去。

法衣在風吹動下膨脹了起來。

錫杖卡鏘一聲被拋了出去。

接著傳來一陣沙沙聲，墨染的布攤了開來。

彌作往後倒退幾步，來到土塚上方時，沿著斜坡一屁股坐了下來。

——完全一樣！

和尚額頭流著血，四腳朝天地仰躺在地上。

前方是閃閃發光的蕨葉叢。

一切都是從這光景開始的。

五年前。

一個和尚不知打哪兒冒出來，卑躬屈膝地拜託彌作別再殺害狐狸。和尚告誡他生命有多可貴，殺生罪孽又有多深重，但彌作完全沒有聽進耳裡，一心只想賺更多錢。因為他打算和登和成家。

待他向和尚說明原委，和尚就給了他一點錢。

和尚還承諾會答應彌作的任何要求。但彌作並沒有接受，表示那點錢解決不了問題。不料那和尚非常堅持，任彌作再怎麼閃躲，他還是緊追不放。

最後那和尚舉起手中的錫杖。

喊了一聲「喝！」

彌作便反射性地，拿出鐵鎚把和尚給殺了。

今天也是同樣的情況。

然後——當時。

從神社後頭走出一個人，就是伊藏。

好啊，這下子被我看到了——這到底是怎麼回事——你就來幫我些忙吧——

像隻狐狸似的——喂，獵人——獵人——鈴。

一陣鈴聲響起。

彌作回頭一看。

——是狐狸。

只見神社後方露出一雙尖尖的長耳。

這怎麼可能？

「誰，是誰？」

只見一個白色的東西，倏然從荒廢的神社正後方冒出來。

「是什麼人！」

尖尖的耳朵，長長的尾巴。白色的臉。

「狐……是狐狸？」

當然，這是錯覺。他不過是把修行者紮頭髮的木綿頭巾錯看成畜牲的耳朵，後頭往下垂的帶子誤認為狐狸尾巴，並把這男子光滑白皙的臉龐看成狐狸的臉。就是這麼回事。

結果——站在他眼前的是個一身白衣的男子。

胸前還背著一只很大的偈箱。

——你以為變成人形就有用嗎？我不會再受騙了。

彌作掄起手中鐵鎚說道：

「你——是狐狸！你是隻狐狸吧！」

男子以悲傷的眼神凝視著彌作，或者是彌作後方的屍體。

「你把他給殺了——」

「是的。我把他給殺了。我把他給殺了又怎樣？我是個獵人。獵人殺狐狸是不會猶豫的。放馬過來吧。」

你這隻死狐狸——彌作又往前跨出一步。

「喂，且慢。你看我這身打扮，我不過是個專門除妖驅邪、行腳諸國的苦行僧。如果我是個妖怪，身上會帶著這些東西嗎？」
於是，男子從胸前的偈箱中掏出幾張護身符往空中撒去，紙片緩緩飄落地面，有的還掉落到彌作腳下。
彌作將它們踩爛。
「少囉嗦！我不會再上當了。」
彌作大吼：「你一定就是狐狸。不只是你，那個女人、那個老頭、和那個年輕人，不，連伊藏和那個和尚——全都是狐狸！你們都是狐狸變的。沒錯，我一直被你們耍得一愣一愣的。根本還沒有經過五年。這全都是騙局吧。你們這些畜牲還真厲害，還能變得這麼像！」
彌作再度舉起手中鐵鎚。
男子——白狐依然動也不動。
「果不其然——看來殺人不眨眼的彌作還真不是浪得虛名，身手是如此熟練。可是，你殺得了我嗎？」
「哼，你還真大膽。我懂了，我已經懂了。你們的心情我都懂了。我不該殺小孩的。因為即使連畜牲也有親情——」
只見他淚水奪眶而出。
「我確實殺了小孩。你們的小孩。請原諒我——我確實殺了好幾隻。可是，我已經不再殺生了。所以，請你立刻停止作法，我這就離開這裡，去和登和一起生活。」
啊，已經受不了了。不管是作夢還是幻想，彌作對殺人這種事已經是徹底厭煩。厭煩透了，彌作非常疲倦。他唯一的心願就是回歸正常生活。然而——白衣男子用非常沉穩的語氣清楚地說道：

「登和她——已經不在了呀。」

這隻狐狸竟然還在演野台戲？

「住口！我不是告訴過你，不會再被你騙了嗎？」

「我沒有騙你。登和她已經……」

「好——我知道了。不必再演戲了！」

「是你親手殺害她的。」

「不是告訴你我已經知道了嗎？」彌作終於把鐵鎚放下來。

「你看，我已經不再殺狐狸了。這一切都是夢吧，告訴我這是場夢！」

「不，這不是夢。」

「你說什麼？」

「這五年來——你替強盜幹活的這五年間所發生的一切，都是事實。」

「騙人。我不會被你騙了！」

「別再逃避了。你雖然沒再殺狐狸，卻改殺人，這五年裡你殺了這麼多人——最後甚至連你自己的骨肉都——」

「別再說了。別再說了。」

「禽獸是不可能幻化成萬物之靈的。你還真是可笑呀，竟然還以為我是狐狸化身，其實是因為你自己心虛。」

「這——這一定是一場惡夢。這一切——」

「這不是夢。看看你自己的手吧！」

彌作注視著自己的手掌。

孩子的血。

「啊、啊、啊——啊、啊、啊——啊、啊、啊——」

彌作崩潰了，如今已是虛實不分，只覺得一陣天旋地轉。於是，男子把手中的鈴鐺湊向彌作的鼻尖，鈴——地搖了一聲。

「御行　奉為——」

彌作一股腦兒地跪了下去。

「彌作你聽到的、看到的，一切屬實。你確實殺了慈悲的普賢和尚，也殺害了無辜的旅人，而且在幹強盜時殺害了許多人，最後甚至連鍾意你的女人還有自己的骨肉，都慘遭你殺害。你罪大惡極，一輩子都無法解脫了。不，也不知道你有沒有來世，即使有，你下輩子還是得背負這些罪孽。只不過——」

「只不過——只不過什麼？」

「只有那個——伊藏是狐狸。」

白衣男子說著，朝著盜賊的方向轉頭過去。

剛剛那穿著法衣的盜賊，還躺在地上。

白衣男子走到屍體旁。鈴——地搖了一下鈴。

「你還真是罪大惡極呀，老狐狸。」

蕨葉叢搖晃起來，露水滴落。

「可是，這一切……這一切如果不是事實，也是因為狐狸的緣故。就是因為狐狸，我……我這雙手，剛剛才……」

動手殺人。

「普賢和尚也就是茶枳尼伊藏，五天前已經死了——那年輕人不是這麼說的嗎？那不是很好嗎？」

白衣男子說完便蹲下身來，俐落地脫下了伊藏屍體身上的法衣。

「這畜牲不配穿這身衣服。這是普賢和尚的法衣——不，是白藏主的法衣。來，彌作——」

男子把法衣交給彌作。

「從今天起，你就是白藏主了。快穿上身衣服，剃度乾淨，立刻去寶塔寺。剩下的後半輩子，就在那裡為遭你殺害的人祈禱冥福吧。」

「寶——寶塔寺？」

「那裡現在沒有人。全被抓走了。」

「全被抓走了……」

「快去吧。」

彌作慌忙抓起法衣，飛也似的沿著分不清是夢還是山的夢山小路跑去。

【肆】

獵人離開後，謎題作家百介才從神社後頭現身。

從土塚上往下看，身穿白衣的又市背後，有個只穿著內衣、個頭非常大的禿頭男子，呈大字型躺在地上。

「又市——」

百介邊呼喊邊跑下土塚。

接著又有兩個人從森林樹蔭下竄出來。一看，正是巡迴藝妓阿銀，和已經換下農人裝扮的告密者治平。

「又市——那傢伙不會出問題吧？」

「應該沒問題。」

又市雙手抱胸說道：

「除了彌作和……這個伊藏之外，官府從昨晚到今早，已將茶枳尼那幫歹徒悉數繩之以法了。」

聽又市說完，治平還是很擔心地看著獵人離開的方向。

「話是這麼說沒錯，不過，那獵人畢竟和那些傢伙是一夥的，而且罪狀也不輕。他們這群無情無義、目無法紀的歹徒，一被逮補就會出賣同夥。即使不會，官府嚴厲的審問大概也會逼他們鬆口。所以，總之即使他安全逃回去——回到他們原本的根據地寶塔寺，總有一天也會被發現吧？」

「不必擔心。大家都認為他已經死了。」

「真的嗎？——你葫蘆裡賣的是什麼藥？」

又市還沒回答治平的問題，百介便插嘴問道：

「又市，這次……這次到底是——這次的案子到底是怎麼回事？」

百介完全被蒙在鼓裡。

噢，其實也是挺倉促的——說完又市取下頭布擦了擦臉。

「——真是對不起你，咱們突然找你來幫忙，想必把你嚇一跳了吧？」

「這我是不介意——」

百介揮揮手說道。這時候又市突然露出難得一見的悲傷表情，淡淡地說——唉，我也是受登和所託。

「登和——就是和剛剛那個獵人有婚約、後來又被伊藏據為己有還是什麼——的女人嗎？」

沒錯——這次輪到治平回答：

「那姑娘真可憐。為了怕萬一，原本我們已經安排她躲到江戶品川去了——」

「躲起來？」

「是的——但彌作這傢伙要比想像中還厲害，一下子就找到她了。我趕到品川時，登和已經不見了。」

我還是不懂——百介搖頭說道。他完全搞不清整件事的來龍去脈。於是，又市一臉神秘地回答：

「好吧，容我把原委從頭說來——五年前，彌作在這座森林裡捕狐維生。」這百介已經知道了。

「——後來，他在市場上認識登和。據說彌作打算和她成親，因此更努力獵捕狐狸。但就在這時候，寶塔寺住持白玄這位怪和尚前來勸他別再殺生。想必你也知道，寶塔寺是個快要廢寺的山中寺，據說這位白玄和尚是個慈悲心腸。只是不論他如何勸戒，彌作就是不聽，逼得連這位仁慈如普賢菩薩的和尚也露出了怒容，便朝他大喝一聲，不料——」

「就這麼死在彌作手上——」

阿銀把話接了下去：

「——那獵人原本大概也不是存心要殺害他，但不知道是打得不對還是太剛好，總之這不過是個偶然，算是個不幸的偶然吧。在他殺了和尚的時候，這傢伙——」

阿銀看了看躺在地下的伊藏屍體。

「——正好就躲在這座寺院後頭你原本藏身的地方——」

百介也朝屍體看了一眼。

據說茶枳尼的伊藏宛如惡鬼羅剎，是個惡名昭彰、無惡不作的惡徒——也是個盜匪頭目。然而，眼前躺在地上的既非鬼也非蛇，死了也沒露出尾巴，不過是個禿頭的老人罷了。

又市凝視著伊藏的臉說道：

「這傢伙呀，先生，可說是強盜之中最惡劣的。他姦淫擄掠樣樣都來，就連同行盜匪都怕他。他在京都一帶幹了太多壞事，弄得自己無處容身，只好流浪到江戶。但即使到了江戶，他仍舊不改動不動大開殺戒的習慣，最後連江戶也待不下去，只好轉移陣地來到甲府這一帶。這時，他碰巧看到彌作殺人，就恐嚇彌作。也算是狗急跳牆吧，結果——」

這惡棍還真是想到了一個好點子——治平說道。但百介還是聽不太懂。

「伊藏逼彌作當他的部下，否則就要向官府通報他殺了人——是嗎？」

事情才沒這麼簡單呢——治平忿忿不平地說：

「但說簡單點就是這麼一回事。這傢伙做起壞事來腦袋就特別靈光。想必這混帳並不是認為彌作這個獵人能當個好部下，而是一眼就看出彌作在殺人上的天賦。」

殺人也得看天賦？

如果有的話——那應該算不上是技術吧。

百介不願再想下去了。

治平接著說道：

「然後，這傢伙還看上了被彌作殺害的人——也就是已經氣絕身亡的和尚。」

「看上了什麼？」

「就是，他決定借用這和尚的身分。」

「噢，原來如此——可是這應該不容易吧？」

「即使不是盜賊——不論是誰，只要不具備僧籍，要變成僧侶並不是那麼容易吧。」百介說道。

又市聞言露出一臉苦笑——這要看情況吧，他回答：

「如果他打算偽裝的身份必須和許多人接觸，即使不是和尚也很困難。反之，不管是喬裝和尚還是大夫，只要不和人接觸，就很容易成功。據說當時寶塔寺裡只剩下幾名小和尚，後來都失蹤了。我們猜測，實在也很殘酷——他應該把他們都給殺了——不，可能是他逼彌作下手的吧。再加上這座寺院如此荒涼。至於檀家信徒呢？大概也沒幾個吧，伊藏認為自己應該可以騙過這些信徒。

總之，伊藏這傢伙打算把地處荒郊野外的寶塔寺當賊窩，慢慢將四散的手下找回來，準備在此地東山再起。」

阿銀接下話說道：

「這個計畫也需要一些資金吧？因此這個惡徒先派彌作出去搶劫，以這種方式籌資金，企圖進一步招兵買馬，好開始幹壞事。對吧？」

「可是——即使被抓到把柄，彌作為何甘於幹這種差事？」

再怎麼說，殺人畢竟是件很殘酷的事。

一般人應該是下不了手的吧，百介心想。

所以說——彌作果真有殺人的天賦？

但是——這真的算得上天賦嗎？

治平回答：

「那傢伙——也不知道是背負了什麼罪孽。伊藏這個惡棍說服他的理由很簡單，就是反正都已經殺了人，殺一個和殺兩個、甚至殺十個或一百個都沒什麼兩樣——結果，可能也是自暴自棄吧，約有兩年左右，彌作完全變成一個殺人不眨眼的暴徒。惡名遠播到連江戶人都知道。」

「殺手？結果他不是變成搶匪？」

「要重新聚集四散的盜賊手下，一定要有錢、有力量——茶枳尼伊藏需要這些來警告大家，誰敢背叛他就會沒命。因此彌作就這麼淪為伊藏肅清背叛者的工具。」

「那麼——」

阿銀朝伊藏瞪了一眼，之後嘆口氣說道——最可憐的就是登和了。

「她急著想幫助性情豹變的彌作，找上了寶塔寺，沒想到她的努力反而適得其反。」

「可是阿銀，剛剛伊藏不是說過，是登和自己跑去依他的嗎？」

阿銀聞言語帶不屑地說道：

「——還不是掉進了這傢伙設下的圈套？對伊藏這種惡棍來說，自己找上門來的女人，哪有不納為禁臠的道理？」

「結果——登和就淪為伊藏的女人。可是她還是無法忘掉彌作——後來，她就偷偷地和彌作舊情復燃——但伊藏當然不會默不吭聲。」又市補充說道。

百介則若有所悟，自言自語：「所以，事情才會變成——」

沒錯——又市點頭說道：

「她就懷了他的骨肉。登和擔心彌作以及自己肚子裡的孩子，知道這樣下去絕對不是辦法，對一切感到厭煩的她就躲了起來。這是不打緊，但一想到彌作還留在伊藏那裡，她又變得坐立難安。登和認為只有自己隻身逃出虎口，日子也不可能過得幸福，她非常擔心伊藏會不會對彌作下什麼毒手，愈想愈焦慮，就……」

「就來找你幫忙。是吧？」

可是，事情已經太遲了——又市懊悔地說道：

「我原本也沒料到伊藏派來的刺客會是彌作。想必彌作也知道他要殺的就是登和——彌作的城府顯然比我們想像得還深。」

「一開始原本打算將除了彌作之外的歹徒一網打盡，所以我就寫了一封假信到茶枳尼的根據地。喔，那些傢伙的棲身處是登和從彌作那邊探聽來的。」

「假信？」

「是的，我在信中謊稱——你們頭目伊藏三天前暴斃了——他搶來的金銀財寶就藏在寶塔寺裡，所以誰先找到就是誰的，因此這些利慾薰心的傢伙便爭先恐後衝向寶塔寺。這正好正中了我的下懷。於是，我先誘出伊藏，讓他離開寺廟，再通報官府前往圍剿，便大功告成了——」

原來如此——又市驚訝地望著治平。

「嗯，可是後來如意算盤被打亂了，是吧？正如你剛才所說，登和被擄走了。而且隔天屍體就出現在沙灘上——還和一個男人的雙手綁在一起。」

「這是——被佈置成殉情的模樣？」

這些傢伙做事還真周密呀——又市說道。

「看到登和的屍體時，就連又市也有點亂了手腳。但是我——是個舉世無雙的詐術師，怎麼可能悶不吭聲？便決定來個以其人之道還治其人之身。於是，我就騙了一個負責監視彌作、名叫政吉的小混混。」

怎麼騙的？你這個耍詐術的，少給我故弄玄虛——治平向又市質問道。

「那還不簡單——就是讓他們相信——海邊殉情自殺的，就是彌作與登和——」

「原來如此。所以，你捏造了彌作已經死亡的消息？」

「沒錯。結果，政吉接到這項消息立刻趕回去回報，結果他還沒來得及離開品川，就被官府給逮住了，如今可能正在接受審問吧，想必他會供出所有同夥——應該也會堅稱殺人鬼彌作已經死了。」

「那麼，這個——伊藏所收到的快報也是假的囉？」

「沒錯。我們捏造了一段訊息『昨夜小弟親眼看到登和與彌作雙雙殉情，今天早上被人發現，我確實看到了。』但登和似乎已經通報官府，得小心政府追兵，因此彌作請小弟轉告頭目，請速前往狐森——」

「噢。」

「我們也趕緊改變策略，畢竟情勢如履薄冰，只要出一點差錯，就會全盤皆輸。只要歹徒之中有一個與伊藏或彌作相遇，我們的計劃就會泡湯。同樣的，在這些歹徒落網之前，如果彌作與伊藏見面，計劃也會化為泡影。」

「因此，又市盯住伊藏不放，我則緊跟著彌作。彌作這傢伙——腳程很快，連阿銀我都跟得上氣不接下氣。幸好他走進了這座森林稍事歇息。如果他直接走到寺院，後果就不堪設想了。還真是把我嚇出一身冷汗呢——」

說著，阿銀蹭了蹭自己的腳。

一如往常——百介這次對這班人的高超手腕也是敬佩有加。這次雖然被治平叫來，但一直不瞭解事情原委，結果仍不明不白地稍稍幫了他們佈下這個騙局。

雖然獵人曾見過寶塔寺住持的故事是虛構的，但白藏主傳說倒是真的，這一帶自古就有相關的記載。

百介的行為與動向，都在這群人的掌握之中。

於是，百介帶著複雜的心境俯視這具盜賊的屍體。

這惡棍渾身被草露沾溼，已經完全氣絕。

百介也試著體會彌作的心境。

但實在無法體會。

實在無法體會他的心境。

「又市──」

百介注視著屍體的臉，頭也不抬地問道：

「你……原本就看準──彌作他……會在這裡殺掉伊藏嗎？」

這就是設下這個局的最終目的？

百介抬起頭來，仰望著又市。

「你是希望借彌作之手，解決掉這個伊藏嗎──」

「那傢伙──」

又市講到這裡，停頓了一下。

「──百介先生，情況並非如此。」

「那是怎樣？」百介不由得悲傷起來。

於是他又問道：

「你這些計謀還能解決什麼其他問題？比方說──彌作將因此得到救贖？」

今後彌作將會如何──他將有什麼感受──

又市一句話都沒回答，只是默默地戳著蕨葉叢。

反倒是治平替又市回答道：

「百介先生。伊藏與彌作為非作歹，已罪無可赦。如果伊藏繼續如此教唆彌作殺人──如果他真的厭煩了──只要把伊藏殺了就成了吧。以彌作的力氣，誅殺伊藏理應不是問題，但他直到情勢惡化至此都還沒有殺了伊藏，原因何在？」
原因何在？——治平向百介問道。
百介無法回答這個問題。
他看了死去的伊藏一眼，懊悔地說道：
「彌作——咱們還能怪這傢伙嗎？雖是奉命行事，但親手殺了登和的畢竟是他自己。連尚未出生的小孩都慘遭他殺害，他還能有任何理由辯解嗎？」
意思是——
「所以，伊藏這個死在這裡的歹徒，其實就等於彌作自己。連懷了自己孩子的女人都殺死，再怎樣都不能說是因別人吩咐而被迫下手的吧？這讓我們實在是一籌莫展。所以，正如你所說，要不是這傢伙死，就是彌作死，問題才能完滿解決。我們並不嗜血腥，但這也是無可奈何。當彌作對登和下手時，我們其實就已經失敗了。」
那麼——
「那麼，今天這樣做，難道是為了報復嗎？不——讓當事人彼此砍殺，應該不是個完善的處置方法吧？沒錯，伊藏和彌作兩個都是惡貫滿盈，若是被逮到絕對要被處磔刑，即使今天沒有橫死在此，總有一天也會受官府制裁。所以——」
這我並不贊同——又市說道：
「我們既不是官府的走狗，也不是義賊，因此並沒有權利制裁或討伐惡徒，甚至連指稱對方罪該萬死的權利都沒有——」
話至此，又市便靜了下來。

「——制裁？這個字眼未免太狂妄，也太可笑了吧。不是嗎？作家先生——」

這下又市緩緩地——

抬頭仰望夢山。

接著說道——真悲哀呀。

然後他望向百介，叮囑般的向百介說道——難道不悲哀嗎？

百介也朝夢山望去。

也不知這是山是夢，只覺得眼前一片朦朧。

百介覺得自己彷彿到了來世。

「看來人不管是生是死，對這座山而言都沒差別吧。那傢伙在這座山裡變成了狐狸——變成了白藏主。」

又市說道。

此時。

蕨葉叢一陣搖動。水滴飛濺。

只見一隻狐狸——消失在森林中。

「有人一直在聽我們說話——」

阿銀說道。

「就是那隻狐狸——」

想必牠覺得咱們吵死了——也許也認為我們愚蠢至極吧——阿銀自言自語著，接著轉了圈身子問道——現在該怎麼辦？

「該把這傢伙埋在這座土塚裡嗎？」

「他畢竟也是白藏主嘛，雖然只當了五年——」治平費力地站起身來。

百介則問道：

「彌作——也會變成白藏主嗎？」

「盜賊能當五年，狐狸能當五十年。彌作應該也行吧。」

話畢，又市又搖了搖手中的鈴。

舞首

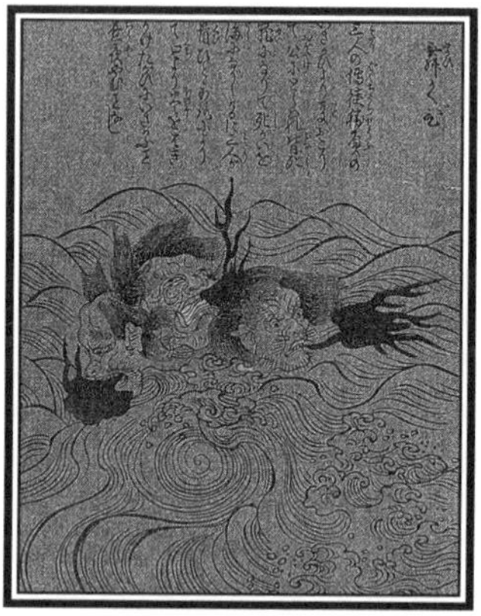

三人因賭生齟齬
鬧事而為官府捕
處死屍首盡投海
三人首級聚一處
口吐火焰
依然爭執不休
晝夜不捨

繪本百物語・桃山人夜話／卷第五・第四十四

【壹】

伊豆之國有一名為巴之淵的深水池。

此處雖近山深水冷之清流源頭，但水面並不平靜，處處出現漩渦，波濤洶湧，不只獸類，甚至連飛鳥彷彿都會被波浪吞噬。

據說這水池正中央有個通往地獄的洞。

摻雜山坡赤土的紅色流水，加上汙濁雨水以及透明清澈的湧泉，三者交雜地往水池中央流去，形成的漩渦狀似三巴圖案（註1），故名「巴之淵」。

當然，此處人跡罕至。

巴之淵岸旁，有一間粗陋的木板小屋。

沒有人知道這是誰、在何時、為了什麼目的而蓋。

不知何時開始，一個名叫鬼虎惡五郎的暴徒住進這小屋裡，對鄉里與居民構成威脅。

惡五郎用火繩槍能打穿正在跳躍的兔子紅眼，用弓箭可射下空中翱翔的老鷹，武藝堪稱天下無雙，而且是個力氣過人的大力士。他不費吹灰之力就能移動和人一樣高的岩石；只用一根山刀就能伐倒巨木，神奇的能耐讓他遠近馳名。

註1：日本古代的參漩渦式家紋。

他的容貌也是人如其名，一副既像惡鬼又像老虎的凶惡面相。身高雖不高，但一身剛毛下的肌肉結實如石塊，即便有人想趁其不備加以砍殺，據說若用的是鈍刀，仍傷不了他分毫。

他的打扮既不像獵人，也不像樵夫，有人傳說他是山賊，也有人傳說他是野盜頭目，但沒有人知道他的真實身分，大家也都很好奇他到底靠什麼謀生。好酒的他天天喝個不停，每個月也會數度下山，來村落裡賭博、找女人。

雖然看起來凶暴，惡五郎進賭場卻不多話，比大部分賭徒沉默得多。他贏錢不會開心嚷嚷，輸了也不會垂頭喪氣；既不會喝醉酒鬧事，也不會不講道理壞了賭場規矩，是很上道的賭徒。不知道為什麼，他就是有錢也不會刻意招搖，雖然錢花得很乾脆，但花光了就打道回府。據說他有一句口頭禪「做人就得不時賭一回才痛快」。

有賺錢時，他會用一斗的酒瓶買酒扛回山上。在酒店裡也不會亂來，錢不夠時有多少就買多少，不曾賴賬不還。

但女人就是個問題了。

惡五郎對女色的執著不是普通的壞。

一開始他只向客棧裡的流鶯買春。但後來不能滿足，逢女性路客便擄來強暴，最後連村裡的良家婦女都不放過。

只要他看上哪個姑娘，即便當街也要狠狠抓走，帶回山上小屋再三凌辱。

被擄走的姑娘多半三天左右便可以下山。但也有的一去不回。回到村落的姑娘大多變得滿身瘡痍，個個被折磨得不成人形。有的甚至發瘋或失明。這些姑娘回家之後幾乎都活不久，結果不是上吊自殺，就是投水自盡。

即使村民聚眾前去要人，據說每次來到巴之淵小屋前，就會看到手持山刀的惡五郎眼露兇光、齜牙裂嘴地站在小屋前阻擋眾人。

此時的鬼虎變得異常凶暴，和在賭場時判若兩人。除非他已經發洩完所有淫氣，否則絕對不許任何人碰被他擄去的姑娘一根手指頭。他是如此凶狠，連閻王爺都要敬畏三分，一般人根本不敢靠近，別說要和他談判。即使來個十人、二十人也不會是他的對手，真有人膽敢開打，也都落得斷手斷腳的慘狀。

雖然行徑如惡鬼羅剎，但惡五郎實在是無人能敵，根本沒有人敢反抗他。因此吾家有女初長成的家庭只要一聽到鬼虎下山，不分晝夜都只能關緊大門，躲在屋裡打哆嗦。

遭惡五郎毒吻的女子一年不下十人。女兒被抓走的父母全都悔恨交加、氣得咬牙切齒，一再到官府控訴鬼虎罪行，但卻一直無法得到解決。不知是政府捕吏太軟弱，還是鬼虎太頑強，巡捕人員完全無法將鬼虎生殺或活擒。不過任誰都認為他畢竟也只有一個人，哪怕他再強悍，如果政府一口氣出動個二十人，應該還是能讓他束手就縛。可惜在如此窮鄉僻壤，官府人力原本就不足，加上能力有限，即使民眾申訴，也只能找藉口推託。無計可施的民眾只好仰賴神佛，希望天理昭昭能嚴懲鬼虎。可惜不管再怎麼拚命祈禱，老天爺絲毫沒有處罰鬼虎的意思。

因此鬼虎也得以肆無忌憚地繼續擄走無辜女子，將之凌辱致死，而且依然能大搖大擺地在村裡走動。

話說惡五郎已經大約一個月沒下山了，但兩天前他突然出現在村民面前。

此時的惡五郎一臉兇相。

只要看到他那張臉，任何人都能看出他正氣在火頭上。

他那覆蓋在鐵絲般的鬍鬚下的臉頰不斷震動；兩眼佈滿血絲，鼓起的鼻子激烈地噴著酒氣，獰猛得宛如一隻疾馳千里的野馬。

居民紛紛躲進家裡，從木板窗往外偷看，緊張得直吞口水。看到這異形山人從自己家門前走過，每棟屋裡的居民才膽敢鬆一口氣。

這天，惡五郎直接走向賭場。

而且很罕見地，他竟然在賭場裡和人起了糾紛。

剛開始他只是默默下注，但一直贏不了錢。

他一次又一次下注，還是輸個不停。

過了一陣，鬼虎臉色愈來愈難看，每賭必輸的他最後終於把帶來的錢輸個精光。平常遇到這種情況，他都會立刻起身離開，但這天不知何故，鬼虎突然開始怒斥莊家使詐，氣得抓住一個賭客，拚命數落對方。

被數落的是名叫為八的小混混。雖然只是個小流氓，但這個為八膽子很壯，竟敢挑戰正氣得發狂的鬼虎。可能也是因為惡五郎平日在賭場裡很溫馴，為八才膽敢不把他看在眼裡，完全不知道自己才幾兩重。

閉嘴！你這隻山猴！管你是鬼還是虎，想跟我賭單賭雙拚輸贏，你還早得很哩——為八這麼數落鬼虎，但他掄高的手臂永遠沒機會放下來了。

只見整隻手臂滾落到地上。

惡五郎舉起山刀，一刀便連根砍下為八的右臂。

賭單賭雙已不再重要，整個賭場都被血染紅了。

負責維持賭場治安的是個名叫黑達磨小三太的鄉下俠客。事實上他也是個違法亂紀的地痞流氓。

黑達磨原本悠悠哉哉地躺在女人膝蓋上喝酒，突然接到鬼虎搗蛋的消息。

按理說，所謂俠客應該是個鋤強濟弱的人，但黑達磨頂著這個招牌不過是掛羊頭賣狗肉。黑達磨有許多跟班小弟。不僅如此，他曾一次擊殺十五個敵人，是個以驚人體力名聞遐邇的怪物。但他雖然豪放，意外地卻非常吝嗇，是個完全不了解別人的痛苦，一旦擄有任何財物，就不可能吐出分毫的守財奴。平常不管是怎樣的牛鬼蛇神，只要在賭場裡都是大爺，所以不論善良民眾如何痛訴鬼虎的罪大惡極，黑達磨還是沒有任何動作，未曾出面為民除害。可見他根本算不上是個俠客，不過是個邪魔歪道而已。

但今天情況不一樣，你惡五郎要胡作非為隨你便，這下竟敢搗毀賭場？一聽到這項消息，黑達磨瞬間雞冠充血，立刻召集所有弟兄，帶刀衝向賭場。

結果，暴徒與外道俠客狹路相逢，一場混戰隨之爆發。

面對個個持刀的對手，鬼虎立刻砍下賭場的柱子甩打迎敵，雙方激戰得殺聲震天。

鬼虎實在強悍。

只是，不管他多強悍，畢竟敵眾我寡，形勢對他不利，而且再如此鬧下去，捕吏再怎麼軟弱恐怕也不能繼續視若無睹。於是，大戰好幾回合之後，惡五郎鳴金息鼓，被迫退去。

哼！什麼鬼虎，再強悍也不過是一隻山猴，還是得畏懼我黑達磨老大三分──惡五郎離開後，小三太得意地說道。

的確，能將這個官府不敢抓、也抓不到的大暴徒趕跑，小三太確實值得褒獎，但帶來的五十個兄弟，卻有一半被打得幾乎站不起來。可見鬼虎發起威來確實恐怖。

接獲賭場有人鬧事的消息，地方政府捕吏帶著兩三個小巡捕慢吞吞地來到賭場時，已經是惡鬥結束後一刻鐘的事了，惡五郎也早已不知去向。只見到賭場一片狼藉，雖然沒有人死亡，但到處可見手指、肉片，慘狀令人不忍卒睹。

雖然很高興能把惡五郎趕跑，但問題沒有解決，賭場被搗毀，手下被殺傷，即便再怎麼脾氣暴躁的流氓，也知道自己其實是損失慘重。

所以，因勝利而陶醉了一會兒之後，小三太又開始氣得面紅耳赤，不住地跺腳叫罵。

繼續這樣下去，黑達磨整個幫派的面子往哪裡掛？小三太決定不讓彎腳官府介入，立刻召集剩餘的部下四處搜尋惡五郎。但也不知他是飛天還是鑽地了，任眾人的搜索再嚴密，也不見惡五郎的蹤影。

然後——

【貳】

「那是——前天晚上的事情嗎？」

只見一個朦朧的男子黑影唐突地說道。

黎明時刻。兩人正躲在巴之淵旁邊的樹叢中。

「——之後，那個叫鬼虎的惡棍利用昏暗夜色闖進你的店裡。是這樣嗎？」

被問這個問題，另一個黑影「是的、是的」地恭敬回答，點頭如搗蒜。
發問的看來是個著便裝的浪人，回答者則是繫著圍裙、看起來像商人的矮個子老人。兩人從剛才就一直躲在樹叢中窺探小屋狀況。
「那麼——他昨天一整天都沒出門嗎？」
浪人問道，並在夜色中隔著赤松枝條看了老人一眼。
老人一再點頭回答：
「真、真是生不如死啊。」
只見老人仍舊直打哆嗦，牙齒不住上下打顫。
「你認為老虎會把咬在嘴裡的肉吐出來嗎？」
「大爺，您、您別開玩笑了——」
「我知道了。總之那隻老虎在你那邊大吃大喝，把所有的錢都搶走之後，又擄走了你的孫女，然後天還沒黑就回到這棟小屋來——」
「是、是的。」
哼——浪人用鼻子吐了一口氣，又說：
「如果真是這樣——老頭子，你的命也真大。聽說那傢伙曾隻身和五十個賭徒對峙，把對方打得落花流水的，自己卻毫髮未傷。不是嗎？」
「是、是的。他毫不把殺生當罪孽。」
「呿。殺人的哪有把殺生當罪孽的？你這傢伙真是胡說八道——」
浪人一臉不悅地蹙起眉頭。

這個駿州浪人名叫石川又重郎——綽號斬首又重——一如其名，他是個以殺人為業的流氓劍客。又重郎不管對方是誰都砍得下手，因此與其稱呼他劍客，毋寧說他是個殺手。只要受委託，即使是婦孺他都下得了手。反正只要有人供他殺就成了——又重郎就是這樣的傢伙。

他殺人時沒有一絲躊躇。

上個月在駿河殺了兩人之後，他逃來伊豆藏身，至今已經是第十天了。

又重郎對比劃劍法毫無興趣，他只懂得揮刀殺人，殺氣騰騰的刀法和任何流派都不一樣，可說是自成一派。不，與其說他的功夫獨具一格，不如說殺人根本就是他的天性。他出手非常快，總是在尚未摸清對方功夫高下前便拔劍出鞘，在一瞬間便讓對方氣絕倒地。相傳他揮刀的速度可謂迅雷不及掩耳，總是一刀封喉，令人頭當場落地。

這就是他「斬首又重」這個綽號的由來。

天生擅長揮刀砍人的又重郎，當然不會特別學習劍道，反正要他矯正刀法也是不可能的。他曾數度拜師學藝，卻都被趕出道場。像他這種瘋狂血腥的劍法，只能用來殺人，根本算不上任何劍術，不過是一種「殺人術」。因此儘管他以武士自居，但顯然一開始就走上了旁門左道。

又重郎在江戶期間曾擔任道場保鑣，卻一再上他人的道場踢館，把對方打得落花流水。他漸漸了解，自己個性衝動，一旦拔劍就會殺人，一旦殺人就會上癮。因此他曾痛下決心不再拔劍。

但五年前——又重郎還是忍不住砍殺了三個和他發生爭執的下級武士。而且不只殺了對方，三個人裡有兩個人頭落地，剩下那個則被他砍成肉醬。事情做到這種地步當然不是誤殺，只能說是「慘殺」。

至於那場爭執的原因，如今他已經記不得了。很可能只是對方不小心碰到他的肩膀或手臂之類芝麻蒜皮的小事。

但只要劍一出鞘，他就無法控制自己。

這完全不關乎一般武士競技的勝負。

他就是想殺人而已，想殺得一片腥風血雨——

而且最好是，能砍下對方的人頭——他就是要這樣的快感。

從那天起，他知道自己已經完全失控。

又重郎只得趕緊找地方隱遁，但不久錢花光，只好重出江湖幹起強盜。

然而——

他沒辦法只嚇嚇對方或只讓對方受點輕傷。只要一出手，又重郎非要教對方人頭落地。

他已經不只是個強盜，而是個殺人狂。一開始害命是為了謀財，但從第二次開始就不同了，殺人不再是為了取財，而是本身已經變成了目的——這就是業障吧。他難以壓抑自己的衝動，滿腦子只想揮刀、殺人，又重郎已經完全無法自己。

越殺越興奮的他就這麼永無止境地殺下去。於是在不知不覺間——這也是理所當然——殺人變成了又重郎的職業。

不出多久，「斬首又重」的名氣便在黑道上傳了開來。

所以——

對又重郎而言，把無謂的殺生當罪孽根本就是莫名其妙。殺生哪需分有罪無罪？當殺手的該殺時就殺，目的哪會有高低之分？

不論是為了保家衛國、伸張正義、還是為了義理人情，哪管理由是如何光明正大，殺了人的就是殺手。若主張殺人通通不對，他或許還能理解，但同樣是殺人卻說這種可以、那種不行，又重郎可沒辦法接受。

——妓女何必裝高尚，說自己是良家閨秀？

反正要殺人，就殺個痛快。

此時又重郎正注視著捲著滔滔漩渦的巴之淵。

——殺個痛快吧。

三年前。又重郎曾為盜賊所雇，闖入兩國一間油批發商，把夥計悉數殺光。而且對婦孺同樣是毫不留情，一概宰殺殆盡。

而後又重郎只好離開江戶。儘管江戶如此之大，如今已無處容他棲身。但他原本就習慣流浪，加上這裡不是他的家鄉，因此也沒有一絲眷戀。

他可不是落荒而逃。

又重郎離開江戶，是因為他想殺更多的人。因為「斬首又重」的惡名在江湖上已是無人不知、無人不曉，從市民到匪徒個個都認得他的長相。即使沒這個問題，上至被他殺害的下級武士的雇主，下至被他踢館的道場徒弟，想追殺又重郎的人在市內可說是不計其數，繼續留在江戶很難伸展手腳。離開江戶之後，又重郎遊走於諸國之間，每投宿一地就當場砍人，不管有否受到委託，他只要想殺就殺，完全停不下手。

後來，他在駿河殺了一位捕吏。

只為了搶奪對方的武士刀。

人血會讓刀子生鏽，砍到人骨也會教刀鋒缺口、讓刀身扭曲。殺了人之後若不立刻修補，刀子很快就得報廢。但修理刀子並不容易，因為只要磨刀師看到刀子一眼，馬上就能看出又重郎用這把刀子砍了些什麼。

這麼一來，他就暴露了自己的行蹤。

接下來的旅程也就更為不便。

因此又重郎在斬殺那位捕吏後，便將對方腰間佩戴的刀子據為己有。再也沒有比這更方便的手段了。

又重郎認為，如此好刀竟佩戴在一個下級捕吏腰際，未免太糟蹋它了。所以，他就殺了這個捕吏。到手之後，又發現那把刀比原本想像得還好得多。

——鬼虎，可惡的傢伙！

真想早一刻吸乾你的血——又重郎的手握向劍柄。

又重郎已經十天沒殺過人了，手實在非常癢。如果背後這老頭子沒有拜託這件事——或許他早已按捺不住，把這老傢伙給殺了。

「喂——」

又重郎朝老人喊了一聲。老人回答了一聲「是」。

「——那混蛋，真的在那間小屋裡嗎？」

小屋對面就是波濤洶湧的巴之淵。

又重郎注視著小屋，豎耳傾聽。

但吵雜的波浪聲教他無法專心。

就在裡頭——老人回答。

「可是，把事情鬧得那麼大，他還敢若無其事地回到自己的住處？就算捕吏膽小不敢動手逮捕他，被他惹毛的鄉下流氓也不會放過他吧？我一路上看過不少這些滿臉殺氣、準備報仇的傢伙。」

「可，可是——他的確在裡頭。」

「真的嗎？你是說就憑你這種身手，也能跟蹤他？」

「喔，我、我是叫我孫子跟、跟蹤他的——」

「好啦，算了算了。也難怪你們嚇一跳，論誰都想不到他竟然能在那場廝殺混戰裡把女人帶回來吧——所以，現在你漂亮的孫女——也在前頭那棟臨時搭建的小屋裡囉——」

——有嗎？有人在裡頭嗎？

倒是好像真的有人在裡頭。也許一般人無法察覺，但又重郎感覺得到。但即使如此——

——還是覺得怪怪的。

確實是有人在裡頭，但並感覺不出裡頭躲著暴徒的邪氣。

阿吉，阿吉——老人兩手往前伸地直喊著。

又重郎伸手制止了他。

「老頭——」

「怎樣？」

「你不是說——那隻山猴抓了女人之後，都會擋在那棟小屋門前，怒目注視來要人的人嗎？怎麼現在看不到？」

「是啊，他現在可能和阿吉在裡頭……」

老人還是想衝出去。又重郎只好用劍鞘尖端頂住他的喉嚨，阻止他輕舉妄動。

「──喔，搞不好他正在……沒辦法出來把風。如果是這樣，表示你的孫女正被那隻喜好美色的山猴壓倒在地──嗯，這樣的話──也只好等他們辦完事了。」

又重郎說完，在松樹樹根上坐了下來。

老人慌張地瞪著又重郎說道：

「這位武士大爺，求，求求您──趕、趕快動手吧！」

「你敢命令我？如果我們在他們倆交媾時衝進去，恐怕連你孫女都會被我砍頭。這樣你能接受嗎？」

「這個嘛，這個嘛……」

「老頭，我問你，不管那傢伙是鬼還是老虎，你孫女被這麼邪惡的人凌虐，你還想讓她活著回來嗎？即便回到家裡，也已非完璧，以後也別想嫁人了吧？」

老人一聽，整張臉痛苦地扭曲了起來。

「你叫做孫平──是吧？」

「是的。」

「那我問你──你不怕我嗎？」

「這個嘛……」

老人低頭看著地面。

「昨天那個女人──一知道我的身分，馬上就溜之大吉了，這你也有看到吧。好不容易到手的漂亮姑娘，晚上還想跟她溫存一下呢，真是可惜。所以──你真的不怕我嗎？」

不消說，老人心裡一定非常害怕。

又重郎和老人是昨晚認識的。

十天前左右，又重郎在附近關卡勾搭上一個走唱女，在對方要求之下，又重郎帶她到客棧外面的館子用餐。帶女人同行是個很好的障眼法，所以又重郎常騙旅行中的女人和他一起走。一嫌這些女人麻煩，只要把她們殺掉就沒事了。抱定這樣的想法，要勾搭女人還挺簡單的。不過，他們走進那家館子時，卻發現店裡一片狼籍，還看到一個老頭子呆然佇立在裡頭。

老闆——就是那個在店裡不住打顫的老頭——一看到又重郎走進來，立刻衝上前抱住他，還向他下跪，流著淚懇求又重郎：

武士大爺，武士大爺，無論如何請您幫個忙——一定要幫我們解決鬼虎——把我孫女救回來——殺掉那惡棍——

完全不知道發生了什麼事的又重郎，想當然嚇了一跳。

於是他向對方問道：

你知道我是石川又重郎，才來拜託我的嗎？

不料那走唱女聽到這句話，當場一陣驚叫：

——你，你就是斬首又重……話沒說完，便連滾帶爬地奪門而出。

「那個女人會逃跑也是理所當然的。因為我就是無人不知、無人不曉的殺人要犯；是個殺人如麻的瘋子。從某個角度來看，我甚至比鬼虎還惡劣哩。」

「可，可是，武士大爺，您武功應該很高強吧？」

「喔，這我就不知道了。」

「但，但是——」

如果你能把我孫女救回來，你要什麼我都可以答應——老人以嘶啞的嗓音說道。
「好吧。老頭子，倒是你幹嘛不通報官府，或者——找黑道出面。問題不就解決了？你也不必浪費太多銀兩——」
捕吏根本不可靠——只聽到老人斷然說：
「到現在為止，已經拜託過他們好幾次了。」
「那，黑道呢？」
「那些人都是人渣。飽受他們欺負的村民多得數不清。那些傢伙欺善怕惡，請他們幫忙反而是自投羅網，說不定會被欺負得更慘。更何況——他們早就在覬覦我的孫女阿吉了。」
「那些傢伙對你孫女也有興趣？」
「嗯，特別是一個叫做黑達磨的傢伙，老早就在暗戀阿吉了，還放話想娶她為妾，威脅要是我敢拒絕他的提親，就要把我的店給拆了。」
「那你拒絕了嗎？」
「拒絕了。結果那些惡棍三天兩頭來找碴，要把我們趕出去，好讓他們經營妓院。」
這我沒興趣——又重郎補充道：
「倒是，你真的付得起二十兩黃金？不過是個賣吃的，二十兩恐怕超出你的能力範圍吧。」
「您、您瞧瞧——」
老人稍微移動一下，從斜坡下方滑向又重郎面前。
接著他在自己懷裡掏了掏，取出一只有點髒的裹腹布，打開給又重郎看。
「您瞧瞧我有的這些錢。這是我五十年來不吃不喝存下來的。這就是我的——」

「我懶得聽你這老頭子嘮叨。你有錢就好，的確——感覺還真是沉甸甸的。」

又重郎伸出手準備接過東西，老人趕緊把裹腹布收回來，以兩腕緊抱在胸前大喊——還不行！

「如、如果你真能幫我救出孫女——到時候錢一定給你。」

「你還滿謹慎的嘛。」

「你……」

「但這不過是市井小民的小聰明，對我來說真是愚蠢至極。」

「你，你是什麼意思？」

「道理很簡單，老頭子，任誰一眼都能看出我也是個大惡棍，可是你——竟然還敢拜託我？而且，還敢讓我看到你的錢，這是什麼意思？」

「那，那是因為——」此時又重郎伸手握住劍把。

老人一臉蒼白地直往後退，不小心一屁股跌倒在地上，整個人從斜坡上滑下三尺，還伸出右手苦苦哀求：「饒了我，大爺饒了我！」

「所以我說你真笨。與其和這個叫鬼虎的暴徒廝殺，砍下你的頭不是要容易個好幾倍？——反正，那二十兩是我的了。」瞬間刀光一閃，赤松枝葉刷——地落地。

老人嚇得嘴巴大張，直打哆嗦。

又重郎見狀笑了起來。

「唬你的啦。我要的不是錢，只想找有值得我下手的對象開開殺戒。你嘛，我還嫌斤兩不夠呢。」

沒錯。

——只是想開開殺戒。

唔——老人鬆了一大口氣，但牙齒還是直打顫。於是，又重郎不屑地嗤笑了幾聲，朝下坡走了兩步，來到老人面前。

空氣中——

——依然充滿吵雜的水聲。

但絲毫聽不到男女交媾的聲音。

「老頭子，你沒騙我吧？」

「騙，騙你？」

「鬼虎他——真的那麼強悍嗎？」

「他真、真的很強悍。」

「好，我了解了。」

話畢又重郎走下斜坡。

——一定要把這傢伙幹掉。

把他幹掉，把他幹掉，把他幹掉。

殺意在他腦海裡膨脹，心頭在一瞬間為殺戮的愉悅填滿。

肌肉反覆地緊繃、鬆弛，氣氛愈來愈緊張。

當愈來愈高昂的殺意在剎那間達到頂點時，一切就會劃上句點。

只要走下斜坡，踏出一步，自己的生死便會因步幅見分曉，因此他必須謹慎前行。

他來到了小屋前，只見板窗緊閉。

——裡頭有人。

妄念隔著一扇門板，宛如漩渦般直打轉。

——原來如此。

難道是因為保持警戒，所以感覺更加沉靜？

他把手伸向門板。

——啊。

拔刀吧。

又重郎亮出了兇刃。

——喝！

砍下東西的感觸深及手心，一顆人頭應聲落地。

接下來的瞬間……

【參】

黑達磨小三太一出手就揮大刀斜砍。

被從肩膀一刀斬下的武士，嘴巴大張，雙臂在空中揮舞，反射性地欲拔出腰間大刀，但小三太沒有給他反擊的機會，立刻朝對方右肩肩口補上第二刀，最後再朝對方胸口刺進致命的一刀。只見這個武士雙膝跪地、頭往前傾地倒地斷氣。

連悲鳴都沒發一聲。

——真是不堪一擊。

想不到這個號稱斬首某某的武士，功夫也不過爾爾。

小三太蹲下身來，揪起這個倒地不起的武士頭頂的元結（註2），檢視起他的長相。只見這傢伙長得一臉呆相，恐怕連自己為何要賠上性命都不知道吧。

——這顆腦袋值五十兩嗎？

小三太粗暴地放開元結，走到門口往外窺探。

終於可以聽到巴之淵的水聲了。

——吵死了。

接著又把門關上。

小三太再度蹲下身來，用武士的長裙擦乾撩差（註3）上的血糊，接著以刀鋒抵住屍體頸部，往橫一拉。

切不斷。

——說不定讓他坐起來揮刀斬首比較容易吧。

他心想。

只聽見血潮嘶——嘶——地不斷噴出。

註2：武士所綁的髮髻。

註3：武士兩把佩刀中較短的一把。

——解決了這個傢伙，接下來就是鬼虎！

一點都不麻煩嘛——小三太嘀咕道，繼續割著武士的脖子。

持續湧出的血液早已染紅白木製的刀柄。雖然噁心，但小三太已經麻痺了。

然後——小三太想起另一件事。

昨晚那個走唱女三更半夜來敲小三太的門。

我有個祕密要通報——據說這眼神充滿恨意的女人膽子很大，完全不怕小嘍囉們的粗魯騷擾，進了門還能嬌滴滴地對小三太說話。

此時的小三太正值火冒三丈。他正在怒聲訓斥部下無能，找了一整天都找不到鬼虎，嘍囉們個個被打罵如狗血淋頭。

不管站著、坐著，他都無法抑制滿腔怒火；不論喝酒還是狎弄女人，他都無法平息怒氣，完全無法靜下心來。丟了面子或損失慘重現在已經都不重要了；滿腦子想砍下可恨的惡五郎首級的念頭，讓小三太狂暴到了極點。

小三太這個人從以前就是這副德行。

不管多微不足道，他只要無法馬上取得想得到的東西，晚上就會睡不著覺。他個性急躁，只要半夜想要什麼，即便翌朝就能輕易取得，而且天就要亮了，薰心的物慾還是會教他情緒失控。

在他小時候——有天半夜他突然想得到附近一個姑娘頭髮上插的便宜梳子，急得把睡夢中的母親踢得身上瘀血，而且一直踢到天亮，一起床立刻趕往那姑娘家裡，不管三七二十一，硬是把對方頭上的梳子搶了過來。

那把梳子現在還在小三太手中。

只要他得到任何東西，小三太絕不會輕易放手，這就是他的個性。他對所有權就是有一股異常強烈的執著。

可見小三太是個固執得超乎想像的傢伙。

成人後的小三太之所以在道上混，也是為了奪得自己想要的東西。

一般人想取得自己想要的東西，得遵守社會上的某些規矩，但小三太才懶得理會這些規矩。從工作、掙錢、存錢到購物這種緩不濟急的漫長過程，要脾氣暴躁的小三太遵守根本是難過登天。

不擇手段、看到就搶，這就是最符合小三太個性的做法。

不過他並不喜歡當小偷。要他躲躲藏藏，還得想一大堆方法、設一大堆圈套，會讓他覺得比安份守己的工作還麻煩。反之，不必傷任何腦筋便能在慾望中隨波逐流，唯一的方法就是進入黑道，而且還得玩大的。如果只能當個小嘍囉，黑道生涯就完全沒有吸引力了。

所以，他加入黑幫之後立刻盡最大力量往上爬。

三年前，小三太謀殺了對他有大恩的幫主安宅十藏，獲得了今天的地位。

論力氣，他要比別人強上個數十倍，個性又凶暴，加上身旁的貼身嘍囉也個個剽悍過人，幫裡因此沒人敢挑釁他的地位。畢竟即便是黑道，誰也不會笨得去招惹小三太這種隨時會咬人的瘋狗。

因此——

黑達磨小三太絕對不能放過這個叫做鬼虎惡五郎的狂妄之徒。小三太已經下定決心要取惡五郎的性命。因為惡五郎搗毀小三太的賭場，殺傷他好幾個手下，搶走了他的東西，甚至與一向自負力大如牛的小三太對打，最後還能全身而退。

這一切教他愈想愈氣，讓他再怎樣都無法按捺住內心不斷膨脹的憎恨。小三太在責打手下嘍囉時，已是怒不可遏。

就在這時候——這女人找上門來了。

據說這女人說：

「我有個祕密要通報——」

老大正在裡頭罵人，兄弟們對這個女子當然不可能客氣。於是，小嘍囉們刻意刁難這個訪客，認為她一定是昏了頭，不曉得他們黑達磨幫派的可怕，竟然還有膽子上門。

『我有件事要通報你們老大黑達磨——不要以為我是個弱女子就打馬虎眼，否則等會兒可要讓你們吃不完兜著走——你們這些小嘍囉，給我滾一邊去——』

這女人既嚇人又帶嫵媚的聲音傳到了房子裡頭。就這樣，這個女人——巡迴藝妓阿銀——走進了裡頭的房間。

她的皮膚非常白皙，細長的鳳眼周圍畫著淡淡的紅色眼影。氣得火冒三丈的小三太在此刻意外看到這個女人出現，頓時愣得發呆。女人看到小三太卻輕啟如花蕾般的紅唇，微笑著說道：

「您就是黑達磨老大吧——」只聽到她的嗓音如風鈴般清脆悅耳。

妳是誰——

黑達磨的手下悉數跪起身來，擺出準備攻擊的姿勢。

但這女人一點也不害怕，大剌剌地繼續說道：

「這個歡迎的陣仗未免也太盛大了吧。不過，我只想和你們老大私下談點事，可否麻煩各位先退下？」

什麼！小三太的嘍囉們怒吼道，其中一個甚至拔出了匕首。但這女人用三味線琴擋住身子說道：

「哎喲，難道各位大爺覺得我不可靠？這也難怪。不過，各位不是江湖上無人不知、無人不曉的黑達磨幫嗎？坐在那頭的兇神惡煞，就是當初赤腳倉皇逃脫的小三太大哥吧？就算我是個賊，畢竟不過是個孤身的弱女子，你們難道擔心打不贏我？要不然就是——」

這女人話講得穩如泰山：

「要是老大您擔心我這個弱女子圖謀不軌，不妨剝光我的衣服，檢查身上有什麼武器。我可以對天發誓，要是讓各位搜出了什麼，要頭要手、要煮要炸都悉聽尊便——」

你這女人，講話未免太囂張——一個嘍囉抓住這個女人罵道。

但小三太把這嘍囉打得退了下去。

他想得到她，想占有這個肌膚白裡透紅的女人。

於是，小三太命令所有嘍囉退下。

接著和女人面對面地坐了下來。

請原諒小女子的無禮——女人一坐下，就彬彬有禮地向小三太行禮致歉。

接著便開始做一番自我介紹——我叫阿銀，是個走唱女。

接著又說：

「還請原諒我的無禮，但若不這麼要求，我這個弱女子就沒辦法和老大單獨共處。至少我要通報的這件事情，還是不要讓您的手下聽到比較好。」

到底是什麼事——小三太問道。他最討厭聽人講話拐彎抹角。於是，阿銀沙——沙——地從榻榻米上磨蹭到小三太面前，湊在他耳邊說：

是有關鬼虎惡五郎的事……

什麼！——小三太聽了眼睛瞪得斗大。

「我知道他人在哪裡……」

阿銀說著，身體更貼近小三太。

在哪裡？他人在哪裡？——小三太大聲問道，但阿銀立刻用她纖細的手指輕輕按住小三太的嘴唇。

「好，接下來我要跟您商量一件事情。就因為您是黑達磨幫的大哥，我才來拜託您的……」

阿銀身體稍後退，繼續說道：

「不過，容我先做個自我介紹吧。」

不等小三太回答，阿銀便繼續說下去。

話說阿銀一直到三年前，都在江戶兩國一家名叫井坂屋的油品中盤商工作。

她十歲左右就進入這家商店，在那裡待了八年。

三年前的春天，阿銀被老闆的兒子看中，決定秋天提親，舉行婚禮。看她氣質好、有才華、工作又認真，老闆也非常喜歡阿銀。這當然是一門好親事。

有這麼好的事情嗎？小三太心想。黑達磨的信條是，別人的幸福就是自己的不幸。即便他有多中意眼前這個女人，聽到這些往事還是教他忌妒。

果然，事情沒那麼順利。

離婚禮只剩下三個月的某日，井坂屋突然被強盜闖入，阿銀說道。那強盜非常凶狠，從夥計、掌櫃到女傭、小廝等員工，全被誅殺了。

阿銀前一天剛好奉命到住八王子的老闆弟弟家出差，因此逃過一劫。

隔天早上回到井坂屋時——阿銀著實被嚇昏了。

屋簷下落了一只耳朵，帳場上有斷腿，走廊上則有幾條斷臂，原本將在三個月後成為自己丈夫的小老闆，一顆首級則落在大廳地板上。

店裡店外都是一片血海。

而且，堆疊在一起的小廝與女傭屍體，腦袋悉數被砍掉。老闆娘在寢室裡，老闆則在倉庫前，兩人都被亂刀砍死，倒臥血泊之中。甚至連今年秋天就要變成自己弟弟的幾個小孩，也都變成一具具屍體。

雖然沒查出強盜是哪一號人物，但官府很快就查到動手殺害夥計的男子叫什麼名字。

斬首又重——

官府表示他是個職業殺手，專受僱於流竄各地的盜匪。

不料——唯一倖存的阿銀，當天就遭到逮捕。

因為官府認為她有內神通外鬼的嫌疑。

小三太聞言，心裡一陣竊笑。

社會不就是這副德行？

所謂弱肉強食，不想成為他人的俎上肉，橫行霸道絕對是不二法門。換言之，要是不想吃虧，最好先佔別人便宜。

阿銀表示直到雪冤獲釋的整整一年間，她吃了非常多的苦頭。當然，她原有的夢想與希望，在那一年裡也全都化為泡影。

現在阿銀心中只剩下一股強烈的復仇心。

於是——阿銀化身一個走唱女，遊走諸國，到處尋找斬首又重。

斬首又重。這名字小三太也聽過，是個神出鬼沒、流浪各國的殺手。雖然武藝高強，但據說是個只要有人頭可砍，沒酬勞也無妨的殺人魔。聽說官府懸賞五十兩，要取斬首又重的首級。也聽說錢是某諸侯出的，因為斬首又重上個月在江戶與駿河國境的菲山斬殺了一名地方捕吏。

然而——那又怎樣？妳這些故事和那可惡的鬼虎有何關聯？小三太不耐煩地質問。他最討厭聽人講話拐彎抹角。

只見女人一臉敬畏地回答：

「又重那傢伙已經在十天前來到伊豆。而且湊巧的是，他剛好被委託去殺害蹂躪良民百姓的鬼虎惡五郎。」

——原來如此。這兩件事還真的有關聯。

黑達磨這下了解了。

可是——是誰託斬首又重辦事的？

小三太曾聽說斬首又重的酬勞貴得離譜。

好像是山腰三個村落與宿場町居民一起出的——阿銀說道。她強調，之前聽說斬首又重在駿河一帶出現時，她就猜想下一站可能就是伊豆，於是先行到當地布線，果然讓她給逮到了行蹤。

這女人的說法可信性不低。那些村民以前也好幾次要求小三太幫忙趕走惡五郎這隻山猴。但當時小三太對這個要求完全沒興趣，聽過後也就忘了。

「終於要和仇敵對決了，我就想辦法混入村民之中，探聽可以找到斬首又重的方法。然後我又聽說惡五郎的行徑和斬首又重一樣惡劣。結果，就是昨天，村民正式委託斬首又重，把錢交給了他。」

——真的嗎？

看樣子會是一場很好看的龍爭虎鬥。小三太輕鬆說道，阿銀聞言則皺起漂亮的眉毛抗議道：

「這麼說您聽清楚了嗎？還有……」阿銀話沒說完，便裝出嬌滴滴的聲音向小三太問道。小三太把臉轉向阿銀。

「聽說，鬼虎昨晚砸了大爺您的賭場，也有許多兄弟被他砍傷；真有這回事嗎？照大爺的個性，應該不會容許那混蛋繼續逍遙吧。如果鬼虎讓又重給殺了，大爺不會不感到遺憾吧？」

這麼說——也對。小三太的憎恨絕不是惡五郎死在別人手裡就可以解決的。

於是，小三太轉頭望向阿銀白皙的臉龐。

只見這隻來歷不明的母狐狸正在對他微笑。

阿銀又說：

「惡五郎剛剛——已經回到巴之淵的小屋去了——」

什麼——小三太大吼一聲，抓住阿銀的肩膀。真的嗎——沒想到這麼危險的時刻，那隻山猴還敢回自己的住處。真是教人意想不到。原來如此，難怪手下到處找不到人。

小三太整個人焦躁起來，坐立難安。

——他是在耍我嗎？

根本不把我們當一回事——惡五郎真的這麼大膽？難道他完全沒把黑達磨幫看在眼裡嗎？小三太氣得渾身打顫，幾乎就要大吼出來。

阿銀繼續說道：

「我因為還不清楚詳細狀況，昨晚就前往惡五郎的小屋附近埋伏窺探。當然，我的目標是斬首又重，他既然受人委託，一定會去襲擊鬼虎。只不過我到了現場才發現，那棟小屋裡空無一人——」

當時鬼虎大概正在賭場裡混戰吧。

「我一直等到天亮，等了整整一天，正要打道回府時，那傢伙——鬼虎惡五郎就踱著步回來了——」

妳真的看到他了？——小三太嚴肅地逼問阿銀。

真的，是我親眼看到的——阿銀答道：

「而且，鬼虎的步伐看來很沉重，一副有氣無力的樣子。他的蠻力有多驚人我是不知道，但看那樣子應該是很疲憊了——」

鬼虎——很疲憊？

——不會吧。

昨晚他揮舞著賭場樑柱，整棟房子幾乎都要被他給拆了。力氣大如鬼神，無人能擋，一場混戰下來，樑柱折斷，房子半毀；兄弟們有半數斷手斷腳，個個倒地不起，到今天更有三個人斷氣。

鬼虎應該也受了傷吧。

小三太自言自語道。「應該也有吧。」

阿銀又補充道：「否則他也不必逃走啊。他一定是判斷自己沒有勝算。然後，反正也沒地方可逃，乾脆回自己住處。看他滿臉是血，又一副渾身無力的模樣，我甚至覺得連我都可以當場宰了他——」

——真的嗎？

他果真傷得這麼嚴重？

——若果真如此……

真的，我沒騙你，大爺——阿銀帶點煩惱地繼續說道：

「既然如此，大爺您還有什麼好猶豫的？此時鬼虎正好對付，以大爺的身手，只要撥根小指頭就可以解決他了……」

說到這裡，阿銀用手遮住了嘴巴。

「且慢，大爺該不會帶兄弟去找鬼虎吧？大爺，我告訴您——鬼虎這下正虛弱，也最好對付，而且除了我，別說是大爺的手下，根本沒有任何人知道這件事……」

她伸手勾住小三太，繼續說：

「我可是為了大爺您著想，才特地前來通報這個祕密的……」

阿銀說完便笑了起來。

——要我隻身前去解決鬼虎？

這——的確是個好點子。一想到能痛宰那隻可恨的山猴，小三太就不禁亢奮起來。更何況如今還能獨享這份愉悅——這對小三太而言，當然是再爽快不過的事。

這個地方官府不敢碰的暴徒、五十個流氓都無法打敗的強敵、地方居民得籌措巨款僱用殺人鬼來處理的惡魔，我卻能把他給——

——我自己去。就我自己去。

然後呀，大爺——阿銀再度開始搔首弄姿，整副身體貼到了小三太身上。

小三太已經感覺到這個女人在他耳邊呼吸，只聽到阿銀說道：

「最重要的是——」

阿銀又輕聲說：

「大爺不妨把——鬼虎和又重——一起解決如何？」

原來如此——就是你的目的？小三太不由自主地拍打了一下膝蓋。

原來，阿銀的最終目的就是要他替自己報仇。

小三太就近凝視著眼前這個皮膚白皙的女人。

你覺得有勝算嗎？他問道。

阿銀瞇著一對鳳眼回答——您就試試看嘛，一定成的。

「而且，官府還懸賞五十兩要討那傢伙的首級呢。」

殺了他就能拿到村民籌措的二十兩，加上官府的賞金就是七十兩——相信老大一定可以順利完事的——阿銀堅定地說道。

「又重看似厲害，但他的刀法其實只有雜耍水平，只要能避開第一擊，輕輕鬆鬆就能打敗他。您覺得怎麼樣呀，大爺——」

——總共有七十兩？

小三太是有自信能取勝。

所謂「劍道」，還不過是雕蟲小技？小三太心想。在這種太平盛世，有機會拔刀的大多不是武士，而是俠客。就算平日以竹刀練習得再勤奮，絕大多數的武士應該也沒有殺人的經驗。反之，小三太卻深諳此道，他相信實踐勝過理論。雖不知斬首又重的武藝有多高強，但他認為武士的長刀容易閃躲，而且不按牌理出牌的攻擊，反而能讓武士無法招架。

小三太一張臉漲得宛如達磨雕像般通紅。

這女人見狀也高興起來。

「對了大爺。要不然，咱們就先讓鬼虎與斬首又重廝殺，等他們分出勝負，再由大爺親自手刃活口——不知這點子如何？」

阿銀提議道。

好辦法。這提議正好投小三太所好——還真是個周密且卑鄙無恥的計劃。於是——黑達磨小三太立刻整理好行頭，在阿銀陪伴下出發前往巴之淵。

他知道今晚橫豎睡不著。以他的個性，根本等不及天亮。

小三太的舉動讓手下們好奇，但他下令除非收到通報，否則絕不可輕舉妄動。

讓手下們等一陣子，自己再提著兩顆首級回來，小三太的威信就更不可動搖了。

小三太打的就是這個如意算盤。

丑時三刻一過，他們倆便抵達巴之淵。

黎明前的巴之淵，景色宛如地獄。

吹過水潭的風不斷煽動著黑達磨的情緒，轟轟作響的漩渦水聲更激發著他的戰意。

萬一我有什麼三長兩短，你就立刻趕回去通報我的手下。如此交代完後，黑達磨小三太便提著白刃走向小屋。

有格調的俠客不會躲在門外偷窺，因此他以迅雷不及掩耳的速度踹開房門。

首先——他看到躺在小屋一角的鬼虎。

接著發現門口附近站著一個驚訝地回過頭來的武士。

說時遲那時快——他已經出刀，凌空劈砍。

二話不說，腦中什麼也不想。

號稱斬首某某的武士，功夫只有這樣？不會吧？

一等對方斷氣，他便把頭砍了下來。

——這顆首級值五十兩？

只聽到巴之淵的澎湃水聲轟隆作響。

於是，小三太用武士身上的衣服擦掉短刀上的血糊，然後以短刀抵住屍體脖子，慢慢把首級鋸下。這工作比殺人還麻煩。

「終於大功告成了——」他以武士的衣服擦掉沾滿雙臂的鮮血，接著拿起好不容易才從身體上鋸下的頭顱，緩緩站起身來。前後共花了他半刻鐘。看來鋸人頭用短刀，還不如用鋸子或菜刀來得方便。

——接下來就是那傢伙了。

他望向小屋一角。

只見鬼虎已經像隻死魚般躺在地上。

——真可惜。

雖然自己沒辦法親手幹掉這傢伙，但既然他已經喪命，剩下的就只能痛快地羞辱他的屍體了。
總之先把情況告訴阿銀吧，小三太走向門口。這時候——
門突然開了。

【肆】

門外的人走進小屋，確認惡五郎確實倒臥在屋內一角。
他不由得呆住。
田所十內完全沒想到，惡五郎如此惡霸，這下竟然真的死了。
然而——
十內又想到另一件事。
沒錯——正如那白衣男子所說，惡五郎真的死了。但即使如此，如此囫圇吞棗地接受那乞丐的諫言是否真的妥當？
——那傢伙。
還是應該揮刀殺掉他的。可是。
——在客棧裡無法動手。
不然，就該追上去想辦法撲殺他。但如今已經來不及了，十內為此後悔不已。
——應該用不著擔心吧。

不過，反正他只是個旅行乞丐，不管他走到哪裡、對誰講什麼，都不會有人相信吧。

然而——

這名男子是在過了亥時的時候來找十內的。

已經一個月沒回伊豆了。

這麼晚的時間，泡過熱水澡、喝過睡前酒的十內已經進入了夢鄉。雖然還不到夏天，但感覺已經有點悶熱，十內稍微打開紙門，正在打著盹。

鈴。

此時鈴聲響起。

還沒到掛風鈴的季節吧——十內心想。

又傳來一聲鈴響。

附近有人——十內立刻警覺地坐起身來。

此時有人輕輕打開紙門。

誰！十內把手伸向枕邊的刀子。

「且慢，不必緊張——」

來者在黑暗中開口說道：

「在此時冒昧造訪，還請多多包涵。在下並不是宵小——」

從窗子侵入的，是個頭戴修行者頭巾的白衣男子。

他脖子上掛著一只偈箱，手持一只搖鈴。

此人身上沒有武器之類的東西，只穿著一身純白的輕裝。

的確，沒有盜賊會做這種打扮。所以——此人教十內更加困惑。

——你是妖怪嗎？

他對著黑暗中的人影問道。男子只是目中無人地笑著回答：

「——看在下這身打扮就知道，我是個御行乞丐——」

所謂「御行」，就是身穿看似修行者的僧服，實際上以販賣驅邪符咒為業的流動乞丐。

從這身打扮看來，他並沒有說謊。

一個御行來找我做什麼？十內瞪著侵入者問道。

不管你是什麼身份，這麼貿然闖入也未免太無禮了吧。立刻給我出去，不然結果會怎樣，你自己應該知道——話畢十內便準備出手，但這名男子制止了他。

「閣下不要緊張。萬一被官府發現，對您反而不好。不是嗎——」

你這混帳——你到底是誰——十內一度收回來的手再度伸手握向刀柄。

男子見狀悄聲躲到衣架屏風後頭。

「喔，大爺請別這麼衝。我是寅五郎的——噢，他現在叫惡五郎吧，也就是鬼虎惡五郎的使者——」

男子說完便站起身來。

手上拿著刀的十內聞言，單腳跪到了地上。

請不要這樣——御行見狀說道：

「我其實是他的賭友，鬼虎只是要我替他傳話。另外，他也要求切勿讓任何人發現我來找您。所以即使再不習慣，我也不得不在如此深夜攀簷走壁，偷偷摸摸地來找您——」

男子再度目中無人地笑了起來，並說道：

「他要求我轉達兩件事。第一件事是從明天起，他已經無法再遵守兩位的約定——」

——約定——沒辦法遵守？到底是什麼意思，十內問道。這並不是個可以不遵守的約定吧？這兩年來，那傢伙都一直傻裡傻氣地信守約定，這下怎麼會突然說出這種莫名其妙的話——

男子說道。

「其實，鬼虎他——已經死了——」

鈴——接著搖了一下手中搖鈴。

他死了？

十內大喊道。

真教人難以置信。

十內曾差點手刃這個巨漢，但並沒有要了他的性命。而且他不僅沒死，竟然還不痛不癢的模樣。

他死了——御行又說了一次。

「昨天他在賭場裡鬧事，結果慘遭黑達磨的手下圍剿——」

印象中他的確好賭。

這時御行從屏風後悄聲走出，彎腰站在十內面前說道：

「我在最危險的時候救了他。再怎麼強悍的豪傑，也無法獨力面對五十個無法無天的劍客，情況絕非五十個手持鋤頭菜刀的農民百姓可比擬——」

這——是理所當然的。

十內放下了刀子。於是——御行窺伺著十內的表情繼續說道：

「我不知道武士您和鬼虎有什麼約定，他正在一個我也不知道的地方，而且馬上就要死了，無法再信守承諾，這就是他要我傳達的第一個訊息。另外一個就是，今天這樣和您告別讓他很沒面子，但請您務必看在他長久以來為您盡心盡力的份上，饒了妹妹阿吉。鬼虎他臨終時就說了這些——」

鈴。

御行又搖了一下手中的鈴鐺。

「他還說——如果還是得不到您的原諒，他也只能死心了——惡五郎是這麼說的。但如果真的無法得到您的原諒，至少也要剪下他這個不成材的哥哥的遺髮，轉交給阿吉作紀念——他說完這句話就死了——」

唉——他死了？說著，十內把視線從男子身上移開。

御行敏銳地注意到十內心情似乎突然不穩。

「我是不知道他和大爺之間有些什麼過節——但我看您就原諒他吧，否則那個笨蛋——恐怕會變成妖怪跑回來鬧事——」

御行繼續說道：

「唉——真有什麼複雜的理由我也不多問了。相信武士大爺您一定也有許多麻煩的事情要處理。可是——」

話還沒說完，白衣男子便輕盈地躍起，跳上了紙窗內的草蓆上。

「還是請您去剪剪他的遺髮吧。要去最好天亮之前去。若是等到明天早上，官府就會接到通報，那些沒膽量的捕吏雖然在鬼虎活著的時候不敢來招惹，但一聽到他死了，想必一定會趕過來吧。到時候大爺不就——沒辦法去了？」

十內站起了身來。

眼前這位御行一直強調自己什麼都不知道，但他一定知道些什麼。既然如此，可以留他活口嗎——是不是該趁現在把他——

鈴。

男子又搖了搖手中的搖鈴。

「即便您穿著如此平凡，但還是看得出大爺的身份並不卑微。若是過度胡作非為，再重要的人物都得受懲罰。世間雖然沒有神也沒有佛，但仇恨一旦累積，還是會化為妖孽；眼淚一旦凝結，則會化為鬼怪。奉勸大爺還是要小心哪——」

丟下這句話，男子便消失在黑暗的夜色中。

十內花了一刻鐘努力思索，卻狼狽得理不出半點頭緒。

想不到鬼虎竟然會喪命。不過——

換個角度想，這反而能省下不少麻煩——這樣講也是有道理的。但再怎麼笨，鬼虎也不可能永遠被騙吧。如果知道自己受騙，到時候事情反而更難收拾。十內其實早就有這種想法了。

——這問題也到了該解決的時候了吧。

他心想。只是——

御行這番奇怪的話，當然不能全盤相信。

但若要確認他講的話是虛是實，恐怕真得在天亮前趕去探探情況。

——如果他說謊呢？

他到底有什麼企圖？

總而言之，他已經無法置身事外。

於是十內悄悄離開住處，直驅巴之淵。

來到小屋前的他使勁敲門，但屋內無人回應。

感覺裡頭沒人，窗也都開著。

一絲月光從木板屋頂的縫隙射入屋內，能隱隱約約看到小屋內部情況。因為相當陰暗，得花一點時間才能讓眼睛適應。

——他真的——死了嗎？

十內雙臂抱胸，困惑不已。惡五郎的確躺在裡頭。

即使想把他的遺髮轉交給阿吉，她早已躺在某座萬人塚裡，死了已經有兩年了。

——難道他真的變成妖怪跑回來鬧事？

至少把他們埋在同一處吧——十內也曾有過這樣的念頭。不過，大發慈悲終究解決不了問題，而且其實還很愚蠢。該如何向官府說明才是目前最重要的問題。所以，這具愚蠢的屍體，還是暫時扔在這裡方為上策。

——只不過，那傢伙——

真的只是來傳話的嗎——就在十內腦海裡閃過這絲狐疑的那瞬間。

有人粗暴地推開了門板。

【伍】

黑達磨的手下們收到通報，也沒弄清情況便趕赴現場，抵達巴之淵時已經是早上了。

他們都看傻了眼。這個平常不見人影的偏僻山區，如今卻是人山人海。

其中大多是旅行者、農民百姓，也看得到幾個捕吏。

大家都交頭接耳地議論紛紛。好不容易擠過人群，眼前的景象再度教這些嘍囉們大吃一驚。

只看到小屋前方正對水潭的一塊岩石上，躺著些奇怪的東西。

那些東西——原來是三個男人的屍體。只見那三具屍體腳朝外、頭湊在中間地排成一個三等分的整齊形狀。

只是——

三人的肩膀稜線彼此接觸，呈現一個歪曲的三角形，但原本該在這三角形中央的三顆人頭——卻不見了。

三具屍體都遭到斬首。

「這到底是——到底是怎麼回事？」

就連這些凶狠的流氓也都看得目瞪口呆。

一個頭戴頭盔的捕吏露出困惑的表情。他的一個部下指著遺骸對眾流氓問道——這是你們老大黑達磨小三太吧？

流氓們全望向那幾具屍體。

第一具穿著類似獵人常穿的無袖皮衣，手上握著一把沾血的山刀；另一具身穿氣派的黑色便裝，手上也提著一把沾血的大刀。最後一具條紋褲的下襬被撩起，露出穿在裡頭的細筒褲，手上還是提著一把染血的長刀。

那條紋褲實在很眼熟。不消說，這就是昨晚小三太與巡迴藝妓見面時所穿的褲子。

頓時所有流氓都被嚇得目瞪口呆，個個變得惶恐不已，接著紛紛大喊老大、老大地朝屍體走去。此時手持棍棒的下級捕吏站了出來，阻止他們繼續靠近。

「驗屍完成前嚴禁任何人觸摸。」捕吏大吼道。流氓們也不甘示弱地回嘴：

「驗屍？還驗什麼屍？你們這些蠢貨，少給我們胡說八道。這絕對是那個大混蛋鬼虎幹的。你們難道忘了他前天上我們那兒鬧場嗎，現在他竟然還——」

「胡說八道？我看你們才胡說八道呢。仔細看看吧。這個跟你們小三太狀甚親密地躺在一起的傢伙，不就是惡五郎嗎？不給我看仔細點，還敢大聲嚷嚷？」

流氓們再度大吃一驚。沒錯，看來那真的是鬼虎惡五郎。從他的穿著打扮就能看出，手上還提著搗毀賭場時用的山刀呢。

「啊——這到底是怎麼回事——」

「我想是這樣子的吧——」

頭戴頭盔的捕吏雙臂抱胸地說道：

「最後一具屍體，應該就是我們一直在圍捕的斬首又重，也就是石川又重郎。這具屍體手裡握的，就是我們上個月遇害的同僚田中慎兵衛的刀。這個膽大包天的傢伙殺害了捕吏，我們因此到處追捕——十天前聽說他來到了伊豆，沒想到看到他時——已經變成這副模樣。」

捕吏們個個百思不得其解。

「小三太與惡五郎之前有過嚴重衝突，是吧？如果是這樣，應該不是小三太僱用又重郎來殺害惡五郎的吧？」

「沒錯。也不可能是惡五郎殺害又重郎之後，又在盛怒之下殺了小三太——若情況果真如此，那麼惡五郎到底是誰殺的？」

「也不太可能是惡五郎與又重聯手殺害小三太吧？」

「沒錯。看來看去所有的可能性都不成立。那麼，會不會是小三太的手下所為？應該也不可能，他們不可能連自己的老大都殺了吧。再者——他們怎麼看都不像會幹出這種事。」

話畢，捕吏們輕蔑地朝小三太的嘍囉們望去。

即便是為非作歹、不可一世的流氓，遇到這種出乎意料之外的事似乎也是一籌莫展。只見這些劍客們全都像稻草人似的呆然佇立。

「腦袋呢？」

其中一個流氓問道：

「我們老、老大的腦袋在哪裡？」

噢——捕吏回答道：

「我們獲報趕來查看——但還是第一次看到屍體被佈置成這副德行。他們三個的武藝旗鼓相當，在自相殘殺後全都喪了命——這個推論也不無可能。不過最奇怪的是，三個人竟然都沒了腦袋。這還真古怪；丟了腦袋的不只一個，也不只兩個，而是三個人的腦袋都沒了。那麼第三個人的腦袋是誰砍的？是誰砍下頭顱把它扔了的？還是這些腦袋全都飛上天去了？難道它們還在纏鬥不休？」
這時圍觀的群眾開始騷動起來。
「有人說——那三顆頭顱——正在水面上爭鬥著。」
捕吏們也紛紛朝水面望去。
只見水流轟隆隆地捲著漩渦。
「這就是所謂的舞首——」
密密麻麻人群中，有個年輕旅行者站出來說道。
「請問這位是——」
「在下名曰山岡百介，家住江戶京橋，以寫作為業。我是個周遊列國，到處收集古今怪聞奇譚的閒人。我有幾句話想告訴各位捕吏——不知各位是否願意聽聽？」
年輕人於是更往前走，近距離觀察三具遺體，皺著眉頭又說：
「剛剛聽你們說，這三具遺體分別是惡五郎、小三太與又重，是吧？」
「沒錯」
喔——又是因果循環——這位年輕人自言自語道。接著，他朝頭戴頭盔的捕吏問道：
「各位是否知道這附近——有個名叫真鶴鶴崎的海角？」
「當然知道，就在伊豆國內。」
「當地有這樣的傳說，據說寬元時代左右，也就是家康神君創立幕府的許久以前，當時負責

註4：平安時代初期制定的官位，負責檢舉京都都內的違法行為，同時也負責審理訴訟。

治安的鎌倉檢非違使（註4）手下有些叫做『方便』的差使。這些人是被判輕刑的罪犯，官府讓他們戴罪立功，派他們當密探。這些方便裡頭有三個在真鶴鶴崎的祭典宴會相遇，酒後發生了口角——」

百介說到這裡，伸手指向看起來像是鬼虎的屍體。

「其中有個力大無窮的魁梧男子。三人激烈爭吵之後，另外兩人欲共謀殺害這魁梧男子，但壯漢發現情況不對，便先下手為強，砍掉其中一個人的頭顱——」

百介接下來指著黑達磨說道：

「另一個人嚇得逃入山中，那名壯漢便提著砍下的頭顱追了上去，經過一番鍥而不捨的追逐，終於讓他給追到。兩人又互相廝殺了起來。此時這壯漢卻不慎被石頭絆倒，跌了個四腳朝天。這時——」

百介指著又重郎繼續說道：

「被追逐的男子立刻舉刀從他肩頭往胸部一劈，挨了一刀的壯漢也展開反擊，但在兩人廝殺成一團時，不小心踩了個空而雙雙墜海。在落海之際，兩人剛好相互持刀抵住對方的喉嚨；只聽到啊的一聲，兩顆頭顱便一同落海。據說他們的頭顱落海後仍在爭吵。壯漢的頭咬著對方的頭，第一個被砍掉的頭顱也從壯漢的軀體上跑了出來，一口咬住壯漢的頭顱，三顆頭顱就這麼彼此互相爭咬。那景象之淒慘，簡直有如修羅地獄；只見三顆頭顱個個口吐火焰，高聲怒罵，據說至今仍爭吵不休。這就是妖怪『舞首』的傳說。」

「這是一種所謂的——面妖吧？」

「沒錯。而那三個方便的名字就叫做惡五郎、小三太以及又重。」

「什麼——你說的可是真話？」

捕吏們個個驚駭不已。

不只是捕吏，圍觀群眾也悉數露出驚訝的表情，目不轉睛地望著巴之淵。

「當然是真的——」

百介接下來又說：

「——也許是那三個古代惡棍怨念不散，經過一段漫長的年月，又轉世成為這三個惡徒，欲了結前世恩怨。這究竟是命運偶然的惡作劇，還是可怕的因果報應？雖說惡者註定不得善終，如此結局也未免太殘酷了——」

就在此時。

一陣不祥的風颼颼地從水面吹向眾人。水面波濤更加洶湧，三股漩渦產生大量泡沫轟隆作響。

這時突然有人大喊——大家看，那三顆頭顱就在那漩渦裡。不論捕吏、劍客、農民、還是旅人，都一同朝漩渦中窺探。

沒錯，渾濁的水裡真有三顆看似頭顱的東西在漩渦中載浮載沉。

看來——果真像在相互纏鬥。

鈴——一陣鈴聲響起。

「御行　奉為——」

只見幾張紙符隨著搖鈴聲飄向水中。

紙符在風中翻滾飛舞，一落水便被捲入漩渦，不消多久便沒入水中。

鈴——鈴聲再度響起。

眼前站著兩個白衣男子。

其中一位戰戰兢兢地說道：

「官府大爺，照這情況看來——在下建議該把這三位往生者埋葬建塚，加以祭祀，否則難以擔保眾人不會為鬼魅所擾——」

為首的捕吏聞言，調整了一下頭盔的帽帶，接著連連點頭同意道：

「沒，沒錯。總不能放任這些天下的大惡人繼續爭鬥不休。喂，達磨幫的，你們老大還在擾亂世間，還，還不趕快負起責任？我下令你們馬上處理善後。就照這、這個人說的去辦。」

捕吏拋下這句話，便帶領下屬撤離現場，圍觀的群眾也隨之一一散去，原本的人山人海，不消多久便如退潮般消失得無影無蹤，巴之淵在一瞬間便恢復了原本的寧靜。

從遠處望著那群劍客依然圍著幾具無頭遺體發愣，謎題作家百介苦笑了起來。

方才那兩名白衣男子依然站在他身旁。

「話說回來——這次到底是怎麼回事呀，說老實話，我真的看不太懂——」

聞言，白衣男子——也就是御行又市，伸手指向不遠處的一條獸徑說道——去問問他們倆吧。

百介朝御行所指的方向望去，看到了脫下圍裙的餐館老闆孫平，也就是諞客治平，以及卸下巡迴藝妓裝扮的走唱女阿銀。

又市繼續說道：

「我必須趕快帶這個人前往西國某寺院，所以，方向和他們相反。」御行說完，身穿白衣的不知名男子向百介深深行了個禮。

目送他們兩人離去後，百介朝治平與阿銀跑去。

辛苦了——治平開口說道。

百介馬上問他：

「治平，這三具沒了腦袋的屍體，究竟是怎麼回事？」

「什麼，你還不了解嗎？事情很簡單啊。就是又市先連哄帶騙的把其中一人帶進小屋，然後，接著被阿銀以美色計誘的黑達磨便入內將他擊殺。貪圖賞金的黑達磨二話不說，立刻砍下對方人頭。接著被我騙來的斬首又重上場，一刀便斬斷了黑達磨的脖子。而就在他人頭落地的那瞬間，惡五郎站了起來。」

「什麼？」

「有什麼好驚訝的？」

「惡五郎他——不是一開始就死了嗎？」

沒有、沒有，治平拚命揮舞著手掌說道。

「沒有？難道他不是被黑達磨給殺了嗎？不然，方才那具屍體到底是——」

「那是我佈置的。真正的鬼虎其實還……」

「真正的鬼虎——這是什麼意思？」

此時阿銀側眼看了一下百介，含笑補充道：

「百介先生，你認為方才又市身旁那個御行——會是誰呢？」

「什麼？」

百介趕緊回頭望去。

但方才那兩位白衣人早已不見蹤影。

「他就是鬼虎惡五郎，也就是寅五郎。他確實很會喝酒，也很好賭，而且一身蠻力無人能敵，所以才會得到這又是鬼又是虎的稱號。但他其實是面惡心善，貼上鬍鬚看起來還挺可愛的呢。不是嗎？」

「可是，阿銀。鬼虎不是個專門強暴姑娘的惡徒嗎？」

沒這種事，是有人命令他這麼做的——治平忿忿不平地回答。

「有人命令他？」

「沒錯。他也是被迫的——」

「被迫？被——真正的鬼虎嗎？」

「對，被一個名叫田所十內的惡棍目付（註5）所迫。」

「就是方才那幾具無頭屍體之一？」

「沒錯。這傢伙十分惡劣。和這種人在一起，不管是鬼還是老虎，都會受不了。」治平語帶不屑地說道。

「不過——一個目付，怎麼會做出這種事？」

「其實是這樣子的。十內這傢伙去年奉派為微服辦案的目付，監視菲山的地方官府。他的任務是在伊豆一帶暗中察訪——但這傢伙卻四處為惡。他與職責上由他監督的官府勾結，對官府的惡行惡狀睜一隻眼閉一隻眼，好讓捕吏們也放任他幹壞事。而且他還非常好女色，對不對？阿銀。」

「他很病態。只要一天不碰女人就會流鼻血；三天不近女色便要發狂，是個瘋狂的色胚子。」

而且，他喜歡凌虐女人，用針刺、用火燒，把對方眼睛弄瞎，甚至常在交媾的過程中將對方殺掉，還真是病入膏肓。想當然，沒有一個女人願意服侍這種傢伙。」

「所以——他就派惡五郎幫他找女人？惡五郎沒有對擄來的女子怎樣吧？」

「沒錯。他真的是被迫去擄人的。而且，人一抓回來，就奉命在屋外負責警衛，不許任何人接近小屋。」

「原來如此。人說鬼虎擄來姑娘後都會守在小屋前——這麼說來——人既然在外頭，當然沒辦法對姑娘做些什麼。」

「而且，他可以連續三天三夜守在屋外。真的不是一般人做得到的。」

「可是，他為什麼要接受這種命令——難道是為了錢？」

「好像是有拿點工錢，但更重要的是……」

因為他妹妹的緣故——阿銀繼續說道：

「因為對方讓惡五郎相信——他妹妹被擄去當人質了。」

「人質？被那位目付擄去的？」

「沒錯——不過，其實惡五郎的妹妹早在兩年前就被他染指——而且被他姦殺了。」

說到這裡，阿銀露出了懊惱表情。

「寅五郎的妹妹名叫阿吉，在兩國一家油批發商工作，即將成為老闆夫人。不料官府卻懷疑阿吉涉嫌內神通外鬼，將她逮捕。」

註5：室町時代到江戶時代監督武士行為的捕吏。

「內神通外鬼？」

「沒錯，官府懷疑她是歹徒的內應。當然，她背了黑鍋。」

這時候治平插嘴，說道：

「反正不知道是怎樣刻意安排，後來這個案子由田所十內負責。於是，田所威脅寅五郎，若要阿吉平安出獄，就必須照他的命令行事，寅五郎只好答應。不過，他個性溫厚，田所十內交代的事情未必都做得來。而且，他也曾經懷疑，妹妹會不會已經死了。於是——」

「接下來就是詐術師又市出場的時候了——是吧？」

沒錯——阿銀嘆口氣，說道：

「阿吉之所以如此不幸，元兇根本就是斬首又重。他受強盜僱用，闖入阿吉未婚夫的店，不分青紅皂白地把所有人殺光。然後官府竟然認定阿吉是歹徒的內應，而將她投獄。」

又重這傢伙根本是個殺人狂。只要一天沒有殺人，就會渾身發癢——治平補充道：

「所以，和他在一起真是教人毛骨悚然呢——隨時得提防命喪他的刀下。是吧，阿銀？」

「這還好吧。你不過和他相處一天而已，我卻和他廝混了十天呢。把他引誘到伊豆來——整整花了我十天哪。」

「是阿銀妳——把斬首又重引來的？」

「是啊。而且——令村民苦不堪言的大惡棍黑達磨，也是我找來小屋開殺戒的——」

「這麼說來，那場賭場的亂鬥也是——」

我們故意設計的——治平點頭，又說：

「黑達磨經營的賭場很會詐賭，寅五郎也知道，所以，他是耐著性子賭下去的。」

「且，且慢。你們剛才說，黑達磨誤認為田所十內是又重郎，將之誅殺。接著，又重郎誤以為黑達磨是鬼虎，而將之斬殺。那麼殺掉又重郎的是——」

「就是寅五郎，也就是惡五郎。惡五郎一開始假裝自己死了，又重郎殺了達磨之後，他便趁機殺死又重郎。惡五郎其實不好殺生，但又重殺掉妹妹未來夫婿家裡所有的人，導致妹妹被監禁，此仇非報不可。剛好惡五郎力氣很大，只有他能打倒又重郎。又重的頭顱被他砍下來時，就這麼掉進了漩渦裡——」

——結果就變成了「舞首」？

百介聞言，不由自主地朝幾乎完全被樹影遮掩的巴之淵的方向眺望。

此時的他不禁感嘆——

真相這東西，有時不知道反而比較好。

芝右衛門狸

淡路國有老狸
名曰芝右衛門
適逢竹田出雲戲劇演出
前來看戲遭狗噬死
死後二十三日
屍首方現原形

繪本百物語・桃山人夜話／卷第三・第二十

【壹】

淡路國有一位名叫芝右衛門的老人。

他是個眼窩深陷、成天面掛笑容的老好人。他頭頂已禿，僅存的白髮只能勉強綁成髮髻，因此頭纏宗匠頭巾（註1）。附近小孩都很喜歡他，直喚他「芝老爺、芝老爺」，左鄰右舍對他也很尊敬。

他家代代務農，雖稱不上是富農，但日子過得還算優渥。問起原因，子孫兒女個個表示這一切都得歸功於老爺。

實際上，年輕時的芝右衛門為人嚴謹正直。他一輩子勤勞耕作，決不為風雨所阻，如此日復一日，直到有天才發現自己年歲老矣，一生可謂平凡至極。但老後的芝右衛門對自己的人生依然沒有一絲遺憾。

許多人一生認真打拼，仍無法出人頭地。也有人儘管努力，也不知何時會遭逢災禍。所謂人生無常，想必芝右衛門深諳幸福乃人老後仍身體健朗，並有子孫陪伴的道理。

芝右衛門雖然為人耿直，同時卻也是個風雅的文士。雖身為鄉間老農，他卻擅長舞文弄墨，加上人格溫厚，慕名討教者總是絡繹不絕。

註1：文人雅士所戴的頭巾。

自從他因肩膀疼痛過起隱居生活，便開始以文人墨客自居，終日坐在屋簷下啜飲香茶，興致一來便吟詩作賦，過著悠哉的日子。

凡是有來自江戶與京都的客人造訪這個村落，他都會熱情招待，聆聽訪客敘述關於各地文化風俗的旅行見聞。他也收集了很多讀本、繪草子等書籍，並勤於閱讀。兒孫也都和他一樣，個個勤勞耿直。他已經有了曾孫，對他而言，人生已了無牽掛——芝右衛門就是如此輕鬆面對人生。

有為者亦若是，認識芝右衛門老爺的人都異口同聲地說，人老了最好就該像芝右衛門這樣。

不料後來災禍還是猛然降臨在芝右衛門身上。那是個天氣炎熱、舉行夏祭的夜晚。

芝右衛門有五子十孫。

當天傍晚，長男彌助的小女兒阿定突然失蹤。

阿定當時九歲，正值最可愛的年紀。

村外已搭起一座表演人形淨琉璃（註2）的小屋，芝右衛門闔家前去看戲。

人形淨琉璃在淡路雖頗為盛行，但並不是天天可以看得到。

只要有演出，原本就愛看戲的芝右衛門必定前往觀賞。即便劇目數十年如一日，由於鄉間娛樂十分稀少，因此不只是芝右衛門，對所有村民來說，看戲已是他們僅有的共同樂趣之一。

小屋裡人山人海。

芝右衛門看到戲裡一個淨琉璃女娃人偶，便大笑起來，直呼真是像呀，長得和阿定一模一樣。孫女阿定一聽，害羞得以袖遮臉說——爺爺真討厭。當時孫女的可愛模樣，芝右衛門依然記得一清二楚。

戲還沒演完，阿定表示要去如廁，便離開了座位，從此消失。

大家原本以為她先回去了，但回家一看，人也沒在家裡。

這村落不大，一家人便四處呼喊搜尋她的蹤影，不一會兒，芝右衛門的孫女失蹤的消息就在村裡傳了開來。由於失蹤者不是別人，而是芝老爺的家人，全村因此動員所有村民敲鑼打鼓到處尋找，但直到半夜依然找不到人。有的村民懷疑阿定遭人綁架，有的則認為她被鬼神拐走了，但搜尋仍持續到了天亮。

直到黎明時分——大家才在戲劇小屋後頭找到阿定的屍體。

發現屍體的是芝右衛門的遠親，一個名叫治介的年輕男子。

治介對城市生活頗為憧憬，常夢想有朝一日能到大坂等名城大市賭賭運氣。因為這緣故，他對不似鄉下人俗氣的芝右衛門一向傾慕有加。

或許也非完全因為這緣故，但治介幫忙芝右衛門找人確實特別熱心，不論是山坡、田地或沼澤，他都帶頭一一搜尋。

即使如此，找了整晚還是沒有任何斬獲，眼看著太陽就要東昇，治介心想不如先回家休息一下。但他又覺得不死心，決定回到事發地點，也就是戲劇小屋，看看人會不會還在那裡。於是，他在回家的路上繞了一大圈，回到小屋附近。首先在周圍查看一番，接著繞到小屋後頭，這時治介整個人都呆住了。

在拂曉之中，他在茂盛的草葉下看到一個熟悉的衣服圖樣，他躡手躡腳地走近，撥開草葉一看——

註2：江戶時代的傀儡戲。相當於布袋戲。

治介的腿當場軟了下來。

地面上躺著一具死狀淒慘的屍體。

死者衣著整齊，裙子並沒有被脫下來。

只是——這女娃可愛得宛如淨琉璃人偶般的腦袋，卻被劈成了兩半。

而且看來似乎是從正上方往下劈的。

彷彿切瓜似的，一分為二。

家人聞訊立刻趕赴現場。一看到女娃慘死的模樣，個個都愣得發抖，驚嚇得幾乎停止呼吸。看到孩子如此淒慘的死狀，甭說說話，大家就連眼淚都流不出來。此情此景，即使平日非常穩重的芝右衛門也忍不住跪倒阿定屍旁，雙手撐膝、額頭叩地，直抓著土塊痛哭。

正因為平常是個笑容滿面的老好人，他這悲痛欲絕的模樣更是讓人心酸。

不久，提刀的捕吏蜂擁而至，小小的村落立刻陷入一場天翻地覆的大騷動。但騷動歸騷動，大家仍然找不到兇手。

芝右衛門在村裡風評很好，沒有任何村民與其家族結怨，想必這絕非仇殺。更何況遇害的是個年僅九歲的小女娃，更不可能與人結怨，加上從阿定的穿著打扮，一眼就能看出是農家小孩，覬覦財物的盜匪也不至於找她下手。最後，從年齡及行兇手法來看，也絕對不是由愛生恨的情殺。

經過多方推敲，最後得到的結論是本案可能與近日上方（註3）一帶橫行的攔路殺手（註4）有關。

確實，在當時——

在京都、大坂一帶，有個殘忍的攔路殺手四處橫行。這點芝右衛門也早有耳聞。據說——這號人物並不是為了搶奪金錢或財物，挑選對象時也不分男女老幼，只要碰到任何人，便乘著夜色將其斬殺至斷氣為止——這個兇手的唯一動機就是——殺人。

據說這個攔路殺手一年前出現在京都，半年前轉移陣地到大坂。傳聞京都與大坂兩地至今已有十至十五人慘遭毒手，不僅兇手尚未正法，就連其身份都還沒半點線索。

如果阿定也是被他殺害，那就不必討論犯案動機了。因為這兇手本來就是個瘋子，連看到年幼女娃也是劈頭就砍，也就不足為奇了。根據捕吏的說法，兇手下刀的方式和這名殺手非常像。

但——只說兇手是攔路殺手，這樣的解釋芝右衛門不能接受。

畢竟這個村落地處窮鄉僻壤，和一入夜便有許多亡命之徒徘徊的都市不同，平日就連身上掛著兩把刀的武士都很罕見；再加上官府輕易論斷兇手是個瘋子，更讓人難以接受。

之前已有傳言，說殺手已經從大坂進入兵庫津一帶，而淡路距離兵庫津不遠，因此他可能已來到當地的推測也不至於純屬空穴來風。

但畢竟沒有人知道這個攔路殺手的身份，因此他不可能被追捕。沒被追捕，當然不必逃亡，而一個不必逃亡的人為何得跑到淡路這種偏僻的地方來？更何況即使他來到淡路，為什麼要選擇在如此偏僻的地方殺害一個小女娃？

註3：古時泛指京都、大坂一帶。

註4：原文為「辻斬り」，意指古代日本武士為了試刀或鍛鍊刀法而在暗夜攔路殺人的行為，直到江戶時代方被明文禁止，並規定違者處死。

這麼做只會暴露自己的行蹤吧——

芝右衛門絞盡腦汁，作了各式各樣的研判。

最後，他誠惶誠恐地趨前，對正要撤回的捕吏說：

「在下實難相信此乃攔路殺手所為——並不是對各位大人判斷存疑，但可否麻煩各位重新調查？如果各位的調查到此做出結論，而且如果這案件並非該攔路殺手所為——真正的兇手不就會一輩子逍遙法外？若是如此，在下的孫女將死不瞑目，想必直到兇手伏法前，她都無法轉世投胎——」

聽完芝右衛門的要求，捕吏坦率地點頭表示理解，接著又以勸解的語氣說：

「芝右衛門，你的意見很有道理，我們也不是沒想到這點。事實上，你失去孫女，內心想必是萬分悲慟，我們也深感憐憫。只是芝右衛門，請你好好想一想，若兇手不是從上方來的攔路殺手，那麼下手的將會是你們這個村落的民眾——」芝右衛門聞言嚇了一跳。

昨晚來觀賞淨琉璃的都是熟人。這裡原本就是個小村子，村民彼此熟識，因此只要有外人進來，大夥一定知道。雖然祭典這天晚上，也有一些附近村落的人來參觀，但人數畢竟有限，而且大家也都知道對方是誰、來自哪個村子。而且，即使有人持農鋤，也沒有人持刀。

算來算去，外來者只剩下人形淨琉璃的演出者，也就是「市村一座」的班底。

從十年前開始，市村一座每逢夏天都會來到本地演出，因此大家對他們都很熟悉。座長松之輔是個有官府認證的演員，甚至還有資格謁見藩主。

由於受歷代藩主庇護，人偶戲在淡路特別發達，加上當今的藩主尤其喜好人偶戲，更是大大鼓舞民眾百姓，終於使淡路人偶戲成為地方特色，各村里無不競相效法。松之輔一團人，就是在藩主指示下巡迴演出的。

這樣的戲班子，不容懷疑其清白。

兇手決不可能是其中成員。

不——不可能是他們犯案。怎麼可以這樣懷疑認識的人？如此說來——殺害孫女的畜生一定是來自外地，並在犯案後逃往外地者。若兇手已不在村裡，那麼他是什麼身份就不重要了。總之不管他是攔路殺手還是妖魔鬼怪，大家只能期待官府早日緝兇到案。

聽完捕吏的解釋，芝右衛門點頭稱是，並為自己的無禮道歉。捕吏看著芝右衛門皺紋滿佈的臉孔，深表同情地並誠懇地表示天網恢恢疏而不漏，一定要將兇手繩之於法，也請芝右衛門不要太傷心，好人終將有好報。

這句話讓芝右衛門深受感動。孫女的遭遇的確不幸，但一味哭泣也解決不了問題。雖然包括芝右衛門的兒子在內，仍有村民無法接受官府的處置，但當事人芝老爺都這麼說了，眾人也只好退去。

於是——這樁騷動就這麼平靜下來。

雖然這件慘禍帶來的創傷久久無法平癒，但日子還是得過。一個月、兩個月過去了，村子漸漸恢復原有的秩序，到了蟲鳴不絕於耳的秋天就完全恢復了原狀。

雖然依舊沒聽到攔路殺手伏法的消息，但兇手倒也沒有再度犯案，雖然民眾尚未將這件事淡忘，但自然而然地，大家已不再談論此事。

時序進入秋天。

在一個不熱不冷的舒適夜晚。

這天晚上芝右衛門一直睡不著，仔細聆聽鈴鈴作響、清脆悅耳的鈴蟲鳴叫聲時，突然湧起一股吟詠俳句的衝動。
已經好一陣子沒有這種衝動了。或許是天生風雅的血液又在鼓譟，要不就是想暫時忘卻對孫女的思念，老人打開紙門，走進夜色瀰漫的庭院。
當晚恰逢滿月。
一時之間，芝右衛門忘記所有煩憂，站在庭院裡出神地眺望皎皎明月。
也不知過了多久。
他突然回過神來，朝庭院裡低矮的樹叢望去。
那裡頭……
似乎有什麼東西正屏氣凝神地注視著芝右衛門。
那東西又黑又小。大概是隻動物吧？
黑暗之中，只看得到兩顆閃閃發亮的眼珠子。
就在這時候。
芝右衛門老爺——
恍惚之中似乎有人叫自己的名字。
是誰啊？芝右衛門往前踏出一步，黑影倒也沒有逃走，反而咻——地跑到他面前，暴露在明亮的月光下。
原來——是一隻狸貓。
「什麼嘛——嚇了我一跳——」
芝右衛門把臉湊向狸貓。

狸貓不僅沒有逃走，反而把鼻子湊向芝右衛門面前。

於是芝右衛門蹲了下來，狸貓也更加靠近，用鼻子蹭著芝右衛門的身子。

這動作似乎是對芝右衛門有所請求。

「喔，你是肚子餓吧？」

芝右衛門天生風雅且饒富想像力，看到狸貓如此親近非常歡喜。於是，這位好奇的老人決定看在一輪明月的面子上，施捨食物給這隻飢餓的動物，便請牠在原地等候，說完立刻走回屋內。

他當然不可能通曉畜牲的言語，也不認為叫牠在那邊乖乖等狸貓就會照辦。但如果這隻野生的狸貓真的聽話，乖乖在那邊等，豈不是非常有趣的事嗎——芝右衛門自忖道。

他很快進入廚房，把剩飯倒進缽內，心理想著那隻狸貓不知離開沒有——結果回到庭院裡一看，狸貓還乖乖待在庭院中央，規規矩矩地等著芝右衛門。

「你……還在等我嗎？」

芝右衛門大為感動，立刻走進庭院。

狸貓很快把缽裡的食物吃光，接著彷彿在對芝右衛門道謝般連搖兩、三次頭，便消失在陰影中。芝右衛門瞬間覺得很痛快，忍不住朝狸貓消失的黑暗喊道——如果你聽得懂我的話，明晚還可以再來。

接著他抬頭看看月亮，暗自嘲笑了自己一番。

翌日。

依舊是個蟲鳴此起彼落的夜晚。

芝右衛門在昨晚同樣的時間打開了紙門。

雖然狸貓沒有說還要再來，但芝右衛門心想說不定牠今晚還會再出現。也沒什麼理由，如今他寧可相信這種不可思議的事會發生在自己身上。

那隻狸貓果然又來了。

芝右衛門喜出望外，再度招待狸貓吃了一餐。

這樣的狀況持續四、五天，似乎連家人都注意到他的行為有異，便旁敲側擊地問他是不是出了什麼事，但芝右衛門什麼也不說，只是賣著關子告訴大家——以後你們就會知道。

結果，狸貓連續來了七個晚上。

到了第七天晚上，芝右衛門摸摸狸貓的頭，說道——

「你明天就在中午時分來吧。如果你真的照我說的在那時間來的話，我明天會給你一整條的魚。」

隔天早晨，芝右衛門果買了一條鯛魚回來。全家人都非常驚訝，但芝右衛門告訴他們：

「我有個朋友要來。」

回家之後，他把紙門打開，坐在屋簷下等待著。到了正午時分，狸貓果真來了。芝右衛門非常高興，趕緊叫家人過來看這隻狸貓，並告訴大家這隻狸貓就是他的朋友。

即使被一家人團團圍住，狸貓也沒有逃跑，表現得毫不怯場，而且彷彿打招呼似的，一一環視了芝右衛門的家人，這才彎下身來把鯛魚吃掉。於是芝右衛門自豪地說：

「你們聽著，這隻狸貓雖然是隻畜牲，卻聽得懂人話——」

家人都以訝異的眼光看著牠。但這種充滿疑惑的目光反而讓芝右衛門更為高興，於是開始滔滔不絕地把至今發生過的事敘述了一遍。家人起初都半信半疑，但看到這隻狸貓吃著鯛魚的模樣這

麼可愛，彷彿和一家人極為熟識，大家當場就看在芝右衛門的面上，表示相信他所言屬實。

於是，狸貓在芝右衛門家住了下來。

芝右衛門非常疼愛牠。

甚至招呼牠坐在客廳裡，把牠當作聊天的對象。

漸漸地，家人也了解了，這隻狸貓真的非常聰明。不管是否真的懂人話，至少也和狗一樣聰明，叫牠在一邊等牠就乖乖等；叫牠來也會馬上跑過來。就算進了屋內，也不會步出芝右衛門的客廳，舉止也十分規矩。

到頭來——老爺芝右衛門宣稱這狸貓懂人話的說法，也終於為家人所接受。

因為是非常小的村落，這件事不出數日便傳遍全村。不過，雖然芝右衛門的家人都開始相信這隻狸貓有靈性，村民們依然是半信半疑。

從牆外偷看狸貓的樣子，大家看到的總是芝右衛門興高采烈地和狸貓講話的模樣。

坐在屋簷下的芝右衛門，簡直就是把狸貓當作人看待，有時請牠吃點心，也有時請牠和自己面對面地坐著吃飯——這情景看在村民眼裡，確實有點奇怪。

芝老爺怎麼啦——真懷疑他是不是瘋了。畢竟先前孫女才遇害，即使表面上強裝堅強，說不定他的心神早已嚴重受創。不過，村子裡沒有任何人說他的壞話，也沒有人公開討論芝右衛門那隻狸貓。大家都很體諒他老人家，因此刻意保持沉默。

但芝右衛門對這情況有點不滿。

例如當他站在村民面前再怎麼努力為這隻狸貓辯解，大家都還是把他當瘋子，這芝右衛門不會看不出來。他只好保持沉默，但又讓他感到很不舒服，眾人的冷淡也愈來愈讓他受不了。到了最後，再也按捺不住的芝右衛門終於對狸貓說：

「這村子裡沒人相信你聽得懂人話。根據某些古籍記載，中國唐土成宗時代，有一間寺院住著狸貓，據說那狸貓通曉支那地理，還能占卜吉凶禍福。這村子裡的人都不知道這個故事。不過，如果你真有什麼特殊能力，能否化成人形給我瞧瞧——」狸貓靜靜地聽著，接著便一溜煙跑出了庭院，就此銷聲匿跡。就連芝右衛門也不認為牠真能幻化形體，當晚就關上紙門睡覺了。

到了隔天晚上。

那天從白天起，整天都不見那隻狸貓。芝右衛門心想，可能是昨天自己對狸貓提出的要求太刁難，讓牠一氣之下跑回山上去了。

這讓他感嘆起人生無常。

不管等了多久，狸貓就是沒再回來。

這天是個寒冷冬夜，芝右衛門走到屋簷下，正欲關上紙門。

就在此時。

又和那夜一樣，芝右衛門覺得似乎有什麼東西正在看他。

往庭院一瞧。

有個黑影從矮木叢下跑了出來。

起初他還以為是那隻狸貓，但那影子顯然比狸貓大得多。

這下他看清楚了，來者並非狸貓，而是個矮小、年約五十來歲、打扮頗有格調的老人。

他頭戴大黑頭巾，身穿戎色無袖尚衣與長筒褲，看來像個舉止大方的商家老闆。芝右衛門倒抽了一口氣，接著又拋開了腦海裡的種種胡思亂想，向對方問道——請問閣下尊姓大名？

眼前這老人不可能是狸貓變的吧。

老人以沙啞的嗓音回答：

「在下家住堂之浦，名芝右衛門。」

「芝、芝右衛門？」

「是的。和老爺同名同姓。由於昨晚您曾如此吩咐，在下今晚就這身打扮來參見老爺。」

「什麼——」

芝右衛門嚇得整個人跌坐在屋簷下。

「——別，別開玩笑了。我芝右衛門再怎麼老糊塗，也不會相信這種胡說八道——」

「您快別這麼說。您對在下如此照顧，甚至願意買整條魚給在下這隻畜牲食用。對在下可謂有恩有義，在下豈敢戲弄。」

「可，可是——」

「也難怪老爺不敢置信。不過，您若還是懷疑，在下願將您在這客廳裡跟在下講過的話背出來給您聽。」

「你等一下——」

這時芝右衛門伸手制止，招呼老人進了客廳。不管他是人還是狸，站在庭院裡聊總是不太好。

進入客廳後，芝右衛門狸便一副客氣的模樣，還以鼻子蹭了蹭榻榻米，舉止十分有禮。

「感謝老爺讓我進客廳。照道理，在下這樣的畜牲必須按身份坐在較低的位置，您卻招呼在下進入如此氣派的客廳，讓在下誠惶誠恐，感激之至——」

牠客套得直教芝右衛門發噱。

「哎呀哎呀，你快抬起頭來。裡頭這麼亂，還真是不好意思——還有，你這身高貴打扮，態度卻如此謙卑，實在讓我承擔不起。你說你住在堂之浦——名叫芝右衛門？看起來你我年齡相仿，是吧？」

在下今年已經一百三十歲，是隻老狸貓了——芝右衛門狸回答。

芝右衛門聞言皺起了眉頭回道：

「若你所言屬實，你的歲數不就比我多一倍了？那該行禮的是我呀。不管你是人是獸，如此長壽都該尊敬呀。」

話畢，芝右衛門笑了起來。

他已經下定決心。

不管眼前的老人是狸還是人，至少面臨這種狀況不可舉止失態，毀了自己的風流名聲。即便對方是故意演戲，想作弄他這個好奇心旺盛的老人，但看到對方舉止優雅，身為主人的他也不得不假戲真做了。

我去泡個茶好了——芝右衛門說道：

「——還是你想喝酒？你原本是隻狸貓，大概從沒機會喝酒吧？」

芝右衛門狸客氣地點頭說道：

「沒關係，在下喝什麼都可以。」

芝右衛門目不轉睛地看著芝右衛門狸。

從任何角度看，坐在眼前的分明是個人。

畢竟狸貓幻化成人這種事，即便在這種窮鄉僻壤也沒人會相信，所以，他一定是個人。只是

「——你變得不錯嘛。沒露出尾巴，沒長毛和鬍鬚，嘴裡也沒有暴牙。不管怎麼打量，你都是個很上相的人呀。」

芝右衛門說完，狸貓便從懷裡掏出手帕，擦拭著額頭的汗水回道：

「承蒙老爺褒獎。在下畢竟出身狸貓大本營阿波，年輕時也曾幻化成城中姑娘。但活到這種年紀，再怎麼變只能變成老太婆。與其變成一個難看的老太婆，在下認為還是變成這樣較合宜。」

芝右衛門再度笑起來，說道：

「哈哈。如果你幻化成姑娘來找我，我反而會更懷疑你。畢竟我原本就知道你是一隻公狸貓嘛，芝右衛門大爺，這你是騙不了我的。」

您說得對——狸貓恭敬地點頭，又說：

「其實咱們狸貓平常是不會在人類面前暴露身份的。不過——看到老爺您如此特別，在下才……」話畢狸貓一臉嚴肅地凝視著芝右衛門。這讓芝右衛門有種無可言喻的快感，就這麼相信了這隻和自己同名狸貓的說辭。

【貳】

備受德州公庇蔭的人形淨琉璃師傅市村松之輔的屋子出現怪象，是在初秋。

有人聽到存放人偶的倉庫傳出啜泣聲——也有人目睹一尊女娃人偶在路上走動——

還有人發現那些人偶彼此在交談——類似的傳聞一一出籠。

這些傳聞讓松之輔的弟子和進出市村一座的人不是顫慄不已，就是惶恐萬分，但松之輔並不放在心上。

對他而言，即使真有這種現象也不足為奇。

因為他認為，人偶即使沒有生命，也有魂魄。

不管其魂魄是雕刻人偶師傅灌進去的，還是演人偶的人賦予的，或者是附身而來的。總之，人偶確實有魂魄，演了這麼多年的人偶，松之輔甚至有一種自己其實沒辦法操縱人偶的感覺。

比如——

當他專心操縱人偶時，常懷疑到底是自己在操縱人偶，還是人偶在操縱自己。後來他才漸漸覺得答案是什麼都無所謂，只要自然就好。

若無法進入這種境界，就稱不上是一流的人形淨琉璃師傅。

比如——

操作女娃人偶時，儘管松之輔不是個女娃，還是能表演得維妙維肖。畢竟人偶已經是如假包換的女娃形狀，欠缺的不過是動力罷了。換言之，人偶本身就有魂魄，松之輔不過是出點力、幫點忙讓它動起來罷了。如此看來，演出人偶戲的並不是操弄人偶的大夫。大夫不過是為了讓人偶演戲，提供些許助力罷了。主角畢竟還是人偶。

就像佛師把一塊木頭雕刻成法力無邊的佛像，原本不過是塊木頭，卻因為呈佛形就能顯靈。可見有其形必有其靈。

呈了人形的人偶即便無法保佑人，畢竟還是能說能哭，並且只要有人借力，就連走路也辦得到。

所以，這沒什麼好奇怪的。

松之輔擔憂的反而是其他事情。

他擔心的不是人偶，而是人。

那個人——就住在不遠處。

夏天到來已經三個月，松之輔宅邸別屋住的那位隱居者是何方神聖、來自何方、為何隱遁淡路這窮鄉僻壤，松之輔都一概不知，也不得過問。只被叮囑對方身份崇高，務必謹慎對待，並誠心誠意服侍之——這是松之輔接到的命令。

下令的是總管淡州的稻田九郎兵衛。

今年春天，松之輔接到城代召見的通知。『你們市村一座將在丹波一帶進行演出，進城後宜逕直向城代（註5）報到，聽候其差遣』——此乃使者送達的命令。

松之輔當場有一股不祥的預感。

藩主蜂須賀公對人偶戲相當支持，但城代完全相反。

城代表面上也是獎勵人形淨琉璃，但松之輔感覺，這城代似乎認定人形戲劇只是有錢人的娛樂，對這類演出沒有好感。不過相對於盛產藍色染料以及食鹽的阿波地區，淡路並沒有重要物產，松之輔也不認為城代是在打人形淨琉璃的主意，希望抽稅增加財源，至少從其目前的治事方式上是看不出來的。

註5：江戶時代於諸侯離開國內期間代為管理、守衛居城，並處理國內一切政務的家臣。

他一入城晉見稻田九郎兵衛，稻田立刻吩咐侍衛退下，並命他跪向自己身旁。
我有個需要保密的不情之請——稻田開門見山地說道。
說這句話的時候稻田表情很難看，所以，松之輔沒有立刻答應，只是暗自嚥下一口口水。
其實他一開始也沒有權力拒絕。
城代似乎非得聽到他答應，才肯吐露這個不情之請的內容，因此再次要求他回答。這下松之輔不由得往後退了幾步，平身低頭恭敬地回答道——大人的吩咐，在下豈敢不從。
「這件事不會很快結束。即使如此，你也可以接受嗎？」即使松之輔已經答應，稻田還是不放心地再三向他確認。
雖然他一再詢問，松之輔就是沒辦法拒絕，畢竟他是洲本城城代，也是蜂須賀家總管各種事務的家老（註6）。換言之，稻田提出的要求，差不多就等於阿波國德島藩主下的命令，松之輔再怎麼不願也只能遵從。這點稻田應該也是心裡有數。換言之，松之輔這下也很清楚，對稻田自己來說，提出這項要求或許也是出於無奈。
「平日承蒙您的大恩大德，如今受您之託，在下市村松之輔即使肝腦塗地，也在所不辭——」
松之輔如此回道。
是嗎？稻田的嚴肅表情這才稍稍和緩，但馬上又開始吞吞吐吐了起來，過了好一會兒才又說道：
「有個客人得暫時託你照料。」
接著他把一筆為數不少的酬勞與一封密封的書狀交給松之輔。
他又要求松之輔立誓，絕不可窺探這份書狀的內容。如果擅自開封，將被他親手處斬。

過了好一會，城代又說：

「那位客人人在京都。你結束丹波的演出後，立刻趕往京都晉見所司代（註7），把這份書狀呈交給他，並聽候其指示——」

稻田說話的時候，松之輔一直趴在地上。說完，稻田站起身，走向松之輔身旁蹲了下來，拍拍松之輔的肩膀並口齒含糊不清地說——松之輔，這件事就拜託你了。松之輔也來不及整理思緒，只能立刻回答「遵命」。

兩個月後——松之輔前往化野（註8）迎接那位客人。

按照稻田的指示，此時他正在丹波的演出結束後的歸途上。

到京都把書狀交給所司代後，對方要求他到後頭談談，並指示他在入夜後前往化野某處。

到了現場，他發現有四個人在等他——一個打扮出眾的年輕武士，以及三名隨從。不過，這武士用頭巾蒙面，衣服與所攜帶物品都沒有代表身份地位的紋飾徽章，讓人無從判斷其來歷。其中一個身材浮腫、臉頰圓潤的年邁武士上前向松之輔深深鞠了一個躬。被如此行禮，松之輔頓時手足無措；這輩子還不曾被武士低頭鞠躬。松之輔趕緊請對方不必多禮，趕快平身。

武士這才抬起頭來，沒想到他竟是一臉倦容。

你曾答應過什麼事都不過問吧——武士一開口就如此說道。聽到這句話，松之輔猶豫了好一

註6：武家家臣，負責管理家政事務的重臣。
註7：當時實質上管理京都的最高要職。
註8：京都小倉山麓的一片原野。

陣，最後還是問對方該怎麼稱呼這位武士。既然是自己要接待的客人，當然不能不知其姓名。

這下年邁武士回頭看去，年輕武士則簡單地回答：

「叫我大爺即可——」聞言，松之輔誠惶誠恐地回答「遵命！」。然後年邁的武士再度轉頭面向松之輔說——所有事情都由我和你接洽，今後你切莫直接和大爺交談。

松之輔心裡再度湧現一股不祥的預感。

雖然說不上來，但就是覺得不大對勁。

總覺得那位年輕武士很難伺候。

這趟旅行真是麻煩。這些人一開始就要求接待他們的人什麼事情都不能問——雖然這命令松之輔不得不遵守，但年輕武士的打扮也未免太顯眼、太奇怪。

隨從是還好，但年輕武士的穿著卻教整個戲班子怎麼看都看不慣。年邁的武士似乎曾一再勸他改變裝扮，但年輕武士就是不聽。如此一來，一路上只得利用深更半夜移動以避人耳目，讓行程耽擱得更久。

最後，一行人從攝津回到淡路時，還真是鬆了一口氣。

只是由於受這一行人拖累，整整晚了半個月才回到家。

這件事帶給松之輔極大的困擾。

往年，夏天他都在淡路各地巡迴演出。許多村落都喜歡觀賞松之輔演出的人偶戲。應觀眾要求，松之輔臨時決定在回到家前，在路邊覓一處進行一場演出。

沒想到——竟出了亂子。

原來，演出過程中有個女娃失蹤了。這村落松之輔很熟，而失蹤的女娃正是松之輔一位老朋友的孫女，因此，松之輔下令劇團全員出動，幫忙尋找。但此時松之輔最擔心的，還是那四個武士。渡海抵達淡路之前，年輕武士就一再抱怨待遇太差，不曾受過如此粗劣的招待等等。他一路吵鬧不休，就連三個隨從都拿他沒辦法。

當天——直到演出之前，年輕武士都是暴跳如雷。演出結束後回去一看，雖然他已不再吵鬧，後台的班底卻是個個愁眉苦臉，每個人都是默默不語。

翌日——後台依舊是一片愁雲慘霧——因此捕吏們進來時，就連松之輔也不由得緊張了起來。不料捕吏們看到那幾名武士時不但看來毫不驚訝，反而一副早就知悉的表情，只鞠了個躬，二話不說便轉身離去。

結果，事情就這樣不了了之。

松之輔只好猜測，官府可能曾知會過下頭別找市村一座的麻煩，否則在後台一角看到那四個一臉高傲的武士，捕吏們怎麼連一句話都沒問就離開？由此看來——這一行人大概也認為，既然已經進入淡路，就不需再鬼鬼祟祟——反正不管發生什麼事，地方官府都會庇護他們。

只是——終究覺得不保險，因此松之輔還是早早結束演出，收拾舞台打道回府。他已經沒有心情在外頭蹓躂，直覺那股不祥的預感總是揮之不去。他再也受不了和這四個武士同行，所以，即便回到家不代表就能和他們劃清界線，但至少比在路上感覺踏實些。

回到家之後，松之輔安排了一間距離主屋不遠的別屋給這四人居住。

就這樣過了一個月，倒也平安無事。

除了那名年邁的隨從之外，其他人都鮮少露面。當然，也未曾登門拜訪松之輔。

由於已經收下一筆可觀的酬勞，松之輔也大方地替他們張羅了最講究的寢具，只要讓他們盡量享受，想必年輕武士的不滿也會因此平息——松之輔如是想。

但即使如此，松之輔還是無法平息內心那股不祥的預感。即便現在能暫時讓他滿足，但是否能維持個一個月、兩個月？不管他現在過得多奢華——但松之輔並不認為這種無所事事的日子他能過多久。

終於——

別屋開始每晚傳出激烈的咒罵聲。

而且聲音一天比一天大，甚至傳來陣陣哀號與搗毀物品的聲音。有時隨從甚至還被摔出紙門滾到屋外來。

唯一與松之輔有連繫的年邁隨從——好像叫做藤左衛門——臉上瘀青不斷，四個人所要求的酒也是與日俱增。

夏天結束時，隨從就死了一個。

當時只見藤左衛門滿臉蒼白。

他是撞到東西死的——雖然藤左衛門如此解釋，但被搬出別屋的年輕隨從屍體，一眼就可看出是被那個年輕武士砍死的。

只見他額頭上有個縱向的刀痕。

胸部與腹部也被縱橫地砍了好幾刀。

為了清洗現場，松之輔只得把年輕武士等人暫時安頓到主屋。只見整棟別屋已是一片狼藉，所有家具都已毀損，柱子上也留有無數刀痕。就連地板之間的柱子都被砍得支離破碎，恐怕已經沒辦法修理。而且血跡甚至噴濺到了天花板上，走廊、牆壁也都沾滿黑色的血糊。當然，榻榻米也得全部換新。

這哪像人住的地方？

根本就像個野獸或猛禽的巢穴。

藤左衛門扭曲著浮腫的臉為這片亂狀道歉，然後斜眼看了淒慘的死屍一眼，無力地說道：

「不必舉行任何葬禮或法會，找塊墓地把他埋起來就好了。只不過——」

說著，藤左衛門拔出小刀，把屍體頭上的元結剪下來，用懷紙包住。然後，他在懷紙上面寫了幾個字，小心翼翼用信封封起來。他把這包頭髮交給松之輔，問他是否能幫個忙寄出去。松之輔立刻點頭，但這下藤左衛門一張臉益發扭曲地說道：

「抱歉。可否請你別看這東西要寄去哪兒？」

遵命——松之輔回答。不過，後來把這包東西交給飛腳屋（註9）時，松之輔還是偷偷看到了「尾張」兩個字。

在第二個隨從失蹤後，怪事就開始接二連三地發生了。

隨從失蹤一事，藤左衛門並沒有做任何解釋，只吩咐松之輔——以後只須準備兩人份的飯菜。

該名隨從並沒有留下屍體，因此也不能斷定他已身亡。如此說來……

——那就是逃走囉？

到了開始聽到蟲鳴的季節——年輕武士的狂暴行為更是變本加厲，已經到了瘋狂的地步。只聽到別屋成天傳出陣陣怒吼。

註9：日本古時負責傳遞文件、金銀等小物品的人伕。

藤左衛門的容貌也益發教人不忍卒睹。

他不只被踢、挨揍，大爺請息怒、大爺請息怒——即使這位老僕不斷如此哀號，年輕的武士還是連刀子都拔了出來。

於是——松之輔開始憂慮。

——再這樣下去……

恐怕不出多久，藤左衛門就要喪命了。到時候這個問題該如何解決？領來的酬勞早已用罄，是不是該進城向稻田城代報告情況？但也不知道自己是否有權力這麼做——

——城代恐怕會很生氣吧？

畢竟稻田曾囑咐他直到收到指示為止，必須好好接待這位客人。

松之輔也答應即使肝腦塗地也在所不辭。

這位市村一座的大夫——松之輔就這麼在他的人偶會四處走動的謠言中，過著一段夜夜輾轉難眠的日子。

過了幾天，右眼上方腫了一大塊的藤左衛門，帶著一副怪異表情造訪松之輔。這已經是怪事開始發生後的第五天了。

當天藤左衛門也不知道是為了什麼，神情與平時判若兩人。

——他是在怕什麼吧？

看來的確是如此。不過——

若要說藤左衛門怕的是什麼，這個愚忠的武士長期以來所畏懼的，不就是他那愚蠢到極點的暴君嗎？

「市村大爺——」只聽到藤左衛門如此改口稱呼他。

松之輔問他有什麼事，藤左衛門先是小心翼翼地看了看周邊，再迅速地把紙門關起來。

「——容在下……請教您一件事。就是……」

「什麼事？」

藤左衛門雙手抱胸，開始猶豫了起來。於是，松之輔拍手招呼女傭沏茶，這是他們倆首度面對面交談。

滿頭大汗的藤左衛門一口把女傭端來的茶喝乾，並不住地喘著氣。

「我主君……」

大爺他人呢？這麼一問，他便回答正在小憩。

「我們大爺這陣子都睡不著——」

「是不是——有什麼地方讓他不舒服？」

松之輔問道。但藤左衛門回答得是沒什麼讓他不舒服的。

事實上，藤左衛門的主人最近不分晝夜都會瘋狂地大吼大叫。要說他有什麼不舒服，恐怕任何事都讓他不舒服。只是松之輔想想，他們都已經在這兒住了這麼久，即使最初有什麼不適應，應該也都解決了才對。

只見藤左衛門不斷擦汗，非常惶恐地解釋：

「豈敢豈敢。市村大爺如此關心我們，已經讓在下滿懷感激了。真的，在下對您是感謝都來不及，豈敢抱怨有任何地方不舒服——」

「那麼……到底是出了什麼事？」

「坦白講——就是……鬧妖怪了。」

「妖怪？」

松之輔驚訝地失聲大喊。藤左衛門便使勁縮著脖子，低聲說道：

「按理說，在下身為武士，不該輕易相信怪力亂神之說。在下也相信，只有一個人內心不端正，這類幻影才會乘虛而入。可是……」

「您看到的妖怪——」

是人偶嗎？——松之輔問道。如果正是如此，其他人已經說過了。

藤左衛門支吾其詞地回答：

「我們大爺說——好像是一隻狸貓。」

「狸，狸貓？」

「我們大爺是這麼說的。可是，在下並不相信。」

「奇怪。那麼，出了些什麼事呢？」

「這就——」

藤左衛門話沒說完就閉上了嘴。

松之輔困惑地雙手抱胸。

「藤左衛門大爺，請告訴我，您是不是認為因為鬧妖怪，你們大爺才會變得如此錯亂？」

「不，在下不是這個意思。」

「可是……」

「關於這點，請您什麼都別問。」

「藤左衛門大爺——在下是個演人偶的戲劇師傅，不是個武士，所以，不敢誇口講出君子一言既出駟馬難追這類的話。但既然在下承諾不過問您們的事，就會遵守這個約定。只不過，這三個月來您們大爺胡作非為，不用問在下也都知道。但畢竟已經同意不過問，在下也就不多嘴。只是……」

「只是什麼——」

「我其實是奉城代之命，才負責照顧您們的。」

「這點，市村大爺已經將我們照顧得無微不至了。」

「可是——當時在下沒想到情況會演變成今天這種地步。當然，如果您們覺得沒什麼好抱怨，在下也就不追究了。但是——」

「但是什麼？」

「不管是否真有妖怪，如果你們已經這樣認定，我終究還是有責任——這麼說來，您那位同事的死也等於是在下的責任了。這點在下還得向藩主解釋——」

只見藤左衛門整個人趴在地上回答——在下了解，在下了解。

然後，藤左衛門要求松之輔不要把事情講出去，便雙膝跪地往前移動，並低聲說道：

「我們大爺他——生病了。」

「生病了？生什麼病？」

「就是，殺人的病。」

「什麼——」

藤左衛門趕緊將食指湊向自己嘴前。

接著又低聲繼續說道：

「他患的是一種每次一生氣——就莫名其妙地想殺人的病。平常還能了解是非，知道自制，但就是有些時候會失控。原本我們來到這個地方，主要就是為了治好他這種病。因為都城或市鎮裡人太多，沒辦法避人耳目。而且人一多，就容易遇到無禮的人，讓他更容易動怒。其實，只要不讓他動肝火——」

「照你這麼說——」在京都大坂一帶。

以及在那個村落發生的事。

——請問……

「請，請問，那個風聲鶴唳的攔路殺手，是不是就是……」

不要胡說八道！藤左衛門用嚴厲的語氣說道：

「攔路殺手——別胡說八道！以後請不要隨便說這種沒有根據的話。即便市村大爺您對我有恩，我也不允許您這樣開我們大爺的玩笑。」

「可是，藤左衛門大爺——」

「您別再說了——」

藤左衛門一臉痛苦地央求松之輔別再問下去。看他動作如此誇張，松之輔暗自認為——看他這表情，想必心裡已經承認那年輕武士就是攔路殺手了。不過話說回來，看到藤左衛門這副表情，不難想見他寧死也不願把這件事說出口。

「真的，市村大爺，您要相信我，我們大爺絕非惡徒。我打他一出生就開始伺候他了。他小時候其實是既聰明又善良。今天會變成這樣——唉，實屬不幸。」藤左衛門腫脹的眼瞼下方乾涸的眼睛似乎開始泛起淚光。松之輔很難理解，為什麼主子如此凶暴，藤左衛門還要一直保護他，忍氣吞聲地服侍他，難道這就是武士應盡的本份？

總之，松之輔認為藤左衛門實在很辛苦。

不管有什麼樣的理由，殺掉那麼多無辜的人都是說不過去的。這點藤左衛門應該也了解，只是如果不扭曲真理保護自己的主子，就無法盡自己身為武士的本分。

「來到這裡之後——情況是有稍微好轉，但後來又發生那種事情……」

「你是指隨從遭殺害那件事？」

「是的。其實他和我們大爺從小就認識。我原本以為這樣比較好，卻沒想到反而糟糕。正因為彼此熟識，他反而難以盡臣下之禮。」

「所以，你主君連熟識的人也下手？」

沒錯——不，他其實只是勸他幾句而已，結果就被——藤左衛門邊說邊擦眼淚。

「那，另一位呢？」

「我差他回故鄉了。如今能保護我們大爺的，就只剩在下一個了——」

只要犧牲自己，別再連累他人——看來藤左衛門早有這個打算。

「那——您說的妖怪是……」

這個嘛——藤左衛門拍打自己的膝蓋，說道：

「別屋只剩下我們兩人之後——我們大爺的寢室——幾乎每晚都鬧妖怪。」

「你說那是——狸貓？」

「好像是——我因為住在隔壁的小房間，沒有直接看到。主要原因是，妖怪出現的時候，我都會變得神智恍惚。」

「神智恍惚？」

「我雖然已經老了，畢竟還是個武士，所以，即便是很小的事情，只要我們大爺有什麼異狀，我應該還是能馬上清醒才對。」

藤左衛門說得有理，他每天過得如此心驚膽戰，晚上哪可能睡多熟？

「那麼，那妖怪到底做了些什麼？」

說到這我就想不通了——藤左衛門歪著腦袋說道：

「那妖怪就只是一直說話而已——我們大爺是這麼說的——不過，這已經讓我們大爺混亂至極，大概撐不了多久了。」

「說話——那妖怪只是說話？」

「是的，但——昨晚妖怪臨走前留下了這個。」

藤左衛門把一個原本放在背後的小東西推到了松之輔面前。

「這是——」一看，原來是一個淨琉璃女娃人偶的頭。

可是——人偶的臉已經變得像個西瓜。

從上往下被劈成了兩半。

「拿出這東西之後——妖怪就沒再說什麼了。」

「所以這隻狸貓——知道這件事？」

「不……我……」

「那你認為，那妖怪是死者的亡靈嗎？」

藤左衛門開始咳了起來。

看來年邁的他似乎認為，每晚出現的妖怪，就是遇害者的亡魂。

「所以，在下有件事得拜託大爺。雖然這陣子受到市村大爺您無微不至的照顧，在下不敢再多做請託——當然，如果不願意幫這個忙，您也大可拒絕。」

「您要我做什麼？」

「想請您幫在下瞧瞧。」

「瞧瞧——瞧什麼？」

「是的。因為還是不了解到底是陰魂作祟還是有人施幻術，我既然沒辦法看到那妖怪，就只好——」

「找我幫忙瞧瞧那妖怪是什麼模樣？」

「是的。雖然在下沒什麼可以報答您——」

「這是沒關係。但是您希望我怎麼做？」

「我們大爺房裡不是有只長櫃子嗎？能否拜託市村大爺在那櫃子裡躲一宿？您不必擔心，我們大爺很累，是不會發現您的。您可以趁他洗澡的時候偷偷躲進去——哎呀，真是個不情之請，我想您大概不會接受吧。」

松之輔正要回藤左衛門的話時……

藤左衛門突然像被針戳到似的整個人彈了起來，伸手握上了腰際的劍把。這時紙門打開了。

「誰？」

「奴婢來倒茶。」

紙門後面傳來一個姑娘清脆的嗓音，打斷了藤左衛門的話。

松之輔嚇了一跳。一看——女傭阿銀正跪在紙門的另一頭。

「——妳，都聽到了嗎？」

藤左衛門跪起了身子問道。

「沒有，沒有。奴婢什麼都沒聽到。我剛剛進來而已——老爺……」

「我知道了。趕快退下吧。」

「那，點心呢？」

「放在那兒就行了。」

抱歉，打擾兩位了——阿銀客氣地低頭致歉，便低著頭退了出去。

藤左衛門全身緊繃了起來。

「您不必擔心。那個姑娘——我想您也看到了，雖然打扮很漂亮，應對也很得體，但她其實是東部一個人偶師傅的女兒，名叫阿銀。別看她打扮入時，其實只是個除了工作認真之外，沒什麼起眼之處的鄉下姑娘，前幾天還曾泣訴晚上看到人偶會害怕呢。如果她剛剛有聽到我們的話，想必也是一句都聽不懂——難不成您……」

打算殺了她滅口？——松之輔低聲問道。藤左衛門搖搖頭，鬆了一口氣把刀收回了刀鞘。

「您好像不是很喜歡殺生。是吧？」

「大爺說的沒錯——」

藤左衛門點了個頭，就沒再把頭抬起來。

「藤左衛門大爺，我坦白告訴您吧。我絕不原諒攔路殺人的行為，也絕不可能藏匿或保護幹出這種勾當的兇手。所以，住在別屋的那位大爺只是個病人，而且是您的主人。我這說法沒錯吧？」

「完……完全正確。」

既然如此，那您的請託我就接受了——松之輔回答。年邁的武士聞言整個人趴上了地板，謙卑地磕了好幾個頭。

只聽到陣陣不合時節的風鈴聲。

住在別屋的藤左衛門主僕倆的三餐都是在伙房煮好後，再由女傭送過去。飯菜一被送到走廊，藤左衛門就會先試食，看看裡頭有沒有被下毒，再親自把飯菜端進去給主子。他在這件事上幾乎可以說是謹慎到有點過頭。

起初松之輔以為藤左衛門這麼做，是為了保護自己的主子。但藤左衛門卻解釋情況正好相反。送飯菜和伺候他主人吃飯這兩件事都很危險，也不知道他們大爺什麼時候會動刀殺人。所以，他這麼做，完全是為了保護女傭的生命安全。

看著走在走廊上的阿銀端著晚餐走向別屋，松之輔又想起藤左衛門曾說過一件事。

他們大爺用完晚飯就會去洗個澡。

待時間一到，松之輔便趁隙潛入別屋內。屋內仍舊是一片狼藉，連壁櫥的隔窗都散落一地。那只長櫃子也雜亂地躺在房內一角，這下子要躲進去就更容易了。他以一片預先準備的木片頂住蓋子，撐起一道小縫，屏氣凝神地靜待夜晚降臨。

年輕武士很快就洗完澡回來。

他來回澡堂時均以頭巾覆面。

藤左衛門已經把床鋪好。年輕武士一進來，便取下了頭巾。

松之輔一看差點沒喊出聲來。

覆蓋在頭巾下的臉龐——已是瘦到令人不忍卒睹，不僅眼窩深陷，周邊還有好幾層黑眼圈。除了臉頰異常瘦削，薄薄的嘴唇上還佈滿乾燥的裂紋。好幾根鬚毛散亂地貼在鐵青的臉頰上，額頭上還冒著幾滴黏汗。唯一例外的是那對充滿血絲的眼睛依然露著兇光。他看起來應該還不到三十歲，但肌膚怎麼看卻都像個老人。

憔悴不堪的年輕武士整個人癱到了床鋪上。

於是，藤左衛門吹熄座燈的燭火，松之輔的視野頓時陷入一片黑暗。黑暗之中只聽到老人恭敬地向主子道晚安。

接下來只聽到陣陣蟲鳴。

不知道等了多久。

鈴，門外突然傳來一聲聲響。

是鈴鐺的聲響。

鈴。

松之輔全身緊繃了起來。

一看，紙門上泛起一絲微明，一個人影出現在光暈之中。

——是妖，妖怪嗎？

『長二郎——』

只聽到來者以低沉的聲音喊道。

嗯、嗯——也聽到地板上傳來陣陣呻吟。

『長二郎。我又來啦。』

——就是那個妖怪！

松之輔渾身的毛細孔都張了開來。

只聽到喔，喔幾聲——年輕武士似乎已被夢魘纏身。

接著，紙門靜靜地開了。

那妖怪的身影出現在朦朧的光暈裡。

「長二郎。叛徒長二郎，你在嗎？」

「唔——」

這就是所謂的鬼壓床吧。年輕武士似乎想說些什麼，但卻只能發出陣陣呻吟，看來一張嘴早已不聽使喚。

「——原來你在這裡呀長二郎。決定了嗎？快回答我的問題——」

那妖怪無聲無息地步入了房間。

從雲朵之間灑下的些許月光，勉強照出了這妖怪的輪廓。原來並不是這妖怪會發光，他不過是穿著一身白衣，似乎是一種巡迴修行者常見的白色裝束。頭上大概是包著行者的頭巾吧，只見兩側打結的地方看起來活像一對狸貓耳朵。此人胸前掛著一只偈箱，手上拿著一只搖鈴，長相則是完全看不清。

「噢，好腥呀——這房間裡味道怎麼這麼腥？整間房裡都是一片血腥味呢。」

怪物邊說邊跪向年輕武士枕邊，彷彿在凝視著他似的以雙手壓住武士的太陽穴。

「好了——趕快露出你的真面目吧，叛徒長二郎。趕快回答我，你到底是想投靠金長，還是我六右衛門？」

那妖怪的嗓音有如地底發出的聲響。

「我——不是叛徒。」

「住口！無恥的傢伙，你這隻臭狸貓，你敢說你已經忘了嗎？之前你已經答應跟隨我六右衛門，卻又臨陣叛逃。別以為你變成這副德行就騙得了我。」

「我——我——不是狸貓。我，我是末，末代的——」

「住口。你騙得了我嗎？」

妖怪按在武士頭上的手指，這下壓得更用力了。

武士——啊！地呻吟了一聲，就說不出話來了。

「你原本就是隻狸貓——一隻沒人性的畜牲，不是嗎？如果你不是狸貓，身上怎麼會有這種腥味？真臭，真臭，完全是血肉的臭味。只有好啖腐肉、啃老鼠的狸貓才會有這種臭味。像你這麼腥臭的傢伙，哪配打扮得如此高貴？」

「你在說什麼？我是末……」

「你是隻畜牲，是個禽獸，一個毫無人性的敗類。一個禽獸是不可能冠上望族的姓氏的。你只不過是一隻狸貓，名字就叫長二郎。最好的證據就是——你還記得嗎，那晚你在京都三條斬殺了毛筆中盤商的女兒——」

唔、唔。

「然後，你又在大坂殺了二八餛飩店的老闆。還有一天晚上，你殺了絲線店的小男傭，而且還一刀把他的頭砍成兩半，砍得血花四濺。你甚至還想啜飲對方的血。你難道不記得了嗎——」

唔、唔、唔。

「怎麼樣，沒說錯吧？如果你是個人，就不可能做出如此殘忍的事。那麼，芝右衛門的孫女——你怎麼把她殺害的？」

「哇——」

「是吧，你劈開了她的頭，流了很多血，臉都被你劈成兩半了。有沒有！有沒有？」——你回答呀！渾帳長二郎！只聽到那妖怪拚命吼叫。

「哇——」

長二郎發出一陣怒吼，整個人發瘋似地站了起來，開始不斷轉著圈子大喊：

「住——住口！你不知道我是誰嗎？我不過殺了幾個農民百姓，有什麼不對？這些人都是我的臣下，我要殺要剮還需要先請示誰嗎？你這個放肆的渾帳，看我殺了你殺了你，用這把刀宰了你。哇——」

鈴。

搖鈴響起。

「長二郎——」

武士這才精神恍惚地跪了下去。

「給我仔細聽著！我可以再等你十天，如果十天之後你還不能決定，我就派狗來將你咬死。聽懂了嗎？你這個叛徒——長二郎狸！」

妖怪說完，隨即消失在黑暗中。

光暈消失後，周遭又恢復一片漆黑。

鈴。松之輔又聽到遠處傳來一聲鈴響。

【參】

站在松樹後頭，看著一大群圍著籬笆的農人背影，足立勘兵衛陷入了沉思。

圍牆裡面不時傳來嘶啞的說話聲。

那是抑揚頓挫宛如師父講經般的說話聲，講的是敦盛（註10）如何如何，兩位女尼（註11）最後又如何如何等等，似乎正在講述源平之戰中的壇之浦戰役的故事。

從這片松林中可以望進芝右衛門的宅邸。

勘兵衛嘆了一口氣。

唉——還真是一樁惱人的差事呀。

富農芝右衛門家出現一隻芝右衛門狸的傳言，很快傳遍附近鄉鎮。勘兵衛眼前的群眾就是前來爭睹這隻變成老頭的狸貓的。

現在正在說書的就是那隻狸貓。

——他真的是狸貓嗎？

勘兵衛雙手抱胸納悶道。

傳言那隻狸貓是個文人雅士，不但十分博學，還非常風雅。

正因為如此，對平日就對這類文化有強烈憧憬的芝右衛門來說，他著實是個理想的談天對象。

的確——

這位自稱是狸貓的老人，不僅對雜俳狂歌的造詣極深，對字畫古董也是熟悉得不得了。不僅如此，他還能歌善舞，也深諳男女之道，對尋花問柳的知識非常豐富。

他尤其喜歡戲劇，宣稱江戶大坂一帶古今戲劇他全部看過。這隻狸貓並誇稱自己在大坂一帶甚至被譽為「戲劇通狸」，而不是「芝右衛門狸」。

他講不完的故事教人愈聽愈著迷，芝右衛門也深受吸引，彷彿聽的是自己親身見聞般興奮莫名。

芝右衛門這位居住在窮鄉僻壤的老好人，想必不會認為這個老頭自稱已經活了一百三十歲是胡言亂語。

不——此時的芝右衛門，對芝右衛門狸乃狸貓所變已是深信不疑。

甚至連他的家人，也漸漸開始欣賞起芝右衛門狸那神采飄逸卻不失穩重的風采，以及待人處世上的憨厚態度，因此和他開始熱絡了起來。如此一來，管他是狸貓還是人，都已經不重要了。只要他宣稱自己是狸貓，就把這當事實吧——總之，大家都日漸相信芝右衛門狸真的是狸貓變的。

結果——芝右衛門狸的傳言挾著不算低的可信度，很快就一傳十、十傳百，到最後——一大堆民眾不時擠在芝右衛門家前頭，從牆外窺探裡頭的情況。

註10：源平之戰中的年輕名將。戰歿時年僅十六歲，生平常被改編成歌舞伎或淨琉璃的戲碼。

註11：壇之浦一役後，帶著年幼的安德天皇投海自盡的兩位女貴族，天皇溺斃但兩人獲救被虜至京都，後出家為尼。

這些圍觀的人，總是可以看到芝右衛門與芝右衛門狸閒話家常的場面。這隻狸貓態度和藹，而且又辯才無礙，很快就受到大家的歡迎。當然，每個人對他的身分都是半信半疑。然而，不管眾人相不相信，那老人是隻狸貓的說法早已為大家所接受。

於是——這傳言繼續擴散。

雖然淡路很大，但畢竟是個島嶼，所以，不出半個月，芝右衛門的名號就已經響遍全島了。

後來——這個古怪的傳聞也傳進了掌管淡路國的洲本城城代稻田九郎兵衛耳中。

稻田這位高官重臣雖然做起事來正經八百，但也很喜歡神奇鬼怪的故事；據說他幾已讀遍各地奇聞異譚。

但在勘兵衛看來，稻田這號人物可不只是對妖魔鬼怪有興趣這麼簡單。

他可真是慧眼識英雄。稻田其實對妖魔鬼怪沒什麼興趣，只是好辨明這類傳說的真偽。只能說他喜歡妖魔鬼怪的方式與眾不同，秉持的是追根究底的精神罷了。

他對凡事都好做一番合理的解釋，比如——他認為墓地的鬼火其實是人骨所含的燐滲出來燃燒形成的。又比如——他推測魂魄其實是大氣中的陰氣與陽氣碰撞所產生的微弱雷電。

總之他就是會提出一番解釋，即便這類推測有時或許行不通。

總之，他認為一切神怪之說都應有合理解釋，幽靈實乃枯芒花，天下本無怪力亂神。

這就是稻田的基本態度。他凡事都好追根究底，不輕易接受既有的說法。

同理可推知，阿波與淡路盛名遠播的民俗技藝——人形淨琉璃，總讓他看不順眼。

稻田並非對戲劇反感，也不是看人偶不順眼，他認為，人形淨琉璃演出的戲碼還算有趣，人偶也做得十分精緻。

只是由人偶演戲讓他無法接受。

理由很簡單。稻田似乎認為，與其花那麼大的力氣操縱人偶，還不如直接由人粉墨演出，豈不是更乾脆？

此外，他也認為站在人偶後頭的大夫與黑子實在礙眼。雖然看官全得佯裝看不到他們，但其實人明明就在台上，大家不都看得到？

這就是稻田的看法。

他認為，人偶原本就不會自己動，就是因為人硬是要它們動，才會有這種荒謬的發明——若是要演戲，由大夫或黑子自己扮裝登場不就成了？如果大夫長相不雅，大可戴上面具。若有心欣賞人偶，只需靜置供人觀賞即可，如此一來不是可以看得更清楚？總之，會動的東西就該動，不會動的就不該動，幹嘛違背世間常理？

稻田認為自己這種看法合理至極，週遭的人卻都無法苟同。

稻田在大家眼中，就是如此冥頑不靈，不解風情。

不過換個角度來說，這也能教人看出他對探究超乎常理、難以解釋的神秘現象有多麼熱衷。

想必稻田只要聽說哪裡有難以解釋的奇聞異事，都渴望能親眼目睹，探其究竟。因此，他對妖魔鬼怪的故事才會如此著迷。

同理——這次聽說有隻狸貓變成一個能言善道的人，稻田可真是興奮莫名。而根據家臣回報的消息，這個傳聞似乎屬實——據說那隻狸貓在光天化日之下以人形示人，並講了很多故事。

但稻田並不相信此事。

當然，別說是稻田，一般人也很難相信。

雖然狸貓施法作弄人時有所聞，但化為人形的傳說就鮮少聽到了。噢，有是有，不過悉數純屬虛構，全是些騙娃兒的故事。既然都成了讀本或黃表紙，不就代表其乃非真有其事？換言之，認為自己曾遭狸貓捉弄者，本身就是傻子；要不是誤解，就是被欺騙，要不就是看到了什麼幻覺。但提到狸貓幻化成人，這又該如何解釋？

如果這傳聞果真屬實，那可真是大事一樁。反之，如果純屬騙局，稻田可絕不寬貸。這擺明是詐欺，即使沒有奪人財物，但迷惑人心同樣是罪不可恕。縱容騙徒橫行霸道，實為天理所難容——想必稻田是如此判斷的。

於是，稻田召來村裡的捕吏勘兵衛，差他前去了解淡州芝右衛門狸傳聞的真偽。如果純屬騙局，就當場將自稱狸貓者抓起來剝皮，以儆效尤——稻田對勘兵衛下此重令。

——以儆效尤。

但這要如何執行？

勘兵衛不由得困惑了起來。

稻田怎麼看待此事別人管不著，但這樁差事著實讓勘兵衛困擾不已。

畢竟眼前並無適當解決方案，雖然上頭勒令緝查，但光憑這股勁是沒用的，因為芝右衛門狸並沒有幹壞事。把他抓來處刑，若最後發現他是個人，倒是不會有什麼大問題。但如果他真是隻狸貓，將讓城代成為天下笑柄。

那隻狸貓即便沒做任何好事，至少也沒有危害社稷，想必不隨此傳聞起舞方為上策。畢竟這類人云亦云之事過沒多久便會自然平息，蓄意插手反而只會讓麻煩愈來愈大。

在無計可施之下——勘兵衛來到芝右衛門家門前。

他只能呆立在門外窺探。

距離上次造訪芝右衛門家，已經過了三個月。

芝右衛門的孫女遭人殺害時，奉派前來調查的不是別人，正是勘兵衛。那樁駭人聽聞的兇殺案至今仍讓他心有餘悸，死者淒慘的死狀甚至讓勘兵衛夢到好幾回。他萬萬沒想到，今天會因為這樁怪事再度造訪這戶人家。

只聽到一陣歡呼。

在這棟富農豪宅的後院矮牆外擠了一大堆看熱鬧的人。要說有哪裡不對，這的確是個問題；大白天裡農人全放著莊稼事不管，如此下去豈有不亡國的道理？所以若真要查緝，該抓的反而是這些圍觀者。但話又說回來，處罰這些平日沒什麼樂子的村民，又未免太不盡人情。勘兵衛心裡如此衡量著。

「這位大人──」

突然被這麼一喊，勘兵衛嚇了一大跳。

只見松蔭下站著一個打扮奇特的男子。

雖是一身行旅裝扮，但他看來並非農人或商人。此人腰帶繫著筆筒，手上拿著一本筆記簿。

勘兵衛好奇地問他：

「你是誰？」

「在下名叫山岡百介，家住江戶京橋。目前正周遊列國搜集各種鄉野奇譚，也算是個作家吧。並非什麼可疑人等。」

「你是──江戶人？」

是的——年輕人點頭。

「還真是受歡迎呀，芝右衛門狸——」

「你，你找我有什麼事？」

「大人，你認為他真的是——狸貓變成的嗎？」

「這……這……」

勘兵衛不知該如何回答這個問題。

「我認為他是個冒牌貨——」

年輕人斬釘截鐵地說道：

「的確，阿波板野地區有個名曰堂之浦的地方，據傳該處有隻芝右衛門狸——但我不相信真有其事。」

「你說不相信——有什麼根據嗎？」

根據倒是沒有——年輕人回答。

勘兵衛原本很期待他的答案，一聽可有點惱火了。

「誠如你所說，此事的確教人難以置信。但你既然沒有根據，就不要妄下推論。如果你認為他是冒牌貨——就拿出證據來。如果沒證據，就不要多嘴。」

不知不覺，勘兵衛竟然幫狸貓辯護起來了。

說得也是——年輕人繼續說道：

「其實，在下也認為此事若是屬實，親眼目睹的我們可謂三生有幸，畢竟沒幾個人有緣看到變成人的狸貓。反之，若實乃騙局一樁，此事便只能當笑話一則。所以——」

「所以怎樣？」
「在下打算放狗去咬那老頭試試。」
「放狗咬他？」
「狸貓怕狗，一看到狗就會驚恐萬分，顫抖哀號。而狗一看到狸貓反應如此強烈，通常會攻擊得更激烈。」
「所以你打算怎麼辦？」
「如果那老頭真是隻狸貓，看到狗一定會嚇得不知所措，立刻變回原形。否則——也可以任憑狗咬斷他的喉嚨，待其斷氣，便會恢復這隻畜牲的真面目。」
「可是——也有怕狗的人，不是嗎？如果放任他被咬死——卻發現他沒變回一隻畜牲，事情要如何收拾？」
「如果他真是個人——再怕想必都能將狗制伏吧。看他那麼博學多聞——」
年輕人轉頭望向牆內。
這倒是有道理——勘兵衛心想。
「如何？要不要試試看？——在下剛才一想到這個點子，大人您正好出現，因此才冒昧找您商量。如果大人願意相助，在下就可以安心了。」
「可是——」勘兵衛左思右想。
就是無法下決定。雖然覺得這個提議似乎不錯，總覺得有哪裡不大對勁。
「照你這麼做，有可能會把那隻狸貓殺死。」
「如果他真是狸貓——確實有此可能。」

「但這麼一來，不等於是殺了隻通曉人語的靈獸？」

「反正不過是畜牲一隻，況且又是個蠱惑人心的妖物。」

「問題是，如果他喪命後依舊維持人形，到時該如何是好？」

「到時，大人就把我抓起來問罪吧——」年輕人說道。

勘兵衛還是猶豫不決。不過想想，這既然是城代交代的任務，除此之外要弄清真相似乎也別無他法。更何況即便那老人真的是隻狸貓，也未必會被狗咬死。既然是隻活了一百三十年的老狸貓，應該有足夠的智慧閃躲狗的攻擊吧——勘兵衛心想。

看來勘兵衛此時已有八分把握，認為這老人真是隻狸貓。

兩刻鐘後，在下便會帶狗過來——年輕人說完便消失在松林深處。

直到看不到年輕人的蹤影，勘兵衛才又回到牆邊，擠在人群後方，並盡量避免引人注意地往裡頭窺探。

看過去，確實有個個子矮小、皮膚黝黑的老人，正在笑容可掬地滔滔雄辯。

——那就是那隻狸貓變的老頭？

這麼說來——那老頭的動作果真像隻狸貓。他身軀矮胖，五官表情也神似狸貓，而非像狐狸、貓或鼬鼠一類。雖然也可能是事前聽人如此謠傳，這下才會有此先入為主的想法也說不定。

站在狸貓身旁的白髮老人也是一臉笑容。他就是芝右衛門。猶記三個月前，這老人還是傷痛欲絕，淚水流滿皺紋滿佈的臉龐。

——他可能已經忘卻喪孫之痛了吧？

正當勘兵衛如此自忖時，前方人群突然左右分開。圍觀的群眾在轉眼間退離好幾步，獨留勘兵衛獨自站在牆邊。
村民們個個站得老遠，一臉惶恐地望著勘兵衛。大家可能以為他是來逮人的吧？這也是理所當然，看到捕吏，百姓哪有不緊張的道理。
「各位——各位。我不是來逮人的——」
勘兵衛被迫解釋道：
「我並不是來出公差的，不過是……不過是想來瞧瞧傳聞中的芝右衛門狸罷了。」
話才講到這裡，便聽到芝右衛門遠遠地大喊「大人！這不是那天那位大人嗎？」，接著便走到牆邊，畢恭畢敬地向勘兵衛鞠了個躬。
「真是稀客呀，大人，勞煩您大老遠跑來，真是不好意思。我孫女那件事實在太麻煩您了。來，請不要站在外頭，進來屋裡坐坐吧——」
「喔，不，芝右衛門，我今天是——」
「來啦，來啦，請別客氣。」
「可，可是……」
勘兵衛從來沒受過百姓如此招待。
更何況芝右衛門孫女的案子到現在還沒破——
而且他今天只是來查探傳言虛實，兩刻鐘之後還會……
「各位，由於有稀客到訪，今天就到此為止吧。後續的故事請大家日後再來聽。不過我得先聲明，這可不是什麼表演，各位也沒必要到處宣揚。還有，我不收取看官任何費用，只要不是放下農事過來的，我全都歡迎。各位聽懂了嗎？」

芝右衛門張開雙臂說道。

只見芝右衛門的媳婦從正門那頭跑了過來。

結果，勘兵衛還是接受芝右衛門的邀請，進入主屋接受款待。

雖然勘兵衛一再婉拒餐宴款待，但既然事前已謊稱今天沒有公務在身，也很難婉拒得很乾脆，所以只表示絕不喝酒，反正他原本就不太會喝。待彼此寒喧完畢，他就開始喝起茶、吃起了點心。

這時芝右衛門把那隻狸貓帶了過來。

芝右衛門狸身手輕盈地跪坐下來，以鼻尖碰觸榻榻米行了個禮。

「參見大人。在下乃畜牲之身，原本不應在此場所，更不可能有機會見到像大人這樣的達官顯要。所幸這位老爺慈悲，讓我能以人的外表享受如此好的待遇——」

「我想，客套話就不用講了。」

勘兵衛露出困惑表情，說道：

「你，你真的是——狸貓嗎？」

「是的，在下真的是隻狸貓。」

「那，你現在能變回狸貓的模樣嗎？」

「在人類面前變換形體，是違反狸貓界的規矩的。這點還請您多多包涵。如果您真希望在下如此做，待會兒在下就變回畜牲的模樣來見您——」

「那——」

勘兵衛原本想說「那你就變給我看看」，但再想想，這麼做其實沒什麼好處。如果他變回狸貓，不就沒辦法回答自己的問題了？

「——那大可不必。」
勘兵衛雙手抱胸地說道。
他怎麼看都是個人。
不過這個老頭一進房裡，他馬上嗅到一股腥味，這倒是事實。
而且是一股獸類腐屍的腥臭味。
發現兩人之間的氣氛有點僵，芝右衛門便開始打起圓場：
「大人，他的身分有人信、有人不信，就連我芝右衛門，一開始也不相信。」
「那麼你現在——相信了嗎？」
「相信啊。我甚至認為，這位老先生如果不是狸貓，至少也是個傑出的人物。我對他的人格可是十分欽佩呢。」
狸貓是沒什麼「人格」的——狸貓說道。
說的也是——芝右衛門聞言笑了起來。
但狸貓並沒有跟著笑，反而一臉嚴肅地說——
芝右衛門老爺——
「怎麼了——什麼事？」
「今天連大人都來了，表示關於在下的傳言已經傳遍整個淡州。所以，在下該退場了。」
「退場——你這是什麼意思？」
「這位大人剛剛說他今日並非因公前來——但這應該不是事實，他想必是來抓在下的吧。」
狸貓說道。勘兵衛則是哼了一聲。

芝右衛門則是懊惱得嘴角往下彎，並說道：

「大人，您這樣太沒道理了，這隻狸貓也沒幹什麼壞事。您看他十分博學，又如此風雅。」

「這陣子住在老爺這裡，快樂得連我自己都有點得意忘形了。所以，今天趁大人也在場，在下就順便把一些話說清楚吧。」

狸貓坐正了身子，繼續說道：

「事實上，在下來到老爺府上，是有原因的。」

「原因——什麼原因？」

「實不相瞞，在下其實是一隻居住在阿波堂之浦的古狸。到不久之前，本朝統治所有狸貓的，乃是阿波日開野的金長。這我想老爺應該也知道吧，金長至今仍被稱為正一位金長明神，在神社裡面受人祭祀。」

這名字我聽過——芝右衛門說道。

「在下實乃金長的眷族。金長昔日曾與同為阿波古狸的六右衛門爭奪狸貓頭目寶座，雙方相爭良久。據說金長年二百餘歲，六右衛門三百二十餘歲，兩隻古狸可謂旗鼓相當，因此長期僵持不下。但三十年前金長在鎮守森林的狸貓會戰中擊敗六右衛門，從此成為阿波的狸貓頭目。」

「聽來可真像戰國時代的故事呀。」

芝右衛門佩服地說道。相反的，勘兵衛卻有點坐立難安。若要相信這故事，先得要相信狸貓的確會幻化成人。如果自己聽得津津有味，豈不等於承認眼前這老頭確實是隻狐狸？

「只是——三十年前那場爭奪天下的狸貓大戰，卻留下一些懸而未決的遺恨。」

「懸而未決的遺恨？」

是的——狸貓身體前傾，繼續說道：

「金長與六右衛門之爭，對於我國的狸貓而言，絕不僅只是一場領地之爭。阿波乃狸貓大本營，誰將成為該地統治者，可是攸關重大。於是，爭鬥中的兩位大將分別向全國狸貓發出號令，尋求奧援，各地狸貓紛紛被迫選邊投靠。」

「簡直就是狸貓界的關之原戰役（註12）嘛。」

沒錯——狸貓眨了一下眼睛。繼續說道：

「包括佐渡的團三郎、屋島的禿、伊予的隱神刑部等等——各國狸貓紛紛趕赴阿波投入戰局。雙方勢均力敵，戰況可謂十分慘烈。一場激戰後六右衛門敗退，被迫棄阿波遁走他方。另一方面，金長雖然戰勝，但當時受的傷遲遲無法痊癒，終於在十年前以二百二十六歲高齡過世。」

芝右衛門狸露出了神秘的表情，繼續說道：

「當時雙方之所以能分出勝負，主要原因是尾張的長二郎叛變。」

「叛變？」

「是的。就是向來以殘忍、暴虐著稱的——尾張的長二郎。狸貓原本是溫馴的野獸，雖然會作弄人，但也不會把人抓來吃。只是長二郎為了長生不老，竟然獵捕人類吸其精氣，還生吞活人肝臟，可謂殘忍非常——」

註12：關之原位於今岐阜縣西南方。豐臣秀吉歿後，掌握天下實權的德川家康與石田三成各自糾結其他大名對峙，在1600年9月15日於關之原爆發大戰，因以石田為首的西軍中之小早川秀三陣前倒戈，以德川家康為首的東軍得以戰勝，確立了德川統一全日本的霸權。

說到這裡，芝右衛門狸皺起了眉頭。不只他，連芝右衛門與勘兵衛也都皺起了眉頭。

「金長一向討厭長二郎，所以沒有向牠求援。相反的，六右衛門認為長二郎的凶狠正好可以補其勢力之短，便邀牠加入。據說——長二郎旋即答應，只是……」

「後來叛逃了——是嗎？」

「沒錯。長二郎可以為了求長壽而生吞活人肝臟，原本就是一隻自私自利的狸貓。因此在這場狸貓大戰前夕，牠決定叛逃保命。」

「原來如此——」

「牠這舉動讓六右衛門氣得怒髮衝天，但長二郎卻不知是升了天還是遁了地，早就消失得無影無蹤。看樣子牠是為了避風頭而幻化成人，躲起來了。」

「幻化成人？」

勘兵衛附和道——都到了這時候，他也只能把對方的話當真。

「沒錯，牠變成了人的模樣，而且這三十年來——長二郎都隱藏起狸貓的本性，頂著人的形體過活。當然，這是很辛苦的。像在下這樣長期以人貌示人，已讓在下疲憊不堪，有時還差點露出真面目，一不留神就可能露出牙齒和尾巴，而且看到狗也會畏懼不已——」

「你，你很怕狗？」

「在下最怕的就是狗。」狸貓露出彷彿吞下酸梅般的苦澀表情繼續說道：「——以前，有一隻信仰很虔誠的狸貓，為了幫鎌倉建長寺而行腳諸國化緣。據說那隻狸貓是我等族類中最擅長變身術的，變成人之後可以好幾年不露出真面目。可惜就連如此高手，最後還是被狗給咬死了。」

因此，在下最怕的就是狗——狸貓又重覆了一次。

哦，是嗎？勘兵衛蹭著下巴低聲說道。

看來那個姓山岡的年輕人所言不假。

只是——勘兵衛緊盯著狸貓瞧。

狸貓則繼續說道：

「可能也是害怕六右衛門報復吧，長二郎只好繼續保持人形。但再怎麼害怕也不可能躲一輩子。最後在忍了三十年之後，長二郎終於——露出本性了。」

「這是怎麼回事？」

「牠開始——殺人了。」

「殺人？」

「大概是因為牠想吃活人的肝臟吧。牠總是先把人的額頭劈開，從中吸取精氣。」

「把額頭劈開！」

勘兵衛朝芝右衛門看去。

原本聽得津津有味的老人，剎那間變得一臉蒼白，不僅是瞠目結舌，全身還微微顫抖。

狸貓點點頭繼續說道：

「所以——那個在京都與大坂地區殺害無辜的攔路殺手——就是長二郎。畢竟六右衛門業已衰老，如今過著隱居生活，金長也已過世。因此，長二郎可能打算——前往阿波，殺死金長的繼承人，奪取狸貓頭目的寶座——」

「狸、狸貓大爺，芝右衛門狸大爺。照你這麼說，殺害我孫女阿定的是——」

「沒錯。殺死令孫女的正是長二郎。牠即便是隻畜牲，犯下如此令人髮指的罪行，當然不可

原諒。在下謹代表所有狸貓——向老爺道歉。」

雖然再怎麼道歉都無法彌補這個遺憾——狸貓說道，並一再向老人磕頭致歉。

「如今就連六右衛門也看不過去，決定拖著一身老骨頭討伐長二郎。在下與老爺同名，算來也是自己人，今天才會來向芝右衛門老爺稟報此事——畢竟長二郎與您有不共戴天之仇。其實，在下所奉的命令僅只於讓老爺知道實情——在下每天都在打算，要不是今天就是明天，一定要把事實告訴您。但老爺您待人如此和善，在下也拖拖拉拉地叨擾到今日，真是不改畜牲的劣根性啊。所以，老爺——就請您把在下痛打一頓出口氣吧。甚至要殺要剮，在下也不會有怨言。」

「狸、狸貓大爺——」

芝右衛門聞言一臉狼狽，勘兵衛也面露同樣的表情——

「——你沒做錯。請快起身。即使我把你殺掉煮成狸湯，也換不回我孫女，是吧，大人——」

芝右衛門的話讓勘兵衛不知該如何回答才好。他說的是沒錯，只是——

狸貓起身後，芝右衛門接連點了好幾個頭說：

「狸貓大爺。不，芝右衛門大爺，你沒什麼好道歉的，反而是我該感謝你。這些日子裡，你帶給了我不知多少慰藉。所以，道歉的話就不用說了。反正現在六右衛門就要去討伐長二郎了，是吧？」

「是的。五天之後，洲本某偏遠地區將上演人偶戲，屆時吾人將於該地把一切作個了斷。六右衛門是這麼說的。」

「五天之後嗎？大人——」

「喔……可是——」

假如犯人是隻狸貓，要我怎麼逮人？

——這要我……

這要我如何相信？

於是，勘兵衛搖搖頭提醒自己，這隻狸貓的話可能只是吹牛，實難置信——勘兵衛困惑不已之際，芝右衛門似乎也在沉思著些什麼。過了好一會兒，芝右衛門才毅然說道：

「狸貓大爺——可不可以請你繼續住下來？」

聞言，狸貓再度向芝右衛門鞠躬致意，說道：

「非常感謝您的盛情款待，在下實在是感激得無言以對。這下吾等狸貓一定會賭上宗族的榮譽，竭力討伐長二郎。只不過……如今既然一切均已據實稟報，在下也必須告辭了。畢竟——殺害老爺孫女的是吾等同類，所以，即便老爺能原諒，令孫的父母對在下想必也無法釋懷。這點在下心裡早已有數。因此，既然老爺已經知悉真相，在下也已無法如先前般繼續在此叨擾——」

狸貓話方至此——庭院方面傳來轣轆作響的推車聲。

轉頭望去，看到牆外來了一輛載著一只大籠子的推車。

「怎麼回事？」

芝右衛門踮起腳尖望去。

推車旁站著一個——

年輕人——山岡百介。

「不，不要過來——」

勘兵衛張嘴大喊的同時，籠子的門已經打了開來。

霎時——兩隻猙獰的紅毛狗飛快地從籠子裡衝出來，牠們跳過矮牆、躍過走廊，筆直地朝芝右衛門狸衝去。

「狗，是狗——」

一切都發生在一瞬間。

此時芝右衛門狸惶恐的表情，勘兵衛想必一輩子也忘不了。

他瞳孔大張，鼻孔膨脹——滿臉發自內心的恐懼。

啊——啊——帶著淒厲的叫聲，芝右衛門狸連滾帶爬地跑向庭院。

兩隻狗仍然——毫不留情地追過去，一隻咬上他的大腿，一隻咬上他的脖子。

「救，救命——」

只聽到狸貓不斷大喊，但兩隻猛犬已經連拖帶拉地咬著他衝破木製的後門，把他給拖到牆外去了。

只聽到陣陣狗的喘息聲。

以及不成人聲的哀嚎。

芝右衛門大聲叫家人追過去。勘兵衛則手上拿著刀子，站在原地發楞。他原本想拔刀斬殺兩隻獵犬的。

——就怕已經太遲了。

勘兵衛懊惱自己動作太慢，鞋也沒來得及穿，只穿著襪子就跳進庭院裡，朝牆邊奔去。

他突然感到一陣恐懼。

的確——那兩隻狗衝進來時完全沒看勘兵衛與芝右衛門一眼，便毫不猶豫地直撲芝右衛門狸。

這是否代表——是否代表他果真是一隻狸貓？

抑或還是個人？

芝右衛門嚇得以手摀嘴呆立著。

只看到兩隻狗正低鳴著，同時不斷來回踱步。

百介則是站在載著籠子的推車前，一臉蒼白地佇立著。

躺在地上的——

是一具大狸貓的屍體。

【肆】

十月中旬深秋，德島藩主蜂須賀公微服出巡，來到市村松之輔的戲班子在洲本城外圍的常設舞台看戲。

藩主突然要來看戲，著實讓松之輔慌了手腳。

雖說是微服出巡，只不過是此行目的並非公務罷了；藩主還是乘了轎子來，同時也有大批武士隨行，就連身為家臣之首的城代稻田九郎亦隨他同行。因此一行人雖自稱是微服出巡，沿途還是相當引人側目。

聽說藩主是進入洲本城時一時心血來潮，才想到要來觀賞淨琉璃的。對松之輔而言，藩主來看戲當然是個榮幸，只是事出匆促，著實讓他忙不過來。

首先，舞台是有，但實在寒酸到不配討藩主歡心。這舞台蓋在一棟私人宅邸後院，只是個彩排與演出兼用的場子。他們戲班子從來就沒做過招待達官顯要的準備，這下完全不知如何是好。如何掩飾此處的簡陋著實讓松之輔煩心不已。

為了張羅從道路的清掃、客席的安排、到餐飲的準備等多如牛毛的大小事，松之輔終日東奔西跑忙碌不已，結果平日甚少發牢騷的他，也發了一頓脾氣。

他們在庭院內圍出一道帷幕，並在特地鋪了一張紅地毯的客席中央豎起一面金色屏風。德州公屆時將入座金屏風前，洲本城城代則隨侍一旁。

隨行的武士則分列左右。加上所有護駕的武士與從僕，屆時觀客將約有百人。

不僅如此——

藩主還下令——也讓附近農民與百姓共襄盛舉。這也是藩主的一番好意，慈悲為懷的他認為，人形淨琉璃本不應僅供武士觀賞。

聽到這項消息，附近民眾紛紛從近郊湧入。

這個洲本城外圍的偏僻地方平常根本不見人影，今天卻是人山人海，熱鬧非凡。

只是，儘管作了萬全的準備——松之輔正在演出人形淨琉璃的時候——

還是發生了一件難以置信的事。

就連站在舞台上的松之輔也嚇了一跳。一開始只聽到奇怪的呼喊聲。

但接下來突然發生一陣騷動，連陣幕都被戳破了。

原來，是那名年輕武士被好幾隻狗追著咬而瘋狂奔逃——驚慌地衝進了看台。

年輕武士一面怒吼一面死命掙扎，數十名藩主部下輪番上陣阻擋，整個會場頓時大亂，花了

不少時間才平定下來。當然，演出也被迫停止。

事發後，那些野狗似乎都逃走了。

那名武士——則當場慘死。

死者頸部有無數咬痕，但這些傷口似乎不是直接死因。有人認為，年輕武士的身體原本就非常虛弱，他的神經、心臟、以及其他臟腑根本無法承受如此劇烈的衝擊。

發現死者正是他從京都迎接來此養病的賓客時，稻田九郎兵衛差點當場暈厥。

另外，藤左衛門在別屋切腹自殺了。

也沒有留下遺書。

松之輔這才想起來。

這天剛好——就是第十天。

你將被狗咬死——那妖怪——芝右衛門狸曾如此說。

松之輔把自己所知道的一切，俱向稻田九郎兵衛稟報。

那位武士是一隻來路不明的狸貓——松之輔如此說明。

城代一臉驚訝地看著松之輔。當然，他並不相信這種說法。

可是——不出多久，村裡的捕吏足立勘兵衛和附近的富農芝右衛門相繼求見，兩人皆向九郎兵衛表示——那武士確實是狸貓化身。

甚至表示今天這場慘劇，造訪芝右衛門家的狸貓早有預言。兩人也說——他們就是為了一探虛實而來到此地。若兩人所言屬實，代表那隻狸貓早就預知藩主將在今天一時興起來看戲。這當然是非常不可思議。

接下來——兩人也解釋了這隻狸貓與攔路殺手之間的關係。

還真是一個奇怪的故事。

然而——這兩人所言，竟然都和松之輔那天晚上所聽到的——也就是出自妖怪口中的話不謀而合。

稻田九郎兵衛抱頭困惑不已。

這件事實在費人疑猜。

不——只有一個解釋。

那就是——這名年輕武士的確是隻狸貓。

藩主聽完九郎兵衛陳述全事經緯，又找來松之輔、勘兵衛及芝右衛門等人進一步詢問，甚至親自檢視年輕武士的屍體。

屍體依然呈人形。

看到那具屍體，稻田九郎數度幾近昏厥。

或許——他是擔心，萬一死掉的年輕武士真是個人，事情就棘手了。九郎兵衛並不太相信狸貓會變成人這類虛妄之事，雖然年輕武士若果真是狸貓，反而有助於大事化小、小事化無，局面比較容易收拾——

勘兵衛與芝右衛門則宣稱，屍體一定會露出真面目，恢復成狸貓的模樣。

但等了許久，年輕武士還是沒變回狸貓。

這讓稻田九郎兵衛大為光火，下令將松之輔等三人投獄。他的理由是——此三人妖言惑眾，罪不可赦。不過——九郎兵衛作此宣佈時，藩主立刻起身告訴城代——不必採取如此嚴厲的處置。

「據傳阿波乃狸貓大本營——此傳說想必也讓本地人引以為傲。如果他們說這具屍體將變成狸貓，不妨就等等看吧。如果這具屍骨曝曬一個月後還是人形——屆時再處罰他們方為上策——」

諸卿可退去也——喜歡看戲的藩主最後說道。

就這樣，松之輔等三人戰戰兢兢地過了一個月。

屍體並沒有被埋葬，而是保持原狀被放在門板上，安置在松之輔宅邸別屋中，並施以重重警衛。至於市村松之輔、足立勘兵衛以及農民芝右衛門，雖然上頭下令在事情水落石出之前，三人不得離開家門，但由於擔心三人脫逃，最後還是決定將三人軟禁在松之輔家中。

過了十天，甚至半個月——屍體依然維持人形。

這一切究竟是狸貓在搞鬼，還是年輕武士乃狸貓所幻化一事乃騙局一樁？這下連原本對狸貓的話深信不疑的芝右衛門也開始懷疑了起來。

另外，城代的緊張與三人相較也不遑多讓。甚至有人說，九郎兵衛已經作好切腹自殺的心理準備。

接下來，到了第二十五天——

屍體突然變成了一具狸貓屍。

這天藩主蜂須賀公正好再度造訪洲本城。得知此事，藩主非常驚訝，三人也平安獲釋。

後來這件事漸漸傳了開來：

話說神無月（註13）某日，德州公於淡州洲本城觀賞淨琉璃，曾於京都犯下殺人罪行之年輕武

註13：農曆十月古稱。

士長二郎瘋狂闖入戲台，大肆破壞，反遭猛犬咬噬身亡，其屍陳放二十五日後化為狸貓。眾人見狀驚訝不已，證明該年輕武士並非長二郎本人，乃狸貓所變之贗物。然而——

長二郎本人又在何方？

【伍】

伊奘諾神社後頭，茂密蒼鬱的森林之中。

有座剛砌好的土塚。

周圍圍著四個正在擦汗的人影。

一個是——作旅行裝扮的年輕人——這就是謎題作家百介，全名山岡百介。

另一個是服裝打扮在這深山中頗顯唐突、身穿時髦江戶紫和服、肩披草色披肩的年輕女人——也就是市村家中那位標緻的女傭——巡迴藝妓阿銀。

她身旁則是一個穿絲質白衣，胸前掛著偈箱，頭裹行者頭巾的修行者——也就是妖怪六右衛門狸——騙徒又市。

最後一個是身穿直條紋和服、外披褐色外套的矮個子老頭——譎客治平——也就是自稱芝右衛門狸的老頭。

蹲在地上的治平以手中圓鍬拍打土塚四周，並緩緩回頭望向阿銀。阿銀則拔出插在背上小箱子中的幽靈花，輕輕放在土塚上。

鈴——又市搖了一下搖鈴。

「御行　奉為——」

百介雙手合十，為死者默禱。

真是個可憐的傢伙——治平說道。

「他真的是無藥可醫嗎？」

「無藥可醫。就算醫好了，想必也只會繼續痛苦吧。死在他刀下的人不能復活，這傢伙當然也就不可饒恕。他連女娃的腦袋都給劈成兩半，哪有可能恢復正常？」

又市回答。說的也是——治平伸著懶腰應和道。

百介一臉困惑地問：

「這裡頭埋的是誰？」

「這傢伙來自尾張。提到尾張，不消說，就是御三家（註14）的成員。其他的——我就不多說了。」

「那麼，這位就是將、將軍的……」

這時阿銀以纖細的手指遮住他的嘴，並說道：

「你這個作家還真是沒常識呀。這隻可惡的瘋狸貓——也就是這個名叫松平長二郎的惡棍，

註14：幕府大將軍德川家康近親之後代。

據說是前任大將軍出外遊山玩水時與農家女所生——是有這種說法啦，但真相如何就不得而知了。是吧，阿又？」嗯——又市回答。

「——他的父親是何人、家世如何顯赫，都不重要。畢竟真相無人知曉，即使知道也無法改變什麼。可惜的是，他因自己的身世不明，便因此走上了偏路。看樣子，這傢伙的父親身分確實不低，但是否就是大將軍，則無人能證實。只是——他一廂情願地認定這是事實，周圍也出現一堆跟屁蟲，個個想沾他的光，利用他吃香喝辣。」

「所以，就是這些跟屁蟲把他塑造成將軍私生子的？」

搞不好他真的是大將軍所生——治平又說：

「——但這終究是惡夢一場。事情哪有那麼簡單？那些利慾薰心的傢伙，情況好的時候拚命阿諛奉承，一看到苗頭不對，卻逃得比誰都快——」

咚——治平一屁股跌坐在地上，繼續說道：

「——結果，這傢伙因此就瘋了。他認為由於自己乃身分低賤的母親所生，所以才無法成為大將軍，就把隱居的母親找出來殺了，接下來就開始胡作非為。總之，他其實是活在一場莫名其妙的白日夢裡。當然，自此他反而成為大人物的負擔、眼中釘。這傢伙以將軍自居，完全不聽臣下所言——大家拿他沒轍，只好派幾名武士保護他，將他放逐。表面上的說辭是——要他先蟄伏一陣子，靜候時機成熟——」

「京都某重要人士收留了他——指的就是這個？」

沒錯——阿銀點點頭說道：

「還不是因為利慾薰心才會受騙——」完全不知道這傢伙是個什麼樣的人——阿銀瞇著眼斜

眼望向土塚，繼續說道：

「——聽起來好像是個不錯的安排，但武士們其實都沒什麼大腦，收留這傢伙根本撐不到三天。這傢伙脾氣太壞，認為招待稍有不周便開始大吵大鬧。為了討好他，一群人簇擁他前往丸山一帶遊玩，卻與當地居民起糾紛，最後他竟然殺了附近鎮上的一個姑娘。」

他在京都總共殺了十個人——治平說道。

「長二郎一再瘋狂殺人，只好逃到大坂，結果在那裡被捕。但是，官府根本不敢處罰他。因為他身上有——這個。」

又市從偈箱中取出一張書狀。

書狀上有葵花紋章。

「哦，上頭有將軍的官印與署名，那麼這是——」

「是真是假就不知道了。不過對一般武士而言，這種東西是非常尊貴的。只要出示這張東西，大家對他的身分就會深信不疑——」

又市說到這裡，便將書狀撕得粉碎，朝空中一拋。

在空中飛揚的紙片緩緩掉落地面。

「裡頭寫的是什麼——我可沒看，反正跟我們這種人沒有關係。更何況，這種東西隨時都可偽造。」

偽造，這我可不敢——治平說道。

我可沒拜託你——又市回答。

「反正，這種東西就把它撕個粉碎吧。」

「話說回來，德島藩主又為什麼要庇護他？」

這個嘛——這下又市含糊其詞地裝起了糊塗。

於是，治平拍拍百介的肩膀，說道：

「大人物在想什麼，像咱們這種卑賤人等是無法了解的。不過，這件差事還真是累人哪。弄得如此複雜，從籌劃到完成足足花了咱們半年時間。如果是要咱們偷什麼東西，完成這樁大差事至少可以換個一千兩吧。」

「說的也是，你的狸貓還真是演得沒話說。」

阿銀笑著對治平說道。百介聞言也說：

「沒錯。你那招掉包動作可真快。才從懷裡掏出死狸貓，自己又一溜煙躲進狗籠裡——簡直就像個變戲法的，看得我是目瞪口呆。」

只是，用這些把戲騙那老人，實在讓人有點羞愧就是了——治平良心發現似地說道。

不過，看來他這句話乃肺腑之言。

「那隻狗為什麼會直接朝治平你衝過去？」

「那還不簡單。因為我事先在衣領及褲子上蘸上狗最喜歡的兔肉汁。只是那腥味可真是教我難受極了。」

「可是——這不是很危險嗎。如果兩隻狗真的使勁咬下去……」

牠們不會使勁咬的——治平又說：

「——牠們不過是在演戲。」

「哦，還看不出來呢。」

寫書的先生啊——又市說道：

「——這老頭不只是相貌長得像畜牲，馴服畜牲的技巧也是一流。不管是狗還是猴子，他都能把牠們把玩得服服貼貼的，似乎就是特別有畜牲緣。第一隻狸貓也只花了他半個月時間調教。喂，告密的，那隻狸貓後來被你怎麼了？」

早就放回山上啦——治平若無其事地回答。

「那麼——那隻死狸貓，又是怎麼來的？」

「那是向獵人買的。剛捕獲的大狸貓不僅難找，而且價格不菲。而且上頭還不能有槍傷，更是難上加難——」

說到這裡治平轉頭看向又市，繼續說道：

「——喂，我這麼辛苦做了這麼多事，你打算給我多少酬勞？我這可不是不勞而獲，看我花了多少功夫。不只活捉狸貓費神馴服、調教了兩隻紅毛狗，我自己還扮演狸貓，還得找獵人買了兩隻剛捕獲的狸貓全屍。所以，可別妄想用一點小錢打發我。至少得讓我舒舒服服過個一陣子吧——」

「這你不用擔心。」又市笑著回答。

這套惡棍的巧妙把戲再度讓百介佩服得直搖頭。

「——倒是阿銀，妳在這樁差事裡扮的是什麼角色？」

「我趁松之輔不在時假扮成一個鄉下姑娘，到他家當女傭，並且招呼那壞狸貓一行人吃下助眠藥——」

還真是個輕鬆的差事呢——又市說道。

「閉嘴。」治平馬上把又市臭罵了一頓：「阿又，你還好意思笑人家？你的工作更簡單，不過是偷偷溜進那武士的房間，唸一些經給他聽而已。這麼簡單的差，再蠢的傢伙也幹得來吧。」

「你還敢說我？你天生就是一張狸貓臉，根本連戲都不必作，還抱怨個什麼勁？」

只見治平一臉茫然地回道：

「喂又市，當初接下這樁麻煩差事的可是你呀。而且，我不曉得你當時在磨蹭什麼，單單讓屍體變成狸貓，就花了那麼多天——」

那具屍體一天天腐壞，看得大家冷汗直流呢——治平繼續說道：

「要是再多拖個五天，那老人和捕吏就要被判死罪了。難道你跟這兩人有仇，想藉機報復？」

我哪要報什麼仇？——又市回答。

「好吧，阿又，那你就從實招來。這樁差事是誰委託你的？」

只見又市笑而不答。於是，百介說道：

「委託你這樁差事的——應該是個身分不凡的人物吧？」

為什麼這麼認為？」

「想必德州公他——事前就知情吧？那天他一進洲本城，馬上說要看人形淨琉璃。這著實啟人疑竇。而且那屍體也——」

你們就別再問了——又市說道：

「——很抱歉，是誰委託的不能讓你們知道。不過，接下這樁差事並不是為了報復那個攔路殺手。委託我的人只是吩咐我讓他憑空消失——不是要我殺了他，只是要我讓他消失。畢竟讓他活在世上，只會造成更多慘劇。但人死了總是會有人哭泣，所以，既不能留下屍體，也不能讓人知道死的是他。為了達到這個目的，這次的把戲才會搞得這麼大。其實我也有想到是否可以不殺人，才因此設計出這個麻煩的狸貓陷阱——可是這傢伙根本已經不行了——」

又市說完，以悲戚的眼神望向土塚，又補上一句：

「即便他真是大將軍的私生子，死時也不過是狸貓之輩——」

鈴——話畢，又揮了揮手中的搖鈴。

鹽之長司

因殺其所飼之馬而食
長次郎口中
常有馬之靈氣出入
此事自古以來
即有諸多傳說

繪本百物語・桃山人夜話／卷第一・第四

【壹】

加賀國有一處名為小鹽浦的海灘。

其右側有尼御前岬，左側遠方面臨加佐岬，是一片寧靜祥和、風光明媚的沙灘。若背對洶湧海浪站在沙灘往遠處眺望，可看到兩座沙丘底部會合，形狀宛如駱馬伏地。穿越岬間筆直前進，可來到一片既聽不到海浪聲、也聞不到潮水味的雜樹林。樹木鬱鬱蒼蒼、非常繁茂。走過茂密樹蔭，便會看到一棟以鎮著石頭的薄木板當屋頂的大宅邸。

這宅邸八百餘坪的院子裡，有一棟正面寬約十間（註1）的巍峨主屋。除此之外，還有四棟二層樓的倉庫、以及好幾棟排列得井然有序的廄舍。凡是經過此處的旅人眼睛都會為之一亮，好奇到底是家財多麼雄厚的人才住得起如此豪宅。

事實正是如此。

該豪宅屋主確實是家財萬貫。即便是在富豪多如過江之鯽的加賀國，他的財富也是數一數二，因此連馬代官（註2）都對他客氣三分。此富豪不是別人，正是鹽浦一帶著名的飼馬長者（註3）。

註1：五十四尺。
註2：代官意指代主君行使公務的官員之總稱，性質名目林林總總，此處指掌管馬匹相關事務的官員。
註3：長者為富豪、大戶之意。

他所飼養的馬包括栗毛、赤毛、黑鹿毛、白毛、灰白雜毛、白眉馬、名馬、以及馱馬，總計三百餘頭，住滿主屋二樓房舍的伙計僕傭更是多到連老闆都記不清，其富裕程度可見一斑。

當然，如此巨富不可能成就於一代之間。

這位飼馬長者雖也只是一名養馬、賣馬的馬販，但其家族據說在上一代便已是當地富農，人稱賣鹽長者。

這位賣鹽長者的女婿擅長養馬，當年靈活運用岳父的家財開始做起養馬生意，很快就將財富翻了二、三倍。後來岳父過世由他當家，倉庫增加三倍之多，左鄰右舍便改稱他為飼馬長者。

這位飼馬長者繼承了岳父名號，名曰二代目長次郎。

這位長次郎原本是一名小小馬伕，在二十年前步履蹣跚地牽著一匹瘦馬來到此地。據傳其原名乙松，一說原名彌藏，何者正確如今已無人知曉。另外也傳說他初到此地時，用的是其他名字，反正這些名字也都是隨便取的。從其生地與本名俱不詳看來，長次郎的家世想必絕不顯赫。

一個來歷不明的外地人，結果不知是什麼緣由，或許是受同情吧，總之，這位流浪的馬伕來到了賣鹽長者，也就是第一代長次郎家裡，成為他的伙計。

後來，長次郎發現這個年輕人相當能幹。

一開始他當的是男僕，但不出一個月，就自願幫忙照顧牛馬。

可能也是因為他習慣照顧馬匹吧。

在這方面的表現十分出色。

不管是人品還是工作態度，他都備受好評，並且還熱衷信奉神佛，著實讓長次郎非常欣賞，便將他招為獨生女兒的女婿。

這出人頭地的經緯著實教人嘖嘖稱奇。

不過，可能是他天性認真、不好玩樂、對樸素生活甘之如飴，即便因入贅為婿而繼承了長次郎的名號，也沒有因此由儉入奢、懈怠分毫，完全不把錢花在吃喝玩樂上。他一如往常地拚命工作，而且不只工作認真，他也深諳經商之道，竟然在第一年就增蓋了一座倉庫，到了第五年又增蓋兩座倉庫，還連主屋都加以擴建。結果僅僅用了五年，第二代賣鹽長者就打出了名號，成為名副其實的飼馬長者。

富人通常都是不講人情的守錢奴，但這位長次郎不知何故卻特別慷慨。可能也是因為信仰虔誠，他樂善好施，備受鄉里稱讚，因此被鄉里譽為飼馬業之長，備受信賴與尊崇。

特別是每個月十六日，他都會以飼馬長者佈施為名，花費大筆銀兩招待附近鄉里貧民飲食。這項善舉聲名遠播，甚至連遠在異鄉的人都知道。因此每逢這一天，一大清早飢民便會齊聚飼馬長者家門前，隊伍一路延伸到海邊，盛況堪稱門庭若市。

有人說，飼馬長者之所以發心做善事，主要是為了已過世的妻女及岳父祈福。

根據大家的說法，十二年前正月十六日這天，家裡工人僕傭全部返鄉休假時，他的岳父、妻子、以及時年六歲的女兒突然悉數喪命。有人說是為攔路山賊所殺，也有人說是為妖怪所襲。十二年歲月雖然說長不長，但說短也不短，在不知不覺間，這樁慘事早為鄉民所淡忘，因此如今真相不明。

無論如何，長次郎昔日曾一口氣失去所有家人，應是不爭的事實。

常言道，福無雙至、禍福相倚，指的大概就是這種事吧。

長次郎似乎因此非常悲傷。若是一般凡夫俗子，大概會為造化弄人感嘆欷噓，變得怨天尤人，但長次郎可沒因此喪志。

即便遭逢如此不幸，他依然認真工作一如往常。雖然自己經商賺了不少錢，但可能是對社稷回饋不足，才會招此災禍——據說長次郎如此認為。

若這說法屬實，長次郎無疑是個謙虛誠懇的人。

累積財富等於累積罪惡，為了表達自己的感恩與慈悲，該將自己的財產奉獻世人——據說長次郎曾如此發願。從此，他就不斷把所賺的錢分出來，鋪橋造路、施捨大眾。

據說這每月一次的佈施活動，十二年來不曾間斷。

不管是基於戒慎恐懼還是萬分悲傷，他能做到這種地步總是不簡單。

因此，許多人將長次郎稱為「活菩薩」，讚揚不已。

然後，漸漸出現一種毫無根據的說法，也就是所有對這位飼馬長者鞠躬行禮的人，都能得到福報。於是，民眾在打其宅邸門前經過時，總是不由自主地停下來，低頭致意後才通過。

只不過——

長次郎畢竟是個大富豪，即便他行為端正、高貴如聖人君子，但成功者無不招嫉，總會有人在暗地裡惡言中傷。

這位飼馬長者的確有些怪異之處。

比如長次郎不知何故，非常不喜歡拋頭露面。

他會客時都隔著簾子，平日也裹著覆面頭巾，不管任何人跟他講話，一定以細聲透過掌櫃回答。他雖是富豪，畢竟也是個需要做生意的商人，舉止如此怪異確實讓人不解。

有人說他是因家人驟逝過度悲傷導致失聲，也有人認為當時受的傷壞了他的喉嚨；還有人傳說他當時果敢地與襲擊家人的山賊纏鬥，結果摔落斷崖，臉部因此嚴重受傷。

甚至還有人認為長次郎不喜見人，乃心有畏懼之故。

畏懼的是——十二年前屠殺其家人的山賊。

有些人如此傳說——當時為了抵抗侵襲家人的盜賊，他奮勇驅賊導致對方負傷，因此深怕盜賊回來尋仇。另外也有些人認為——自其家人遭襲遇害後，他變得極端畏懼盜匪，緊張過頭的他甚至把來見他的人全當成壞人。

當然，也有人認為他怕的是妖魔鬼怪。

這類傳言是否屬實，當然是無人知曉。

有些男傭表示曾被長者高聲怒斥，也有人表示曾聽到宅邸深處房內傳出陣陣怒吼。既然如此，他哪可能無法出聲。

另外，也有人認為推說他膽小害怕並不合理。雖然會客時都隔著簾子，但據說他的態度還是一副威風凜凜，看不出有絲毫畏懼。

再者，根據家裡貼身女傭所述，他的顏面平滑，沒有一絲傷痕。因此，和長者做過馬匹買賣的客人都認為這類謠言無一屬實。

反正坐擁如此財富者，註定是毀譽參半。

不過至少在表面上，說長次郎壞話的人據說不多——或許是托他無可匹敵的財富之福，儘管做生意的手段高人一等，卻鮮少樹敵。

這位飼馬長者就是這麼一個人。

【貳】

好，接下來是長脖子妖怪變戲法。常言父母種下的惡因，得由子女來承擔惡果——手頭沒有差事急事的看官，何不過來瞧瞧？大人三文，孩童一文，目力不好者免費。來啊，請來觀賞啊——

大老遠就聽到戲班子招攬客人的吆喝。

這是個雜耍戲班子的後台。

過去在京都與大坂倍受好評的放下師（註4），本日來到江戶演出。咱們班子表演龍竹之術、出水術、不可思議的魔術比翼鼓等，還有抓火、吞火、緒小桶，還有將白紙放進水中染出五彩顏色的祕術——但最令人驚嘆的，就是鹽屋長司的魔術。從五尺長劍、長槍、甚至牛、馬，他都能吞下去。鹽屋長司的吞馬術，幻戲師長司根據唐土傳來的馬腹術改良而成的絕技的吞馬術，請各位看官一定要來瞧瞧——來吧，大家請來觀賞啊——

——請來觀賞啊。

現場開始人進人出、一片鬧哄哄的，出入都是一陣擁擠，看來看完戲出來的人也不少。眼看著許多看官撥開門簾魚貫入內，轉眼間就把客席填滿。

串場的講完一段開場白後，一陣敲鑼打鼓聲隨即響起。一個原本在後台角落啜茶、身穿奇怪的異國服裝的瘦小男子，手持六把刀子走向舞台。

「什麼？」

一個不知何故盤腿坐在後台一隻巨大馬匹身旁——頭上裹著修行者頭巾、身穿麻布短袖衫的僧侶打扮男子——御行又市以目光追著持刀男子的背影說道：

「接下來的不是長脖子妖怪的戲法嗎？」

還以為能看到那粗糙的機關呢——又市一副百無聊賴的語氣繼續說道：

「——從後台好像能看得比較清楚。」

又市說完，往舞台的方向望去。

剛才那個提著六把刀的瘦小男子，這下已經在舞台上合著敲鑼打鼓的拍子，將刀子頂在額頭上拋上拋下的。

「長脖子妖怪是對面的，阿又。對面的好像既有魔術又有大鼬鼠雜耍，我們的專長是雜耍——」

原本還在照料馬匹的座長四玉德次郎說道，然後噗！地吐一口煙。他將總髮（註5）綁在後腦勺，身穿淺黃色短上衣。

「——這次舞台幾乎都沒有設機關。倒是，阿又，阿銀現在人在哪裡？這次還能請她幫忙嗎？」

「她的人偶腦袋破損，去找頭師修理了。暫時沒辦法回來吧，這次就沒辦法幫忙了。我不知

註4：日本中世至近代盛行的雜耍表演者之一種。

註5：古日本髮型之一，前額處不剃髮，將所有頭髮拉起紮在頭頂，江戶當時主要為儒學者、修行僧、與行醫者的髮型。

道你是要搞什麼樣的舞台機關，只是這次沒有女的能來幫忙了。」

真是可惜哪——德次郎說著，把菸草塞進菸管裡。

「其實，已經很久沒看到阿銀耍的人偶了。她耍得真好，一對眼睛還直送秋波，看得人心都酥了。」

他說完吸了一口煙。

「呿，原來你在暗戀那隻母狐狸。她可是自視甚高，不會喜歡上鄉下人的。她曾說過，只要是來自箱根以東的鄉下人，她全都看不上眼。你老兄老家在男鹿，最多只能耍耍鬼面具（註6）吧？，她哪看得上你。」

又市把德次郎損了一頓，同時斜眼直瞄著舞台上的表演，還真不賴呀——他自言自語道。

「——耍這種雜技的叫放下師，這放下和禪僧常說的『放下』有什麼不同？就字面上來看，應該是指丟掉什麼東西，對吧？可是，像你們這樣有一餐沒一餐的藝人，說要丟東西，恐怕也沒什麼好丟的吧？還是——像他這樣把東西拋來拋去，所以叫『放下』？」

當然不是這樣子啦——德次郎笑著說道：

「這字眼雖然最早可能是來自禪宗和尚講的經沒錯。我們今天雖然被稱為放下師，但古時好像都叫放下僧。想必最早可能都是和尚在表演吧。」

「那，你也是和尚囉？——」

那不就和我一樣了嗎？又市笑著補上一句。德次郎聞言笑了起來。

「其實，放下原本是猿樂（註7）的一種，就是像他那樣把玩刀槍或是球，講究的是手的技巧。後來從猿樂演變成田樂（註8），然後又和我所表演的幻戲，也就是魔術搭配，成為一種坊間雜耍。

所以，若要追根究底，與其說是禪師發明的，不如說這種表演是從唐朝傳過來的。至於猿樂之祖則是秦河勝（註9）。」

「吞馬術也是從唐土傳來的嗎？」又市又問道。

喔，那是我發明的，德次郎補充說道：「——雖然馬腹術的確是唐土傳來的。」

「馬腹術是什麼東西？」

「馬腹術又名入馬鼓腹，就是讓人像這樣從馬的嘴裡鑽進去，再從馬的屁眼鑽出來的魔術。原本是唐土散樂雜戲的表演。不過，馬體積很大，把小小的人鑽進大大的馬身子裡不夠有趣，我便稍稍改變做法——」

「就變成了這個——吞馬術嗎？」

你靠這招已經賺到不少銀兩了吧？又市說道：

「——你在京都是不是賺了不少？連江戶人都知道你很有錢。鹽屋長司這個名字很罕見，教大家都好奇此人乃何方神聖。沒想到，鹽屋長司竟然就是被喻為果心居士轉世、非常會打算盤的四玉德次郎你。連又市我都覺得意外。」

註6：原文作「生剝」，秋田縣男鹿半島正月迎神習俗。

註7：日本古代雜耍表演之一，其原型為自中國之散樂，屬雜技一系，原本為宗教行事中娛神之用，後演變成能樂。

註8：日本古代由農耕社會的歌舞演變而成的民俗技藝表演，亦源自原本於宗教行事中供娛神的散樂，後來因能樂興起而式微，但其影響至今仍殘存於民俗技藝中。

註9：七世紀推古朝官員，官仕聖德太子。

其實這是有原因的——德次郎熄掉了菸管。

「會有什麼原因？其實，你如果用咱們東部人較熟悉的四玉德次郎這個名字，效果應該會更好吧？」

「哎，事情有點複雜——所以，我才找你這個騙徒來幫忙啊。」

哼——又市語帶不屑地說道：

「——可別再叫我幹什麼麻煩差事。」

你快別這麼說——德次郎說著，同時開始啪嚓啪嚓地打起長凳上的算盤，但又市間不容髮地一把抓住德次郎的胳臂。

「且慢——」

又市瞪著德次郎說道：

「——你這算盤太危險了。誰知道你背後會不會玩把戲，如果錢包被你偷走可就不好玩了——」

又市用手摀住雙耳，一面把放在背後的偈箱抓過來緊緊抱著。

「——聽說，你這把算盤的珠子只要啪嚓作響，連大金庫的鎖都可以打開。你這招簡直比手法粗糙的盜賊還壞。太可怕了，太可怕了。」

德次郎於是把算盤夾在腰帶後面，笑嘻嘻地說那就不打了。

「被修行的人這麼講，我也沒轍了。不過我這回聽信你的舌燦蓮花，也不知道接下來會不會吃到什麼苦頭。算了，你再等一下，大概再四個半刻鐘，這樁差事的當事人就會回來。他現在到淺草辦事去了。」

「那是什麼事情？」

「找一個人——不，調查一個人的身份。」

舞台上傳來咚咚鏘鏘的銅鑼聲。

「調查誰的身份？」

「一個在咱們班子裡工作的姑娘，名叫阿蝶。是我五年前在信州撿到的，現在應該十八、九歲了。但是她個頭小，臉蛋也小，看起來還是像個娃兒，不過幹起活來很能幹。仔細看也還挺標緻的。」

呿，聽你胡說八道！人哪是用撿的——又市又開始臭罵了起來：

「如果是個醜八怪倒沒話說，但長得標緻不就奇怪了嗎？我看是你打打算盤把人家拐騙過來的吧？」

「我可沒有這麼做。我又不是什麼登徒子。而且，撿到她的時候，她還是個才十二、三歲的女娃呢。當時她在客棧當下女，終日飽受虐待，我實在看不下去，才插手問了一下狀況。」

你還真是好管閒事呀，又市說道。

沒辦法，我天生就看不慣任何人欺負女人——德次郎回答：

「當時我就發現，阿蝶這姑娘對自己孩提時期的事完全沒記憶。好像從一懂事開始就被迫工作。從一家客棧換到另一家客棧，一再被騙來騙去、賣來賣去，每到一處遭遇都頗淒慘，因此我就——」

把她撿了回來是嗎——又市說道。

外頭鼓聲隆隆，也聽到看官的歡呼聲。

身穿唐裝的男子回到後台，接著一個身穿氣派武士禮服的矮個兒男子在樂聲中步上舞台。

「這次是什麼把戲？」

「嗯，是吞火、抓火、以及吐火的特技。」

又市從後台側面往外窺探。

這個貌似福助（註10）的矮個兒男子，站在壇上和著三味線的琴聲點燃一張張紙片，並將燃燒的紙片吞進嘴裡，過了一會兒便把火吐了出來。

「看起來好像很燙。那是一種騙術吧？」

「不是，不過是掌握一點訣竅罷了。剛剛的耍刀表演是反覆練習的成果，這個則需要一些修練。」

觀眾發出巨大的歡呼聲。原來男子吐出了一團碩大的火焰。

「倒是，你的幻戲呢？是靠訣竅、練習、還是機關？」

「噢——應該是靠錯覺吧。」

德次郎說道，同時撥了幾下算盤。

他在男鹿地區被稱為魔法師。

「錯覺？」

「阿又你不是用一張嘴行騙的嗎？你是用言語騙人，我呢，則是用這算盤的珠子騙人。」

啪嚓。

喔，又市發出不知是佩服還是驚訝的感嘆聲，一臉訝異地輕拍馬屁股。

「你這樣講倒也有道理。社會上原本就有一些靠嘴巴獲利的人。會說話的人總是贏家，要把紅的說成白的是很容易，但要我宣稱自己能吞下一匹馬，我可吞不下去。」

呵呵呵——德次郎悶聲笑了起來。

貌似福助的男子在喝采聲中走回後台，每個看官似乎都很興奮，串場的也拚命說話炒熱氣氛。

接著又是一陣敲鑼打鼓，壓軸好戲要上場了。你在這兒等我——說著，德次郎脫掉短上衣，牽著馬的轡繩走向舞台。

又市慢吞吞地往舞台的方向爬，來到舞台側邊才站起身來，看看德次郎如何表演。

戲台上一片黑暗。原本點著的座燈與燈籠都已吹熄，只剩下德次郎面前一盞小小燭臺依然發出微弱的燭光。

德次郎取下燭台上的蠟燭，配合音調怪異的伴奏樂聲緩緩移動蠟燭。他背後掛的原本是一塊繪有富士山圖樣的背景布幕，這時也換成了一塊黑幕。

燭光的殘影在黑暗中劃出一道軌跡。

德次郎一把蠟燭放回燭台，伴奏便霎時停止。

啪嚓。

於是德次郎鬆了鬆肩膀，對看官說道——現在我要吞下這把劍。

在不知不覺間，他手上已經握著一把劍。

德次郎把劍高舉。

啪嚓、啪嚓、啪嚓。

註10：大頭福神。

只聽到撥動算盤珠子的聲響。
這時候，德次郎把劍放在燭台上，手則伸到嘴邊。
就這樣而已。
沒想到，看官歡聲雷動。啪、啪、啪。空中又傳來撥算盤珠子的聲音。
德次郎再度拿起劍，舉在頭頂上揮了兩、三次。
只聽到看官的喝采。敲鑼打鼓，伴奏熱鬧非凡。
好，這不過是雕蟲小技。接下來請看小弟把這支長槍吞下去——這下德次郎手上拿的是一把長槍。
這次也是一樣。德次郎什麼也沒做，看官卻個個亢奮不已，拍手叫好。
接下來德次郎一再宣稱將吞下各種東西，但同樣都是光說不練。
「謝謝大家謝謝大家。好，接下來我要將這隻在一旁待命已久的名駒——」
德次郎再度拿起蠟燭照亮馬匹，滔滔不絕地陳述這隻馬的血統純正，溫馴乖巧，體長如何以及價值多少等等。
「好，現在我就要當著各位眼前，將這匹名駒吞到小弟鹽屋長司的肚子裡。當然，各位不用擔心，我雖然要將牠活吞，但可不會將牠吃掉。要是真把牠吃了，小弟可就沒辦法再做生意了。大家請仔細瞧瞧這在京都大坂一帶備受好評的鹽屋長司吞馬術，小弟可是花了十二年光陰在深山裡苦練，才習得這種教人難以置信的吞馬奇術，麻煩各位看官睜大眼睛，眼見為憑——」
啪嚓。
啪、啪、啪。

客席剎那間安靜下來，連根針掉到地上都聽得見。

於是，德次郎慢慢把馬從右邊移到左邊。

啊！欸！觀眾席陸續傳來驚嘆聲。喔——唉呀——好啊——驚嘆聲、讚賞聲此起彼落。

戲台上只有德次郎狀似辛苦地做著表演，那匹馬卻一派輕鬆地靜靜站在暗處。

現場頓時響起如雷掌聲。

在這段時間裡，德次郎已將馬牽回原本的位置。

多謝各位——德次郎這麼一向看官鞠躬致意，掌聲就變得更加熱烈，整間小屋都隨之搖晃了起來。此時鑼鼓齊鳴，三味線與笛子也奏起了熱鬧的曲調。接著黑幕落地，小屋在剎那間明亮了起來。在持續不斷的叫好聲中，德次郎向台下行了好幾次禮，才牽著馬退場。又市皺起眉頭，朝一旁正在磨刀的瘦小男子望去。男子毫不客氣地告訴他從舞台邊看阿德的戲法哪會好看。

此時德次郎回到了後台。

「喂，阿德，你剛剛在表演什麼？」

「表演什麼？吞馬術啊。」

德次郎嗤嗤地笑著，同時拿起小廝遞過來的碗，倒些酒喝了一口。

「什麼吞馬術？你不過是把馬匹從右邊牽到左邊而已，什麼活都沒幹呀。」是啊。我是什麼活都沒幹——德次郎一口將酒喝乾，又說：

「正因為什麼活都沒幹，才叫做幻戲。這不過是一種障眼的戲法而已。還有，阿又你既然想觀賞，應當到戲台正面去才對——」

德次郎把碗還給小廝，擦擦嘴繼續說道：

「——這個表演並沒有使用任何騙術或機關之類的吧？」

「這是沒錯。但我還是覺得你這是詐欺。」

「阿又，你這話怎麼講得這麼難聽？我們一開始就表明不會欺騙看官。所以，這表演過程中完全沒有詐欺，我們也講明這是一種幻戲。人哪可能把馬吞進肚子裡？所以我只是讓看官感覺好像馬被我給吞了。也就是明明沒吞下，看起來卻好像吞了進去，此乃吞馬術是也。」

呿，又市咋了咋舌說道：

「你這戲法也太惡劣了。根本就不是吞馬，而是吞人嘛，應該改名叫吞人術才對。但這種吃人騙人的把戲，卻能騙到這麼多人，也算是不簡單啦。也難怪你如此受歡迎。」

德次郎害臊地搔著頭回道：

「嘿嘿嘿，真不敢相信你也會誇讚人，這下我反而害臊了起來。不過，正如你所說，我在這裡的演出連日連夜座無虛席，可是盛況空前哪。真是老天保佑。不過，阿又——」

德次郎的表情這下嚴肅了起來：

「——正因為演出大受好評，所以才開張三天，就聽到了一個有趣的故事。我在京都與大坂也都很受歡迎，但不論演出幾天，卻都沒什麼收穫。看來江戶這個大觀園果然不一樣——消息要比哪兒都靈通。所以，這次才找你這個詐術師來幫忙——」

「你這是什麼意思？講明白點吧。」

又市眯著眼睛問道：

「你那有趣的故事——指的是什麼？」

「就是真正的——鹽屋長司的故事。」

德次郎回答。

【參】

你很清楚嘛。

是聽誰說的？

什麼？內行人自有門道？哈哈，幹嘛講得這麼嚇人呀。沒錯，我雖然今天做這身打扮，靠行乞度日，但原本是個馬伕。來到江戶算一算已經有七年還是八年了。

什麼？之前我在遠州。在那之前？

嗯，我這個人好漂泊，就是無法長期定居一處。既曾住過甲州，也曾待過越後。

加賀？

加賀也住過啊。那個百萬石諸侯之地。

所以，你就是來打聽這件事的？說的也是，我覺得自己以前好像提過這件事。

噢，真的可以喝嗎？

不好意思。好久沒嚐到這個了。

好喝。這酒真好喝。老兄你這麼慷慨。想必生意很興隆吧？

是的。

我打在加賀的時候起便開始幹馬伕。我喜歡馬，但就是不想娶老婆。我是喜歡姑娘，但就是沒打算成家。因為我天生沒拼勁，生性也不好安定，總覺得還是晃來晃去比較自在。所以我就背井離鄉，隨風四處漂泊，最後來到了江戶。我的故事並沒有什麼大不了的。

什麼？

長司？鹽屋長司？

你指的是那個賣鹽長者是吧？

喔，這人我知道。不過他不叫長司啦，是長者吧？是小鹽浦的長者。對了，名字叫做長次郎。哈哈哈，你口中這個長司就是長次郎的略稱嗎？

可是，叫做賣鹽長者，是上一代的事情，現在的長次郎已經是第二代，為了區分，大家都稱他飼馬長者。喔，這我知道。叫做乙松，是吧？原本和我同行，我倆還曾是好夥伴呢。他工作勤奮，後來被招贅才成為大戶。

他是個大善人。

我很受他照顧。我原本和他是吃同一鍋飯的，所以，後來他成為我的老闆，倒也沒有因此而擺起架子，還是相當照顧我。哎，雖然頗受他照顧，我卻連道個謝都沒就離開了他。我也真是太無情了。

嗯。這我知道，我知道。

啊，這真是不好意思。

真是好喝呀。我可真是有福氣。

哎，還真教人懷念呢。雖然昔日的回憶早已朦朧，沒想到還會聽到這個教人懷念的名字。倒是，

長次郎他還好吧？什麼？他過得還不錯？你開租書鋪的朋友曾到過加賀？原來如此。

所以？他還好？生意興隆？

那很好啊。什麼？他不拋頭露面？那是因為是他生性害羞吧。

那也是因為他天性謹慎吧。

唔。他是個信仰很虔誠的人。對了，他早晚都會在牲畜們的墓前膜拜、灑水。照顧馬匹也很擅長。只要被乙松這麼一摸，馬匹似乎都會覺得很舒服。我是個粗人，不會照顧馬匹。不過，他可就厲害了，不愧是個名副其實的飼馬業之長。他還比我年輕呢，真是不簡單。

是啊。沒錯，你說的沒錯。

沒錯。如果他不是真心愛馬，是沒辦法做到這種程度的，他天生就是個適合靠馬吃飯的伯樂。連朗讀馬祭文時都是朗朗上口的。

噢？

那就是在馬匹的買賣完成時，像這樣擊掌後向勝全神祈願。

勝全神是馬神呀。一般馬伕都會向勝全神祈禱，以求馬匹健康、好好工作。

朗讀祭文時必須很虔誠。

他這方面就很厲害。

是呀。

這我還記得。

大概是這樣子吧——神明高高在上，請求你們降臨下凡。惠比壽大黑福祿壽、七福神請降臨。

大神乃天逆鉾之御神，甚至貴如天照大神，天神大日如來、勝全神、馬頭觀音伯樂天、今天逢此慶

典，謹奉上祝福感懷之言語。

就是這樣。是呀。接下來，就講講這匹馬的由來。

這個嘛，能力不足的馬販，是沒辦法談這個問題的。

說的也是。不過，乙松——不，長次郎算是能力相當強的。

什麼？

這是靠口述習來的。靠的是馬伕之間的口耳相傳，不是馬伕的不會知道有這個東西。

喔，說的也是。

啊，謝謝謝謝。我看我快要喝醉啦。

咕嚕——咕嚕——

噢？十二年前？

喔，那件事呀。你那開租書舖的朋友連這件事都聽說了？很可能只是謠言吧。對呀。噢？不是妖怪啦。對，是盜賊。

是被盜匪殺害的。真是嚇人呀。

太可怕了。

我當時也是，哭了。我也曾經受過上一代老闆的照顧，卻不料連大小姐，也就是他的千金都被……真是太殘酷了。

他們全被殺了。

只剩下長次郎活著。不，其實連長次郎也差點喪命。兇手是三島出身的夜行幫，地盤在奧州和甲州之間。他們的頭目是一對名叫夜行丸、百鬼丸的兄弟，是個無血無淚的盜匪集團。

喔，這我聽過。

噢，你也聽說過他們？

對，他們就是被夜行幫這票人殺掉的。

記得當時正逢過年。唉，已經經過十二年了呀？

總之當時適逢一年一度的年假，所有伙計都返鄉過年了。於是，依照往例，長次郎會帶領家人前往溫泉地泡湯，這是上一代老爺的時代起就有的規矩。

結果在途中遭盜匪襲擊。

盜賊人數約十名。他們突然從山中竄出，攻擊乘在馬上的上一代老爺、以及長次郎的妻女。

當時長次郎正牽著馬。

即便已經成為一家之主，即便已經非常有錢，但在對他有恩的上一代老爺面前，他還是表現得像個男僕。第二代長次郎常言自己該扮演的角色就是馬伕。

這下子，生死一瞬間。

據說岳父當場被砍死。

眼睜睜看著妻子被兇手刺倒在地。然後，長次郎原本牽著的兩匹馬，當背負的行李被搶下時，就載著他年幼的女兒墜落到谷底。

唉，他那女兒很可愛的。

真是殘酷呀。整件事就發生在長次郎眼前。

嗯。我是聽目擊者說的。當時長次郎也已經快死了，所以也沒辦法從他口中問清狀況。噢？

對了，當時有個男僕和他們家族同行。

那是個無家可歸的男僕。不過，之前也說過長次郎看人不分貴賤，看他過年還是無家可歸，便帶他同行了。

當時那男僕嚇得腿都軟了。這是理所當然的嘛。換作我也會嚇得腿發軟吧。驚嚇之餘，他躲進了樹蔭裡。

照那位男僕的說法，長次郎當時非常勇敢，毫不畏怯地隻身抵抗盜賊。親眼看到妻女遇害，大概逼得他決意和對方拼個你死我活吧？

於是，長次郎拼了命，逕直朝看似盜匪頭目的男子衝去。

他就這樣朝對方懷裡撞了過去。但長次郎手無寸鐵，對方手上卻拿著刀。反正他已經抱定要死也要和對方同歸於盡的決心，整個人都豁出去了。也不知道當時那頭頭是夜行丸還是百鬼丸，總之是個壯漢就是了；他還真是不要命了呢。

結果，那個盜匪頭目和長次郎扭打起來，雙雙滾落懸崖。看到頭目跌落懸崖，嘍囉們都很驚慌。老大都墜崖了，下頭的哪有不慌的道理？

此時那名男僕就趁隙逃脫，回來稟報。

那個男僕的名字？他名叫平助。

平助。他比長次郎年輕十歲左右。

哇，真是驚訝呀。過去我也曾和同行的馬伕喝過酒。噢，多謝多謝，可是喝的都不是這麼好的貨。這濁酒喝起來真像是在過年哪。

總之，剛才講到飼馬長者遇襲是吧？

接到平助的通報，我們全村大受震撼。村子裡不只是馬伕，平日也有許多人仰慕長次郎的修

為，這下全都氣喘吁吁地趕赴現場，就連我也罕見地慌了起來。一到了現場，看到上一代老爺和長次郎的妻子均已喪命。馬匹也都遭砍殺墜落山谷。噢，只死了一匹，另外一匹就不見蹤影了。眾人都猜測可能是被盜匪騎走了。

噢，行李也悉數被奪。

只剩他女兒的一只袖子掛在山壁上一棵桑樹的樹梢上。

景況真是慘不忍睹，甚至教我作了好一陣子惡夢。

現在倒是沒再夢到了。

大伙兒都直罵實在是太殘忍、太沒良心、太無法無天了。倒是，我趕到現場時，並沒見到長次郎的蹤影。

是掉下懸崖了吧？

捕吏與馬奉行（註11）都到現場了。飼馬長者是個大戶馬販，因此就連奉行所（註12）也傾巢而出大力搜索。據說到了第十天，才有人在懸崖側腹發現長次郎躺在一個絕壁上的洞穴裡。看樣子他並沒有直接墜落谷底，可能是被樹幹或樹叢給勾住了。據說在同一個洞穴也發現了盜賊頭目的屍體。所幸長次郎還活著。想必是因為他平日誠心禮佛的緣故吧。

奉行也稱讚長次郎儘管是個馬販，卻能果敢抗敵，氣魄比起武士卻是毫不遜色——長次郎從此名聲陡漲。

註11：幕府時代政務官奉行之一種，此處指負責掌管馬匹相關事務者。

註12：此處指的機關相當於中國古代的衙門。

但畢竟長次郎只有一個人活下來。
他整天悲嘆。
可是，他真的很不簡單。他很生氣，也痛哭了好一場。後來他開始深刻反省。
對呀，深刻反省。
他信仰很虔誠。所以認為——不管自己殺死的對手是惡徒還是仇敵，自己都是殺了人。
不僅如此。沒辦法保護岳父、妻女，也讓他覺得慚愧萬分——哪敢承認什麼果敢抗敵。
對吧。哪敢承認呀。
說的也是。全家遇害，當然是非常痛苦呀。
而我，看長次郎這麼痛苦，如果成家就是這樣，我寧願一輩子不娶妻生子。老兄，畢竟生離死別是很教人傷心的，是吧？
遺憾？當然有遺憾呀。
什麼？
他女兒？
噢，我記得他女兒一直沒給找著。
嗯，可能是被河水給沖走了，還是被盜匪給抓走了吧？
平助說他女兒掉下懸崖了。
若是被河水沖走，應該不可能活命吧。
我當時也曾幫忙找過。
啊，不好意思。我不是要催你幫我斟酒啦。只是端著酒杯，一不小心就往前湊出去了。不好

意思不好意思。

他女兒叫什麼名字？

名字嗎？叫做阿玉——不，好像叫做阿絹。個子小小的，生得很可愛。如果還活著，現在應該是一朵花般的十八姑娘了。

嗯——應該已經亭亭玉立了。

一定是的。

真可憐。什麼？盜匪嗎？沒逮到啊。

至少我在加賀的時候，沒聽到過他們被逮著。

喔，對對。一定是因為這樣。

什麼？

你剛剛提的那件事呀，就是長次郎不喜歡拋頭露面。

是啊，他一定是因為這樣才不肯拋頭露面的。想必是怕被報復吧。

報復呀。

畢竟長次郎殺了一個盜匪。

而且是那伙人的頭目呀。

那伙盜匪的頭目是一對兄弟，哥哥百鬼丸，弟弟夜行丸。長次郎所殺害的不知是哥哥還是弟弟，但至少另一個還活著。這些傢伙不會就這麼死心的。

還活著的那個一定會回來報復的。

想必他為了報仇，什麼事都幹得出來。

再怎麼窮兇極惡，畢竟還是兄弟嘛。

【肆】

「你是指在德次郎那兒工作的阿蝶？你的意思是說，阿蝶就是他們家小姐？」

作旅行者打扮的矮個子老人問道。此人便是詬客治平。

一身白衣的又市蹲在懸崖邊緣心不在焉地回答——是呀。

「不知是怎麼回事，據說阿蝶最初是在富山的深山中被撿到的。發現的是個賣藥郎。當時阿蝶一直像在說夢話般的直喊長司、長司，鹽、鹽的。賣藥的覺得叫她阿鹽未免太奇怪，便給她取了阿蝶（註13）這個名字。」

原來如此。治平雙手抱胸一直點頭。

「鹽，就是小鹽浦。長司，就是長者長次郎囉？從時期來看，也差不多。」

「是差不多。」

「你調查得很清楚嘛。不過，那賣藥郎當時應該不知道這些吧。」

「當然。賣藥的沒必要追查這些事。再說，即使他想了解，恐怕也無從下手。」

治平點頭表示贊同，說道：

「不過你還真是想出一個好法子呀。阿德才會因此取了鹽屋長司這個怪名字到處進行表演，聽起來還挺詼諧的。打著這名號在京都、大坂與江戶各地盛大演出，是想讓本人注意到嗎？」

事實上或許已經注意到了——又市站了起來說道：

「做租書舖的平八，去年正好巡迴到加賀與能登一帶做生意，據說曾出入飼馬長者家裡。你別看阿德這傢伙這副德行，事情還挺會安排的，可不容低估呀。」

「我可沒低估他。他很厲害，絕不吃虧。所以你的意思是，他在路上撿來的姑娘，就是那棟巨大豪宅大戶的千金。是嗎？」

「是啊。」

「看阿德那傢伙裝得一副親切仁慈，原來是有這麼一筆大錢可賺啊——」

治平扭曲起皺紋滿佈的臉笑著說：

「——不要說阿蝶感激他，那位大戶也會很高興吧。畢竟原本以為已經不在人世的女兒這下回來了，這可是他碩果僅存的骨肉呀。闊別十二年後的重逢，保證哭得聲淚俱下的。當然，一定也會向阿德奉上數不完的銀兩。倒是阿又，那姑娘什麼時候會到？德次郎這下人又在哪裡？」

你這老頭還真是貪財呀——又市說道，接著開始朝崖下窺探。

「那個打算盤的這會兒大概在大聖寺一帶吧。怎麼樣？愛挑撥離間的，你覺得這懸崖下得去嗎？」

被這麼一問，治平開始撫摸起灰白的鬢角。

「嗯，從這兒下去沿途藤蔓頗多，是有腳踩的地方，但恐怕很難走。喂，御行，你現在有何打算？依我看，直接把那個叫阿蝶的帶過去，事情不就解決了嗎？」

註13：日語中「長」與「蝶」之讀音同音。

「這可未必。」

又市皺著眉頭說道。治平也一臉陰沉地說道：

「你這傢伙老是這麼不乾脆，現在是要我怎麼做呀。這裡是哪裡？就是十二年前長次郎一家人遇襲的地方嗎？」

沒錯——簡短地回答後，御行便從偈箱中掏出符紙，撒向懸崖。

「就在這兒——上一代的賣鹽長者父女還有一個盜匪，就是死在這裡。」

「是三島的夜行幫那一伙人嗎？據說他們很喜歡趁夜犯案。倒是，已經十幾年沒聽到他們的消息了。」

「他們的事你知道多少？」——又市解開頭巾擦了擦汗說道：

「說是十四、五年前。愛挑撥離間的，當時你還沒金盆洗手吧？」

當時我是還在道上混——這下治平也蹲了下來，並說道：

「當時我在那個沒什麼搞頭的老大身邊。夜行幫那一伙人的勢力範圍在關東以北。一入山沒有人是他們的對手。咱們江戶大阪一帶的盜賊要出信州去辦事都得小心。他們的大頭目百鬼丸非常殘忍，幹起活來毫不留情。二頭目夜行丸則是身手敏捷，即便如此陡峭的山坡，他還是能騎馬來去自如。所以，如果在深山裡碰到他們，可是一點勝算都沒有。」

「所以，他們是山賊囉？」

「不——那倒也未必。他們平日就在招兵買馬，做好萬全的準備才出手，有時還會利用夜色偷偷摸摸地行動。」

「如此野蠻的傢伙也得偷偷摸摸的？」

所以啊——治平歪著嘴說道：

「他們兄弟倆的個性與作風可說南轅北轍。誠如我剛才所說，哥哥殘忍卑鄙，沒耐性做些費神的事。弟弟則很聰明，知道要避開危險。哪次行動是誰籌劃的，一眼就看得出來。當然——他們在一些沒必要殺人的時候還是殺了人，比如，好不容易潛入民宅內，不知為什麼就殺了人。甚至已經俐落地打開倉庫，偷盡能偷的東西後，還是把在主屋睡覺的屋主家人悉數殺光。據說人都是那個哥哥殺的——」

治平把草鞋鞋帶綁緊。

接著深深嘆了一口氣，說道：

「我甚至還聽過一些莫名其妙的謠言，說他們這伙人是武田（註14）的殘黨還是義經（註15）的後裔，想必全都是唬人的吧。他們原本都是山上或河邊的居民。這群人怨恨村民百姓，因此即使沒結什麼怨，也要動手殺人。」

「你見過他們嗎？」

「見過面是沒有。不過，以前工作上曾遇到過的一個傢伙曾見過。不過話說回來，以前我確實也曾聽過傳言，說他們兩兄弟死了一個——」

想必就是死在這裡吧——治平嘆了一口氣，接著又說：

「倒是，又市你以後講話給我負責任一點。沒事的時候嘰哩咕嚕地講一堆，有話該講的時候

註14：戰國大名武田信玄。

註15：平安時代末期鎌倉時代初的武將源義經。

反而又一句話都不說。當然，只要能拿到銀兩，我什麼事都幹，但這樣我不是老搞不清楚情況？你到底要我做些什麼？」

「所以啊——」

又市朝治平前頭的谷底望去，說道：

「這座懸崖側腹有個洞穴。我要你下去那裡瞧瞧，再回來告訴我裡頭是什麼情況。」

「洞穴？」

治平驚訝地撐大了鼻孔。

「你指的是長次郎沒掉下去，躲在裡頭撿回一命的洞穴？」

「大概是吧。」

「什麼大概是吧？那洞穴裡頭還會有什麼？該不會夜行丸的屍體還留在裡頭吧？即使還在，又有什麼用處？撿盜賊的骨頭能換個幾毛錢嗎？」

你這傢伙怎麼這麼貪財——又市瞇著眼睛說道：

「裡頭哪還有盜賊的骨頭？屍骸當初已經和長次郎一起被抬出來了。我曾問過當時負責檢驗屍首的捕吏，說當初可是花了很大的力氣才把他從這鬼地方移走的。當時屍體已經不成人形，連是兄是弟都看不出來了。」

「然後呢？」

然後——又市鼓著腮幫子說道：

「我覺得——事情不大對勁。」

「哪裡不對勁？」

「長次郎他——不大對勁。事實上，我昨晚曾偷偷潛入他家，多方收集情報——聽說他十天前殺了一匹馬，表面上說是馬已經年老，賣不掉，留著也沒用，便把牠給殺了。但又聽說這陣子他的馬都賣得很好，所以——根本不可能有馬死在馬廄裡。」

「還是不懂。然後呢？」

「我也看到了長次郎的相貌。」

臉上有傷嗎——治平問道。

「臉上沒傷。話能說，看來也毫不膽怯，那些傳言果然全是假的。只不過——長次郎似乎有病在身。」

「病？」

「是的。依我看——可能不久於人世了。說不定今天、明天還是後天就會——所以要了解真相，所剩時間已經不多了。對了，我要你順便看看這洞穴裡有沒有馬骨頭。」

話畢，又市再度朝崖下望去。

【伍】

你說長次郎信仰虔誠？別開玩笑了客官。他哪裡信仰虔誠，也不知道你是聽誰說的。那傢伙根本不把人當人看，不把馬當馬看。長次郎只是個什麼東西都吃的大惡棍。

這個長次郎哪有什麼了不起？聽到有人尊稱他長者，就覺得噁心。

在一般人眼裡，想必都會覺得他是個靠馬致富的大戶吧，看他房子大得不得了。但他哪稱得上是馬伕或馬販。只要看他怎麼賣馬就很清楚。他做法太粗糙了，所以，或許他真的很會做生意，但那是因為他數量多呀，也有些名馬就是了。

所以馬才賣得動呀。

但他只把馬當貨品。他照料馬的方式，根本不符合一般馬伕的待馬之道。

像我們馬伕，絕不會把馬匹當畜牲看。如果有這種想法，這行就不可能幹得好。

人馬是一體的嘛。這道理是到哪兒都不會變的。

是呀。

你們江戶人可能不了解。像我們這種養馬的，事實上是跟馬一起吃一起睡的。比如，我家鄉在陸奧，算是北方人。我們家主屋裡就有馬廄，就和飯廳相連。這種馬廄一般稱為內廄。即便過年佈置屋子，也不會把馬廄隔開。馬廄裡面祭拜著蒼前神，我們還會用粟穗與飯糰祭拜呢。過年的時候，還會做一種叫做馬子餅的糕餅供馬吃。

所以，就像一個家裡會有爺爺、奶奶，有爹、有娘一樣，家裡也會有馬，和我們一起生活，一起長大。

一個馬販子，跟馬應該是更親近的。

我們和馬是同生共死的，對馬可是十分熟悉，有時甚至會發現馬比自己的孩子更可愛，比雙親更值得孝敬，比老婆更值得疼惜。嘿嘿，這可是真的喲。如果是匹好馬，還真的教人捨不得賣出

去。即使是匹笨馬，也會有感情的。

所以，一個馬伕待馬絕不能淪於粗暴。買賣馬匹的也一樣，馬可不是貨品呀。

馬這種生靈，一輩子只能拚命工作，直到累死為止。一輩子被迫走萬里路，最後累死路旁。像我這種馬伕也是如此，所以絕不會把馬當畜牲看，馬死了也會加以厚葬，和死了朋友是同樣的道理，哪可能死了就放著不管？得好好祭拜呀。

所以我們如果帶出門的馬死了，厚葬後也會找來分叉的樹枝蓋座「畜牲靈塔」，以資憑弔。喏，許多大道和路口不是都有馬頭觀音嗎？對啦，就是那個。

馬死了就是得如此供養的。至於這習俗是什麼時候開始的，我就不知道了。對我們馬伕而言，馬頭觀音就和蒼前神一樣，也是馬神。

馬可是很尊貴的。

這是當然的呀。畢竟是自己親手照料了一輩子的。所以馬死了，和自己死了的感覺是沒什麼兩樣的。

可是。

那傢伙竟然吃馬肉。

還把馬殺來吃呢。

唉呀，對不起。這兒的路凹凸不平，客官可別掉下去啊。不過這兒還算比較平坦的呢。

對了，客官，你是從江戶來的？是嗎？

什麼？那傢伙是什麼東西都吃沒錯。只要他養的馬一死，就立刻剝皮，用鹽或味噌醃起來當作醃肉吃。吃的可是醃馬肉呢。

聽說他還很愛吃這種東西呢。

夠殘忍吧？真教人難以置信啊。

我才不吃呢。

那我倒問客官，你吃過馬肉嗎？別說是馬，江戶人連其他獸肉都不吃吧？對吧？又不是洋鬼子，哪會吃這些東西？只有山民會捕熊或鹿什麼的來吃啦。總之，吃獸肉是賤民才幹的勾當吧。信佛的人是絕不會吃這種血腥的東西的。

像我，因為是馬伕，沒辦法像和尚那樣講許多大道理。可是，我至少了解不可殺生的道理。殺了生還把生靈吃掉，可是要下等活地獄的。這種道理連我們鄉下人都聽過。所以，那傢伙殺了自己養的馬來吃，你還說他信仰虔誠？

他一定會遭報應的。

在我們馬伕看來，他的行為根本等同吃人。真是難以置信，如果是深山裡的野蠻人就算了，為我們賣命的牲畜，死了之後竟然從屁股吃起，真是太教人不齒了！

特別是牛馬，對我們有很大貢獻，更不可以吃牠們。

所以，那傢伙算不上是馬販子或馬伕。

這真的很奇怪。長次郎本名叫做彌藏，原本是個來歷不明的流浪漢，哪知道要如何照顧馬。所以別說是馬匹買賣的仲介者，在我們馬伕之間，也沒人說他半句好話。甚至有人認為他可能是被提馬給附身了。

客官不知道提馬是什麼？

簡單講就是，那是一種邪惡的風，可說是一種馬的疾病吧。颳起來時是突如其來，常在十字路口打轉。我們牽的馬若是被這股風吹到，渾身就會開始打顫，並直往右轉圈子，轉到第三圈就死了。

很可怕喲。

人倒是沒問題。只有馬會喪命。

原因是，這種風裡有形似白虻的蟲，會從鼻子鑽進馬的身體，然後從屁股跑出來。被這種蟲鑽進鼻子裡頭時，馬的鬃毛就會全豎起來。於是，在馬轉到第三圈的時候，那東西就從屁眼裡鑽出來了。這下馬就好像被河童挖走了屁股肉，頓時就倒地身亡。

我年輕時也曾遇過這種風。雖然沒看到蟲，但馬真的死了。

還真可惜了那匹好馬呀。

噢？客官這是在記些什麼？

要如何避開提馬侵襲？

客官對這種怪事還真是好奇呀。

法子是有的，一發現馬匹可能被附身，就馬上將馬耳朵切下來。然後，馬要朝右繞圈子時，就拚命將牠往左拉。如此一來，因為方向不對讓蟲受不了，就會從馬的身體裡頭跑出來。當時我太年輕，還不知道這個法子。

這種虻，看過的人說樣貌像個小姑娘。

聽說看起來像雛人偶，身穿紅色衣服、披著金色瓔珞。體積像豆子那麼小，騎著小小的馬飛來飛去的。

噢？妖怪？

是啊，也許算妖怪吧。

也有人說，那是剝馬皮的小姑娘變成的妖怪。

是啊，剝馬皮的。像我們當馬伕的和種田的一樣，一向不被當人看，但剝馬皮的就更慘了，比我們還不被當人看。我也認為人是不分貴賤啦，但還是覺得他們比較卑賤。

江戶這地方還好，人來人往龍蛇雜處，所以也就不會特別感覺地位比人低。你看不論工匠還是流浪漢，都昂頭挺胸。不是嗎？可是，這一帶情況就不太一樣了。這些野人穿著衣服在鄉下走動，大家會覺得很難看啦，還會嫌他們臭，叫大家別太靠近。也不是大家身份有多高啦，只是像武士看不起種田的那樣。噢，比那還糟吧，連種田的都瞧不起他們呢。

他們的地位比馬還低。

在江戶也是一樣嗎？

嗯，也許吧。當然，以我的身分是不能說什麼大話啦。不過，說不定我心底也瞧不起他們。客官也一樣吧？

什麼？客官還真是喜歡問些古怪的問題呢。

結果，據說這剝馬皮的小姑娘因受不了眾人的歧視而投河自盡，死後就變成了提馬。

這是一種奪取馬命的妖魔。可能是那姑娘認為如果馬都死光，就不會再有剝馬皮這種卑賤的職業。要不然就是她以為死了更多馬，就會有更多剝馬皮的工作，生活便能因此改善。兩種說法都說得通啦。

真是個悲劇啊。

所以啦，我說他們兩者是截然不同的。我的意思是，那混帳哪可能了解這種悲哀。

然後很多講話刻薄的馬伕都說，長次郎那傢伙一定是被提馬附身了。

你問我為什麼？

因為他撒餅佈施呀。

你怎麼對長次郎這傢伙如此好奇？什麼？你說他很受好評？真的嗎？呿，那是想拍有錢人馬屁的狗腿子說的吧。

的確，他佈施的對象是不分貴賤。但事實上，他對人並沒這麼慷慨。

真的沒有。

當然，不論是木地師（註16）、流浪漢、乞丐乃至走投無路的百姓，他都是來者不拒，在撒餅佈施時，對平時特別被瞧不起的人反而很客氣。但問題是，他對馬伕特別刻薄，認為馬伕和馬一樣，不過是不惜在勞動中酷使的生財工具。

當然，對和他做生意的馬販，他會很客氣，但那也只是為了做生意。相反的，他對手下的馬伕就很刻薄了。我前年也曾在他手下工作過三個月，饒了我吧。這傢伙實在太刻薄了。

那兒的大掌櫃平助也很粗暴，動不動就揍人。

薪水總是一砍再砍，對待馬匹也很粗魯。說起謊來還臉不紅氣不喘的。

就連下等的馱馬，他也佯裝是名駒以高價賣出。他所賣出的馬，五匹裡就有一匹是這麼魚目混珠賣出去的。

長次郎真的太會騙人了。

註16：日本古時的巡迴木匠，浪跡各林地尋找良木，覓得後便於當地製造木器販售。

然後，他把賺來的錢佈施給窮人，對馬伕們卻又很不公平。我那些同行就全都說，長次郎這傢伙出身一定很低賤，才會施捨那些人，後來才又演變成提馬附身這個說法的吧。

不過，在我看來，兩者應該沒有關係。

一個人的出身好壞並不重要。

最重要的是人格，而那傢伙人格真是爛透了，如此而已。

對馬很殘忍，對馬伕很刻薄，做生意很狡詐。他根本是個畜生——這不就罪證確鑿了？也不必說他出身卑賤或者被妖魔鬼怪附身什麼的。

噢？

可是，坦白講——這下我想起來了。長次郎這傢伙真的曾碰到過提馬——我好像曾這麼聽說過。或許因此才會有這種謠言吧。

也記不得是從誰那兒聽來的了。

對了，就是我還在他那兒工作的時候。當時——聽說事情發生在十年前，那麼至今就有十二、三年了吧。我記不太得了，或許只是個不實謠言啦。

不，應該就是個謠言吧。

畢竟長次郎那混蛋根本不懂馬。

他甚至連牽著馬走都不會。他既不會騎馬，也不懂得安撫，就只會吃馬而已。

也不知道他曾碰到過什麼事。

什麼？客官你還真怪呀。客官是幹哪行的？

噢？

你是寫書的？寫書的是做什麼的？

百物語？這我就不懂了。我們馬伕都目不識丁的。喔，你寫的是租書舖帶著走的那種書？那我倒是看過。字是讀不懂啦，但圖畫很好看呢，尤其是錦畫（註17）實在漂亮。江戶真的有那麼漂亮的姑娘嗎？

唉。我連城下的商店街都不曾去過，一輩子就是與馬為伍而已。唉呀，為什麼要到那崖邊去？那兒太危險啦。你站的那個地方萬一掉下去，可是很難救起來的呀。

到這兒就行嗎？到村裡還有一大段路呢。

唉，客官，你還真是個怪人哪。

【陸】

飼馬長者宅邸出現怪象的時間，乃是五月中旬。

據說當時是個晴朗的傍晚時分。

這天適逢撒餅施捨之日，從宅邸庭院到門前，裡裡外外擠滿百餘名不知來自何方的各色人等，爭先恐後吃著餅，喝著湯。

不只是這座宅邸，全村子都是熱鬧非凡。

註17：即浮世繪。

當夕陽西下、視線逐漸朦朧之際。

嘶——嘶——空中突然傳來未曾聽過的聲音。

據說在宅邸門前，有許多人抬頭仰望天空。

有人說此時看到一條麻繩從天際垂降而下。

也有人說，天空瞬間一片閃光。

更有人說，有一隻天狗邊笑邊飛越天際。

當然，這些都是民眾後來口耳相傳的說法，當時似乎只有幾名民眾仰望天際。

而這時候竟有東西從空中落下。

只有這是千真萬確的。至於是從哪裡掉下來的則無人知曉。總之就是有個東西掉了下來，引起一片大騷動，這也是理所當然，大概沒幾個人會想到，一無所有的空中竟然會有東西掉下來。

從天上掉下來的是——一個姑娘。

一聽到外頭一片吵吵鬧鬧，正在指揮手下煮雜燴粥的掌櫃平助走出門外查看。

平助一看——

頓時啞口無言。

沒想到躺在地上的，竟然是十二年前分明已在自己眼前喪命的老闆女兒——墜崖的千金小姐。

不，應該說是個看似長大成人的小姐的姑娘。

看她的五官樣貌——真的很像。

她並不只是臉上殘留著兒時的面影，而是似乎只有身體長大，一張小臉蛋彷彿還停留在十二年前那稚氣未脫的模樣。

平助趕緊呼喊家人，把昏倒的姑娘抱進屋裡。

當然，她很可能只是個長相類似的外人。但這件事發生在以慈悲聞名的飼馬長者宅邸前，目睹者又人數眾多。在這個佈施的日子裡見人倒路旁，總不能見死不救。

不過——

人嘴原本就愛以訛傳訛，一個姑娘從天而降——好像是長者的女兒呢——轉眼間這類斬釘截鐵的傳言就傳了開來。畢竟當時有數不清的人在現場目睹了這個異象。

平助在客房鋪了床墊被暫時讓這姑娘休息。她雖然雙眼緊閉，但人顯然還活著；身體是有點骯髒，但看樣子還好，並沒有什麼外傷。然後平助叫來幾個曾照顧過小姐的老傭人，要他們幫忙辨識，結果大家都異口同聲地表示眼前這姑娘確實是小姐。平助自己雖然也這麼認為，但即便長得再神似，畢竟也沒有十足把握。這姑娘身上並沒有任何可供判明身份的東西。

過了整整一天，這姑娘也沒有要甦醒的跡象，教人完全無法確認真相。

此事讓平助困擾不已。

這件事該如何向老闆長次郎稟報？

不，就連該不該稟報，也是問題。

按理說，這種事原本是沒什麼好困擾的。門前出現不可思議的異象，來了一個年齡、五官與身材都很像小姐的姑娘，我懷疑她會不會就是小姐——他只需如此據實以報即可，箇中真偽就不是平助有資格判斷的了。

但平助卻猶豫不決。

因為他不知該如何開口。

首先，即便這姑娘長得不像小姐——但光是在稟報時該說她是從天上掉下來的，還是說她是倒在路上被救回來的，就已經是個問題了。再者，她是否就是小姐攸關重大，該如何稟報當然不得馬虎。其他的細節都還無所謂，但光這點就——

——看來還是謹慎為要。

但猶豫不能解決任何問題。

平助無計可施，實在是困惑極了。

所幸老闆並沒有出來查看。

因此他便先下令負責內房的僕傭三緘其口，不可把這件事告訴老闆。

一般而言，長次郎不會和僕傭直接交談。而且此時——雖然沒對外宣佈，老闆長次郎正臥病在床。

其實他的病也沒嚴重到爬不起來的程度，但最近每天腹部都會劇痛好幾次。吃東西時也老是無法下嚥，一吞下去就吐出來，更糟的是還會嚴重下痢。對食量不小的長次郎而言，這簡直是個天大的折磨。發病至今的十日裡，長次郎一天比一天消瘦。而且除了頻繁地出去如廁之外，他幾乎無法離開房間。

那件事就發生在這時候。

——先隱瞞一下，等弄清楚真相再稟報上去吧。

但是，若是先隱瞞真相，不管這姑娘真是小姐還是只是路上救回來的人，長次郎鐵定都會暴怒。

平助再度困擾了起來。

長次郎很難伺候，不，應該說是難以理解。他雖然處事慎重，但其實也很急躁；雖然勇敢大膽，看似很有肚量，私下卻又非常吝嗇。他那雙慈悲為懷、樂善好施的手，卻也常毫無理由地責打平助。

——這也是沒有辦法的事。

平助如此認為。

這一切都導因於十二年前那場不祥的事件。

平助很清楚。不，平助如此認為，打從發生那件事之後，長次郎就完全變了一個人。這也沒辦法，事情就是如此。

正因為如此，或者正因為他如此認為，這十二年來平助都只能默默忍受。不論長次郎說什麼，他都是默默聽從。平助告訴自己不管怎樣，他對長次郎都得是絕對服從。

平助認為任何人遭到這種災難，都是會變的。

就連平助本人，至今都還會夢到當時的景象。

他還記得當時老爺在馬背上被歹徒砍得渾身噴血後倒下，從馬上跌落的老闆夫人也是渾身血肉模糊。還有，一面哭嚎一面被連同行李拉下馬匹的——年幼的小姐。

住手！你們想幹什麼——長次郎的哀嚎。

凌空朝平助劈下的山刀。

就在那時候——

長次郎不顧性命救了平助。

當然，或許只是由於長次郎對殺害妻子與岳父的歹徒恨之入骨，但當時他之所以衝向那滿臉鬍鬚的山賊的真正原因，其實是當時山賊手上的山刀正朝平助砍去。所以，長次郎是為了救平助才和歹徒發生纏鬥的。

因此——

為了救平助，長次郎來不及救自己的女兒。

當時長次郎看到自己的寶貝女兒從馬上跌落而號啕大哭，便筆直地衝過去。這時卻又看到平助就要被歹徒砍死，為了阻擋兇刀，長次郎最後和山賊一起摔落懸崖。

至於平助——

哪還顧得及救小姐，便逕自逃命了。

至少當時小姐還活著。如果要帶著小姐一起逃走，應該也能成功。不，他本應該這麼做。在當時的情況下，就做人的道理而言，平助即使賠上這條老闆冒死救回來的命，也該全力搭救小姐。

只是。

這是自己逃過一劫後才有的想法，當時他已經完全亂了方寸——平助給了自己這麼一個理由。

雖然那群盜匪也因為頓失頭目而陷入混亂，但這些手持武器的凶惡暴徒畢竟還有十人左右。若留下來和他們拚命，也只會與小姐共赴黃泉。

——即便如此。

老闆捨命救了自己，自己卻是溜之大吉，對老闆的女兒見死不救。平助覺得如此窩囊的行為別說是報恩了，根本就是恩將仇報。

平助活了下來。但內心毫不舒坦。因此便開始四處尋找小姐，尋找長次郎。

後來知道長次郎得救，平助內心感受之複雜，可說是終生難忘。不，何止難忘，他根本就是每天咬牙痛恨自己的窩囊。

一接到長次郎獲救的消息，平助下意識地想衝過去致意。長次郎得救，他是發自內心的高興，也很想好好向他道謝，當然更要向他賠罪。他內心充滿罪惡感和自卑感。只是……

小姐終究沒被尋獲。

你這個不知報恩的傢伙，我拚命救了你，你卻丟下我女兒自個兒開溜？一想到長次郎可能如此斥責自己，平助便退縮了，完全不敢和長次郎見面。

此時他甚至產生背叛長次郎、與其扯破臉的想法。甚至即使已經過了十二個年頭，這種感覺還是隱約在平助心底溫存著。

這不能怪他。因為長次郎活著回來後，見到平助時什麼話都沒說。

長次郎很有肚量，並不是那種會向人討人情債，或者會記恨的人。這點平助很了解，但即使如此——

長次郎不和自己說半句話，還是讓平助十分難受。

事情發生後過了整整一年，長次郎才再度與平助交談。平助心想，可能是因為這樁慘事帶給他太大的刺激，長次郎才會無法說話。這雖然可以解釋原因，但在這整整一年裡，平助可說是度日如年。

而且事情發生後，長次郎整個人就——完全變了。

這是事實。他做生意原本就很機靈，這下又變得更狡猾、更市儈。他會毫不留情地攻擊競爭對手，也不遵守對客戶的約定。甚至會表現得十分跋扈，只要是無利可圖的客戶，立刻切斷關係。反之，只要有錢賺，就什麼事都幹。生意上若遭挫敗便暴跳如雷，而被罵得最兇的一定就是平助。也不知是何故，除了平助之外，長次郎完全不和任何人交談。

因為他不相信任何人。
這也是不得已的事。
但即使如此，長次郎跟平助的談話內容極其簡單，且只侷限於生意方面。
但平助認為這一切都是情有可原。
而只要一有差錯，平助就得遭長次郎斥責、乃至痛毆。
但平助還是忍了下來。即便覺得長次郎的經商手法極為齷齪、殘酷非常，他還是甘於為長次郎賣命。每逢對外需要有人扮黑臉，悉數由平助出面。甚至即便遵照長次郎的指示後招致失敗，平助仍會覺得犯錯的是自己而甘心受罰。
對這些事，他早已了然於心。
漸漸的，平助對下屬愈來愈蠻橫嚴厲，除了藉此保護自己。他似乎也是想藉此告訴大家真正差勁的不是大爺，而是自己，強迫自己繼續把這黑臉演下去。
平助把委屈自己當成一種贖罪方式。
即便如此，平助仍覺得長次郎其實是心地善良。撒餅佈施等善舉，全都是長次郎自己想出來的。如此慈悲的人之所以變得這麼古怪，都是那樁慘事所致。平助認為當時自己若能把小姐救回來，長次郎大概也不至於變成這模樣吧。
因此平助下定決心，為了幫助長次郎，自己無論招惹世間多少嫌惡，都得承擔下來。
卻不料——
讓平助下了如此決心的關鍵人物，也就是小姐——
突然活著回來了。

這個十二年來讓平助懊悔、痛苦的根源，竟然從天而降地回來了。

平助抱著頭，非常困惑。

如果她真的是小姐本人，長次郎一定會非常高興。說不定長次郎可以因此恢復正常，但如果不是的話——

事情恐怕就不妙了。

長次郎若聽到女兒可能活著回來了，想必會很高興，但如果最後證明不是——他一定會更加悲傷。若是如此，平助的內心也必然會更不好過。

除非有確定結果，這件事還是不該先向老闆稟報。只不過，全村子都已在議論紛紛，這件事還瞞得住嗎？

平助凝視著仍在昏睡的姑娘臉龐。

如果她真的是小姐，這件事只能說是個奇蹟。被盜賊襲擊之際，大家都以為她失蹤了。沒想到事隔十二年，她反而從異界返回人世——難道真會有這種事？

——真有如此不可思議的事嗎？

應該不可能吧——平助開始思索了起來；不管這姑娘是不是小姐，都是個天賜的禮物，以感謝長次郎長年來的樂善好施。即便不是小姐，看她們長得如此相像，可能也是小姐投胎轉世，或是老天爺刻意賜給他一個長相神似的姑娘的吧——不，這是不可能的。

恐怕連長次郎本人也不會相信這種事吧。

還用說，那女人保證是專程來騙財產的。快把她趕走！老闆八成會這麼說。即使知道她真的就是小姐，除非有充分證據，否則老闆大概也會這麼說吧。

不——如果這姑娘真是他女兒，根本不需要什麼證據吧？只要長次郎一看到她，應該就可當場判定其真偽。若是如此——

平助實在無法下判斷。

——可是。

還真是愈看愈像。

當然，也有可能是希望小姐復活的欲望過於強烈，才會在不知不覺間產生她就是小姐的錯覺。一定是這樣子沒錯。若是如此，這姑娘就是別人了。就說她不是小姐，趕走她吧——平助心裡這樣告訴自己——

啪答。

——怎麼回事？

只聽到咚咚咚的聲響。

平助緊張地抬起頭來。

紙門外的走廊上似乎有個非常巨大的東西跑過。

「什麼東西！」

他大吼一聲，打開了紙門。

走廊上——卻是一片靜悄悄的，什麼也沒有。

可是——剛剛不是有個東西跑過嗎？

「馬——有匹馬衝到裡頭去了——」

「什麼？」

不好啦，不好啦，女傭、男僕紛紛驚慌大喊地跑了過來。

你們在吵什麼？這兒睡著個病人呢……平助大喝道。

「可是，大掌櫃，剛剛有匹馬從這兒跑過去——」

「馬？胡說八道。馬怎麼會跑進家裡！」

雖然斥責傭人胡說八道，但確實是有個巨大的東西從走廊跑過。只見傭人們個個你看我、我看你的。

「可是——那真的是匹馬吧。」

也聽到他們異口同聲地說道。

「前頭就是老闆的房間。你們不能進去。若是把他吵醒——」

這時候。

傳來一陣野獸呼號的聲音。

「老闆！」

平助拔腿衝進走廊，朝屋內深處的房間跑去。

打開紙門，只見長次郎四腳朝天地躺在棉被上。

「大、大爺，長次郎大爺……」

平助跨進門檻伸出了手，但馬上被揮了開來。

長次郎手腳拚命掙扎，他身體半裸地一直抓著自己的腹部，而且全身冒汗，眼睛周圍變成血紅色，臉其他部分則黑漆漆。

「馬，馬來了。」

「馬——在哪裡？」

真的有馬跑進來？平助環視了房間內各角落。

這兒哪可能有馬。房間裡如果有這麼大的東西，一進來就會看到了，更何況剛剛進來的時候紙門是關著的。馬總不可能打開紙門，進來後又把門關上吧。

啊、啊、啊——長次郎不斷高聲吼叫著。過去他從沒發作到這種程度過。

來人啊，拿藥來、快拿藥來——平助大喊道。

但服了藥也沒什麼起色。特地悄悄從城裡找來名醫為長次郎把脈，花了不少銀兩熬藥給他吃，但病情也一直沒好轉，只有助眠藥還算得上有效，病情嚴重時只好讓他服用些睡個覺。

於是，長次郎把四、五個下人叫進來，要大家幫忙抓住老闆強迫餵藥。但即使吃下了藥，長次郎還是掙扎了四個半刻鐘才睡著。

長次郎睡著後，這下又傳來馬匹在廚房出現的消息。為了了解真相，平助召集了所有馬伕，結果發現，今兒個一整天所有馬匹都很焦躁。只不過，馬都關在馬廄中，絕不可能闖進主屋裡。

這是理所當然的。

平助拖著疲憊不堪的腳步回到客廳時，那姑娘還在睡覺。

——小姐。

看著這小姑娘的睡姿，平助突然打起了瞌睡，當場在這姑娘身旁的榻榻米上躺了下來，睡著了。

在陷入沉睡之前，他似乎聽到有人在彈什麼東西。

翌日也發生同樣的情況。長次郎的病情依舊沒有好轉，反而是隨著馬匹的騷動愈來愈嚴重。

小姐還是沒醒過來。不過她面色頗為紅潤，看不出半點虛弱的跡象。

到了第三天——同樣的事再度發生。

於是馬伕們紛紛傳說，那會不會是上個月宰殺的老馬亡靈。但平助嚴厲告誡所有馬伕，切勿散播這種不實謠言。

到了第四天午後——那名男子出現了。

應門的女傭表示來訪者是名彬彬有禮的男子，自稱有要事求見大掌櫃。雖然老闆重病纏身，目前難以與任何人談生意，平助還是接見了這名訪客。

他看來不像是這一帶的人。雖然不是武士，但打扮相當得體。

男子表示自己名叫山岡百介。

來自江戶。

「是這樣子的——」

百介單刀直入地切入話題：

「——在下出身江戶京橋，是個專門寫些通俗小說的作家，同時巡迴諸國，蒐集各類奇聞異事，對新奇事物可謂興味盎然，此次千里迢迢來到加賀，乃是為了聽聽某種怪魚的奇聞——剛才打這棟豪宅門前經過。噢，其實昨天我住在大聖寺，想到既然已至此處，不妨順便造訪這棟名聞遐邇的飼馬長者豪宅。正當在下來到門口時，與一位行者擦身而過。」

「行者？」

是的。就是山伏盲僧（註18）一類的人物吧——百介說道：

註18：獨自在山中修行的僧侶。

「他眼神銳利，身穿一身白服。在下聽到那行者說了一句教人印象深刻的話。那句話——直教在下困惑不已，因此特地前來稟報。」

「教人印象深刻的話？」

是的。百介歪著腦袋回道：

「如果在下的問題會帶來不便，您大可不回答。在下想請教的是，這位長者——此刻是否身體微恙？」

「您說什麼？」

長次郎患病的消息並未對外宣佈，即便洩漏出去，頂多也只有村中民眾知曉。絕無可能傳進初到此地的旅行者耳中。

「若長者身體無恙，那位行者倘若不是胡說八道，便是在造謠生事。不過，長者是否……腹痛不止？」

「那位行者，到底說了些什麼？」

平助突然大喊了起來，將百介嚇得兩眼圓睜。接著又再度詢問長者是否真的病了。

「您的意思是，那位行者提到我家老闆生病這件事？」

「是的，而且，還表示來日無多——噢，真是抱歉，在下怎麼說出這種話？」

「沒關係。倒是能否請您告訴我，那位行者說了些什麼？」

百介面帶怪異表情回道：

「好的——那人先是環視整座宅邸，接著便面露凶光地直喊不妙、不妙。」

「不妙？」

「是的。那人說此處有鎮壓不住的馬魂作祟——這兒的馬匹死亡之後，老闆非但沒祭拜馬頭觀音，還大啖馬肉，最後甚至連活馬都宰殺。真是——」

「連活馬都……」

上個月，長次郎確實曾命令平助，宰殺一頭已經無法工作的老馬。

不知何故，打從十二年前經歷那樁慘案後，長次郎就不再疼愛馬匹。不，甚至可說他對馬匹變得憎恨不已。或許是由於當時長者全家人就是在馬背上遇襲身亡的——平助如此解釋。

但原因似乎不只如此。劫後餘生後，長次郎就變得好食死馬肉。一有馬匹死亡，便立即以鹽或味噌醃製保存，以供每晚食用。

但最近馬肉頗難覓得。

由於下等劣馬或病馬均已魚目混珠地售出，因此已鮮少有馬匹死在馬廄裡。

長次郎的馬匹死在路上的比例也大幅增加。

原因平助也很清楚。馬伕們都很疼愛自己照料的馬，不忍心讓牠們被吃掉。因此只要發現哪匹馬氣數將盡，馬伕們就會將其牽到遠處，讓牠在路上臨終，並理所當然地就地埋葬。畢竟哪可能把馬的屍骨搬回來。因此箇中原因乃是——為讓馬匹得善終。

到了上個月，家裡儲存的鹽漬馬肉終於吃光。於是長次郎便命令平助宰殺一匹活馬。但平助並非馬伕出身，不曾殺過馬。若要求馬伕幫忙，想必也沒有人願意幫忙。最後平助只好心不甘情不願地趁半夜選了一匹最瘦弱的老馬，把牠殺了。

「難道是馬的亡靈在作祟？」

這件事應該沒有外人知道。難道那位行者有非凡眼力，能洞察他人所不知？

「據說馬魂會附身人體——」

百介身體往前傾地悄聲說道。

接著他翻開掛在腰際的記事本，繼續說道：

「在下這趟路沿途聽了不少故事，包括遠江、三河、尾張、武藏、京都等地，都有類似傳說，大都是誤殺了馬或虐待馬的結果。特別是喜歡以烙鐵折磨馬的人、或者在殘忍折磨後將馬殺害的人，就會被馬魂附體。其中許多是被附身者突然學起馬的動作，甚至啃泥牆，喝泥水，之後便全都發狂了——因此那位行者的話還真是耐人尋味呀。」

「耐人尋味？」

「是啊，當時他瞇著眼睛說，有匹馬跑過去了，接下來說的還更古怪呢，說那匹馬會從您家大爺的嘴鑽進肚子裡，恣意踐踏其五臟六腑——」

「馬——從嘴鑽進肚子裡？」

「他是這麼說的。還說這麼下去人大概活不了幾天了，往後也沒機會再幹壞事了吧。」

「馬，馬留在肚子裡？」

平助打起一陣寒顫。

難道每晚從走廊跑過的馬，是鑽進長次郎肚子裡作亂？難道痛苦不堪的長次郎腹部膨脹，是因為鑽進了一匹馬的緣故？

的確，長次郎只要一睡著，那匹馬就會出現。

難道那就是從大爺肚子裡鑽出來的馬？

「那，那位行者還說了些什麼？」

「在下只覺得他說的事實在太古怪，想必只是個靠胡謅來詐取財物的騙徒或詐術師什麼的。但那位行者表情是一臉悲傷，隨後便飄然而去。唉，在下也知道這畢竟是您家的家務事，還是別插手比較妥當，但又總覺得於心不安——」

這下百介一臉歉意，一副畏畏縮縮的模樣，但對平助來說，這件事可沒這麼簡單。

那位行者顯然是，不，鐵定是個高人。

所以，他還是得感謝百介的及早通報。

「不——請別客氣，您可幫了我們一個大忙呢。倒是——那位行者往什麼方向去了？」

該追上去嗎？當然該追上去。

他往西邊去了——百介回答。

「在什麼時辰？」

「約在半刻鐘前。」

「哎呀——真該好好謝謝您。雖然我實在沒什麼好招待您的，還請您今天在我們這兒住一宿——」

於是，平助喚來手下，吩咐他們好好款待百介，說完便衝出門去。

這下終於能報恩了。

平助自忖道。他得把大爺這條命救回來。

小姐也回來了，這可是最後一個機會。

這是老天爺賦予自己的試煉——一面跑平助一面想。這下終於能彌補自己的罪過，把不堪回首的往事一筆勾消。這絕對是老天爺為了幫平助達成這心願，而賜給他的最後機會。

他拚命跑了老遠，卻連一個人都沒看到。

好不容易看到一個農夫，平助便問他是否有看到這麼一個人。

對方回答確實有這麼個人路過。

——看來這件事是真的。

平助便捲起褲管脫掉上衣，繼續追下去。

這時的平助已經不是個大掌櫃，只是個男僕。

一個為了救主子而拚命疾馳的傭人。

他越過山崗、穿過森林，盡最大力量不斷奔跑。這條往西的路，和那天走的正好是反方向。

當時，平助也是拚命奔跑，由西往東衝回宅邸。

這時他跑上了一條山路。前方已是一輪巨大的夕陽。

越過一座小山頭後，他又跑上一道陡坡，此時視野豁然開朗。

——就是那裡！

那兒就是發生那樁慘劇、同時也是證明平助人格卑劣的傷心地。

從懸崖邊緣往道路中心有一道長長的影子。是個人。懸崖邊站著一個人。

那人身穿修行者的白衣。胸前掛著偈箱，手持搖鈴與錫杖。

此時那個人移動起腳步。

「且慢——」

鈴。

只聽到鈴聲響起。

「——行、行者，請您等等。」

平助繞到男子面前，跪在地上向對方說道：

「在、在下乃飼馬長者長次郎的傭僕，名曰平助。想必您就是那位神通廣大的行者吧？無論如何、無論如何，都請您務必幫個忙——」

鈴。

「您這樣說可讓我困擾了。我既非法力無邊的高僧，亦非能操陰陽之術的法師，不過是一介撒符紙的御行——」

快請起——男子客氣地說道，接著便繞過平助往前走去。但平助立刻抱住他的腳。

「且慢——請您等等。無，無論如何都請您幫在下一個忙，救救我們大爺的命——這已經是在下最後的——」

「最後的——報恩機會？」

「是的。」

於是男子轉身面向平助，俯視著他說道：

「您的老闆，就是第二代長次郎吧？」

「是的。」

「十幾年前，這地方——曾流過很多血，是吧？所以，今天發生的事，其實是有緣由的——」

男子說完，再度走向崖邊說道：

「——馬——死了。」

「噢？」

男子蹲下身來，從草叢中撿起一個巨大的髑髏。那是馬的頭蓋骨。

「這——就是您老闆的馬。」

「在，在下老闆的——馬？」

「是的。不過——這件事——」

行者注視著這個頭骨說道：

「或許已經太遲了——」

平助聞言惶恐不已，再度向男子磕頭懇求，請男子隨他回宅邸去。

男子名曰御行又市。

又市在庭院中到處巡視，接著又仔細察看屋中每個角落。最後這位御行來到客房，看看仍在昏睡的小姐。此時平助不由得慌張起來。

「——這，這位姑娘是……」

「就是這家人的千金吧？」

御行毫不猶豫地說道。

「您一眼就能看出？」

御行點了點頭。

接著又抬頭望望臥床的姑娘正上方的天花板。

「這姑娘受馬的亡靈保護，無須擔心。待凶事解決自然會清醒。」

話畢，又市走出客房。此時百介正站在走廊上，又市向他點頭致意，接著也沒人帶路，便逕自走向長者的寢室。

平助趕緊跟過去。

一打開紙門，御行雙眼便緊盯起沉睡中的長次郎。

「這──」

「請問情況如何？」

「恐怕還是──有點遲了。」

又市說道。

「可是，您是否能──」

「好，我了解──」

說完，又市從偈箱中掏出符紙，貼在柱子上。

「──眼前方法只有一個。就是當那匹馬──」

「請說？」

「當那匹馬鑽進這位施主腹中時，他須為過去所有罪業懺悔，如此方能得救。若能認真懺悔，馬就會離開其腹。反之，若不懺悔──這匹馬便會一再回來作亂，直到他死亡為止。」

「直到死亡為止？」

「待那匹馬出現時──您必須召集家人與僕役悉數到庭院念佛，好讓人聽到他的懺悔。最好也把剛才那位姑娘移到隔壁房間。」

「把──把小姐移過去？」

「是的。只要那匹馬原諒了您的老闆──或是這位施主過世，這場馬的災厄也隨之結束──那位姑娘應該就會清醒。」

又市做了這番說明。

翌日天亮之後，平助召集所有家人與僕役說明全事經緯。

聞言大家都非常驚訝，也有近半數人不願相信。這也是理所當然，畢竟馬會鑽入人的腹中這種事，是天地顛倒也不可能發生的。尤其那些終日與馬為伍的馬伕，更是斥此事為無稽之談。

又市終日待在長次郎床邊，觀察其病況。

最後——

那匹馬出來鬧事的時刻即將來臨時。

女傭、伙計、馬伕以及伙伕等等——共有五十個人聚集到庭院。百介亦要求參與。這些年來百介持續巡迴諸國，收集各種奇譚，今天碰到如此奇事，當然不可錯過。所以，他請求加入，平助也沒有拒絕。畢竟如果沒結識百介，今天也不會有這個拯救老闆的機會。

平助一直陪侍在長次郎枕邊。關鍵時刻即將來臨時，又市指示他前往庭園，他便走了出去，在伙計們的最前頭跪了下來。

面對庭院的紙門也被打了開來，只見已經憔悴到不成人形的老闆——長次郎就躺在屏風前。

小姐則在隔壁房間裡沉睡。

這時——平助吞了一口口水。

雖然大家都傳說有匹馬在鬧事，卻都是只聞其聲，不見其形。但目前已是如此陣勢——那匹馬不管從哪兒冒出來，大家都將看得一清二楚。到底牠是個什麼樣的怪物？

平助心裡十分不安。

所有伙計似乎都是半信半疑。大家看來都是心不在焉，想必平常長次郎與平助兩人都沒什麼人望。姑且不論外人對他們倆是如何評價，看得出伙計們對他們是沒什麼好感。

此時——

咚、咚。

咚、咚、咚。

馬蹄聲在走廊上響起，同時——

果真——一匹巨大的青馬現身了。

所有人都驚懼不已。這超乎想像的異象看得大家個個啞口無言。

手持燭台的又市悄悄地站起身來。

馬再度鳴鼻作響，並短促地嘶鳴了一聲，接著——

只聽到啪的一聲，燭台的火突然熄滅。

長次郎驀地站了起來。

平助目不轉睛地看著，懷疑是否自己是否看錯了。

那匹馬。

那匹馬就在眾目睽睽之下，像個麵團或洋菜凍般變了個形，鑽進了長次郎的嘴巴裡頭。

「呃，呃，嗚嗚嗚——」

「大、大爺——」

「別動！」

又市警告庭院中的眾人不可騷動。

「好，念佛吧——但別太大聲。」

只聽到有些人開始輕聲唱誦起南無阿彌陀佛，但平助還是出不了聲，這也是理所當然。

畢竟他親眼目睹一匹馬就這麼鑽進了人的肚子裡——哇——房間裡突然傳來一聲慘叫。只見長次郎開始打轉，看來非常痛苦。痛苦似乎教他發狂，跌跌撞撞時發出了巨大聲響，屏風等房內物品都被他撞倒了。

於是，又市舉起搖鈴。

鈴。

「長次郎大爺，在您腹中作亂的，就是您所荼害的生靈。若您願意當場懺悔過去的罪業，徹底告白一切，這匹馬便會馬上離開。請吧。」

「嗚、嗚、嗚……」

「請吧！」

「我、我騙了人。」

「這種事就算了。」

「我、我吃了死、死馬肉。」

「還有呢？」

「哇，我、我殺了馬。」

「就僅止於此？」

「我、我殺了馬，而且吃了馬肉。」

「為什麼？為何要為食馬肉而殺馬？」

「這、這是因為……痛、好痛呀！快救救我！」

「你是在——那個洞穴裡吃馬肉的吧？」

「呃——」

「你有吃吧？」

「吃了。那味道，當時吃起來的味道很——」

「是嗎。那麼——你到底是誰！」

「我、我是、我是，嗚、嗚、好痛苦、好痛苦。」

「你十二年前在那條山路上幹了什麼事？再不說你可要沒命了！」

「我、我、我斬殺了那坐在馬上的老頭。然後，把、把那個女人也殺了——」

「大爺！您說什麼！」

「安靜！」

又市大喝道。

「然後——在那洞穴裡——」

「剝下了長次郎的臉皮，剃掉自己的鬍鬚，佯裝自己就是長次郎，對吧！」

「什、什麼！這怎，怎麼可能？」

「平助大爺，看樣子這傢伙並不是您的恩人，反而應該是殺害您恩人的仇人。是吧？三島幫的百鬼丸！」

「他是百鬼丸？」

平助當場失聲喊道。長次郎，不，那佯裝長次郎的男人，則是一臉彷彿臟腑要被挖出來似的痛苦表情，拚命按著自己的肚子呻吟。

「御行　奉為——」

鈴。

長次郎——不，百鬼丸發出一聲臨終前的哀號，接著便口吐白沫斷了氣。

那哀嚎聽起來活像馬嘶聲。

噗。

突然傳來一聲奇怪的聲響。只見一團又黑又濃的東西從氣絕身亡的百鬼丸口中流出，漸漸化為馬的形狀。那青馬微微嘶鳴一聲，便朝走廊對面跑去，旋即消失得無影無蹤。

聚集在庭院裡的五十個人都嚇得癱坐在地上。

「又、又市大爺，這、這是——」

「您都聽到了——看來您也該相信在下所言了吧。所謂天網恢恢，疏而不漏，此人乃罪大惡極的盜匪。不過，平助大爺——」

世間也並非只有邪惡——說完，又市以手中燭台照亮了走廊。

只見阿蝶正站在那裡。

【柒】

百鬼丸的屍體被放置於門板上，直到翌日早上才被抬出飼馬長者宅邸。

謎題作家百介感慨萬千地目送他被抬出去。

又市就站在他身旁。看著屍體逐漸遠離視線，百介問道：

「又市，這件事情我個地方想不透。你說那名男子是百鬼丸——但那強盜即使剃掉鬍鬚、改穿長次郎的衣服，也不可能連五官都改變吧？當然，如果碰到不認識他的人，說不定還能矇混過去，但怎麼可能連身邊親近的人都受瞞騙？更何況一騙就是十二年——」

「因為他們倆原本就長得一個模樣呀，作家先生。」

「長得……一個模樣？」

又市望向主屋的方向，低聲要求百介保守祕密，接著便說道：

「第二代長次郎其實就是百鬼丸的雙胞弟弟夜行丸。他擅長馭馬——也是三島夜行幫那夥人的另一個頭目。」

「那，那麼——」

「夜行丸的本名是乙松。二十年前——這傢伙打算來個內神通外鬼，刻意來到鹽之長者門下工作當內奸。他原本就擅長馭馬，因此蟄居在鹽之長者家裡時，作戲作得堪稱無懈可擊。乙松取得了長者的信任——甚至還當上了他的女婿。不過，到了這時候，乙松已經過慣了認真工作的日子，不再有殺人劫財的念頭。但他哥哥百鬼丸這下可就不高興了。由於等了許久都不見夜行丸有任何動靜，到最後等不下去了，便率眾攔路襲擊一行人。百鬼丸原本打算一等弟弟夜行丸背叛鹽之長者，和自已裡應外合，便可輕鬆斬殺長者一家人，再趕赴其宅邸掠奪財物——不料事情進展得出乎他的意料。」

「是長次郎——不，夜行丸反而背叛了自己的哥哥，是吧？」

「沒錯。他表面上是長者女婿，但實際身分畢竟是盜匪頭目之一的——夜行丸，若要纏鬥起來也是勢均力敵，因此就這麼和自己的哥哥打了起來。當時兄弟倆人相爭，因此雙雙墜崖。就這麼——」

「原來如此——結果，弟弟夜行丸喪命，哥哥卻活了下來——這下他便興起了一個念頭。他發現與其以蠻力搶劫，不如盜用長次郎的身分，豈不是能更順利、也更安全地取得長者的家產？」

「是的。不過，想必他一開始並沒有如此想法。到頭來全都是這洞穴惹的禍。」

「他是在這個洞穴中——產生這個念頭的？」

可能是吧——又市在松樹的樹根上坐了下來。

「你是怎麼——知道實情的？」

百介問道。又市笑了笑，接著回答：

「這還不簡單？因為長次郎前後給人的評價截然不同嘛。只要比對我在江戶遇到的乞丐，以及馱你過來的馬伕兩人所述，便能發現他們口中的根本不是同一個人。當初開租書舖的平八的說法，早就教我覺得不大對勁了。因此，此人若非性情在某個時點突生劇變，就是——」

「被人掉包了？」

「沒錯，其中若有什麼蹊蹺，鐵定和十二年前那件事有關。那洞穴中想必曾發生過什麼事——噢，發生過什麼我也不知道——不過，當時負責檢驗屍首的捕吏曾說過，和長次郎一起在洞裡被發現的盜賊屍體，是餓死的——」

「餓死的？——」

「是的。由此看來，進入那洞穴時兩個人都還活著。」

「兩個人？——哥哥和弟弟都沒死？」

「應該是這樣沒錯。可是，他們在那洞穴裡面打到筋疲力盡，還受了傷，當時天氣嚴寒，再加上十天不吃不喝，普通人哪可能活得下去？但長次郎卻活了下來。你覺得是為什麼？」

「——這——我就參不透了。」

「不是說現場——只找到一具馬屍嗎？原本大夥以為盜匪可能是連馬帶娃兒一起偷走了——但看來並非如此。阿蝶——也就是他們家小姐後來在富山的深山中被發現，那地方不是騎馬到得了的。其實是那幫盜匪想把小孩帶到那兒，賣給越後獅子（註19）。只不過帶著娃兒畢竟絆手絆腳，途中就把她給放了。」

「那，馬呢？」

「偶然是很諷刺的。最早掉落懸崖的是兩匹馬。其中一匹墜落谷底，另一匹則死命掙扎，就掛到了那洞口邊。接著百鬼丸與夜行丸兩兄弟掉了下來，剛好都掉在那匹馬身上，才活了下來。因此洞穴裡面除了他們兩兄弟之外，洞口邊還有一匹馬。」

「那麼——」

「馬很重，兩個受傷的人哪有辦法把牠拉進洞裡。但是——在洞穴最深處卻發現了馬骨頭。」

「他們把那匹馬——吃了？」

註19：當時源自越後國之舞獅。乃由孩童戴獅頭隨成人演奏之鼓聲、笛聲起舞，巡迴各地討賞錢之雜耍表演。

除此之外還能有什麼解釋？又市說道。

「原來如此！但愛馬的夜行丸——不吃馬肉，結果就餓死了。」

「沒錯。他們倆便是因此定生死。野蠻的百鬼丸能毫不猶豫地割下馬肉果腹，因而百鬼丸活了下來，夜行丸卻死了。活下來的哥哥便開始打起佯裝成弟弟的主意。只不過——人果真不可行惡。百鬼丸從此無法忘懷救了他一命的馬肉，就開始一吃再吃，吃上了癮。以鹽醃製就算了，到頭來他甚至連病馬都殺來生吃。結果馬蟲在他肚子裡繁殖，啃食其內臟，他的體況也因此惡化到無藥可醫——」

你們幹得好——這時又市突然說道。

不知何時，德次郎與治平已經站在兩人背後。

「你剛剛表演的吞馬術還真是高明呀——」

德次郎大笑著說道：

「——那個名叫平助的掌櫃，本人和外人的風評還真有天壤之別呀。雖然傻到沒發現老闆早被掉包，但從這點也可以看到他為人有多誠懇憨厚。你們看他如此努力保護阿蝶，不，他們家小姐以及自己的老闆。當然，這一切都得歸功阿又你的細心。如果我們只是傻傻地把這姑娘帶回來，她很可能會被攆出去，或是被殺掉呢。」

阿蝶的從天而降也是幻術嗎？——百介問道。

「是的。這是果心居士傳授的技法。是這樣的，我先讓阿蝶躲在門前，然後趁現場一片騷亂時讓她躲到天花板的梁上——治平則躲在地板下頭。」

「治平也在場？」

又市代替德次郎回答：

「是啊。阿德說，他讓平助睡著之後，還得幫忙餵阿蝶吃飯。不過，帶阿蝶去上洗手間時可是緊張得不得了呢。這工作還真是吃力不討好呀。」

哈哈，是他自己心裡有鬼吧——又市笑著說道。

接著又轉頭看向德次郎說：

「只可惜，這次我還是沒能從正面觀賞你的絕技呀——」

柳女

有母抱幼女
狂風之日行經柳樹下
幼女慘遭柳枝纏繞
氣絕身亡
怨念遂停留柳樹上
每晚現身訴悲苦
哭訴柳樹太可恨

繪本百物語・桃山人夜話 卷第二・第十二

【壹】

北品川宿入口處，有一間名叫柳屋的客棧。

在客棧之中，柳屋堪稱知名老店，是家已經連續經營十代的豪華客棧，而且不只地點好、客源多，生意更是興隆。

旅館周圍雖非河岸，亦非湖畔，卻長著許多柳樹。尤其是旅館中庭池邊，長著一株巨大的楊柳。此乃柳屋這個名號的由來。

這株柳樹長得遠遠高過主屋屋頂，枝幹之粗，即便三名大漢也圍不住。雖說是古木，但每到夏季枝葉便生長得十分茂密，是株非常漂亮的垂枝柳。

據說柳樹在旅館興建之前便已存在，當時許多人認為那是一棵神木或靈木，砍伐此樹必遭報應的傳聞總是不絕於耳。

傳說中，以前有人想砍倒這棵樹，結果自己反而喪了命。加上這棵柳樹長得非常奇怪，所以別說是拿斧頭砍它了，到後來大家甚至連碰都不敢碰。

居民認為柳屋所在之處乃生人禁地。換言之，柳屋正好蓋在傳說中有鬼魂作祟的地方，格局彷彿將這株受詛咒的柳樹抱在懷裡。從一般人的角度來看，柳屋如此蓋法，本身就很不可思議。姑且不論這株樹該不該砍，按理說，一般人是不會在這種地方開店做生意的。

然而——

柳屋的創業者也不知是哪裡不對勁，還是中了邪或為鬼所迷，總之不知為何緣故，他選擇在這個奇怪的地點蓋客棧，做起了生意。

那到底是多久以前的事？既然是十代之前，就時間而言，應該是在神君（註1）指定品川町為東海道第一宿（註2）之前。換言之，當時此地既沒有今日遠近馳名的步行新宿（註3），也沒什麼茶館。

當時曾有許多人傳言柳屋的創業者——名曰宗右衛門，是個被柳樹精纏身的狂徒。不論當地風水多好，但上頭畢竟有株受詛咒的怪柳樹，一般人別說是旅館，想必就連小屋也不敢搭蓋吧！

聽說宗右衛門原本是個尾張的商人。

有一天他因緣際會來到此地，一看到這棵人人畏懼的柳樹，當場就為之著迷。

有人認為宗右衛門是被柳樹精給迷住了——事實上，宗右衛門真的娶了一位在品川認識、名曰阿柳的女子，客棧生意就是他們夫妻倆一同開始的。

的確，自古就傳說大樹會幻化成人，尤其柳樹大多會化身為女性。不只在日本，就連遙遠的朝鮮唐土都有這類傳說，淨琉璃也有柳樹化身為女子，與男子結為連理的戲碼。據傳蓮華王院、三十三間堂的屋脊所使用的柳樹，也曾化為女性出嫁，還生過孩子。

但人形淨琉璃的戲碼終究是虛構故事，自古的傳說不論年代如何久遠，對其深信不疑的人終究沒有幾個。尤其是在今日，相信樹木真會變成人的想必是一個也沒有。就連宗右衛門之妻的阿柳這名字，都讓人覺得未免虛構得太過火了。

話雖如此——據說宗右衛門之妻的阿柳這名字，還真有被記在柳屋家宗祠廟的紀錄卷宗之中。

若是真有其人，且其果真為柳樹精，繼她之後的柳屋族人後代豈不都成了樹木子孫？即便長在庭院裡的這株柳樹是如何出類拔萃，這類毫無根據的說法畢竟難以取信於人。更何況一個樹精怎麼可能在死了之後，被當作人埋葬在寺院之中？因此宗右衛門之妻名曰阿柳，恐怕純屬偶然。

總之——柳屋宗右衛門在品川娶了一位名曰阿柳的女人為妻是事實。但宗右衛門的子孫似乎都認為，宗右衛門之所以在據傳有柳樹精作祟的地方興建客棧，並非因為他為柳樹精所迷，或其妻為柳樹精，反而是因宗右衛門完全不相信傳說與迷信之故。

據說宗右衛門深諳經商之道。

雖然沒人知道他為何會來到偏遠的品川做生意，不過聽說他在尾張時，就已經擁有一家不小的舂米行和幾家館子，目前仍由其後代經營。

他既然如此有能，想必就不會為樹精作祟的迷信所擾。或許還反而判斷托此傳說之福，他方得以低價購得這塊乏人問津的地。

說不定宗右衛門早就看出品川町將發展成一大宿場，才會放棄原本的生意到此興建客棧，以期開創一番霸業。如此想法，可說是非常實際的。

事實上，柳屋地處宿場入口，條件的確非常適合經營客棧。有志經商者理應都會看中這塊土地。對不把傳言迷信當一回事兒的人而言，只因一棵大樹就荒廢一塊土地，才是愚蠢至極的事呢。

註1：德川家康逝世後的尊稱。

註2：長途旅行驛站第一站之意。

註3：今日的東京北品川一丁目，當時客棧茶館雲集，為江戶一大遊樂區。

想必宗右衛門抱持的就是如此看法。

若果真如此——想必他也考慮到或許該好好利用這個鬼魂作祟的傳言。

仔細想想，柳樹精作祟或其妻為柳樹精後代之類的無稽之談，反而能為柳屋製造不少風評。甚至這些傳言說不定就是宗右衛門自己散佈的。謠言傳千里，只要能逆向操作，確實可以作為正面宣傳。

雖然真偽難辨，柳屋這名號想必還是來自那株巨柳。而且正因客棧將這株據傳已成精的大樹懷抱其中，柳屋反而因此聲名大噪。

誠如宗右衛門所預測，這一帶成了出入東海道的門戶，也是江戶最繁盛的遊樂區之一。這裡不僅是旅客多，來自江戶的尋歡客也是川流不息。不久，柳屋也因此成為當地旅館侍女人數數一數二的客棧。

也不知在什麼時候——柳屋中庭的柳樹旁蓋了一座小祠堂。

祠堂沒有名字，但顯然是為了祭拜這株柳樹而建的。

這株傳聞已成精的柳樹，就這麼成了柳屋的守護神。

妖精就這麼成了守護神，甚至讓柳屋的生意蒸蒸日上。

就這麼過了好幾年、甚至好幾十年，這株柳樹不僅沒有枯萎，枝葉反而更形繁茂。柳屋的生意也隨這株柳日益繁盛。據說也有許多旅客為了一睹這株柳樹，專程前來投宿。

到最後，柳屋這棟老牌客棧的地位不僅變得屹立不搖，甚至還跨行開起了當舖、雜貨舖、壽司店，而且個個都是財源滾滾。

或許還真有柳樹神明保佑。

正因為如此，宗右衛門的子孫每逢中元、正月，便會按時到祠堂祭拜，感謝這株柳樹庇佑。

或許這就是宗右衛門的子孫自詡為柳樹精後代的緣由。

然而——那座祠堂，現在已經不在了。

它是被拆掉的。

據說是大約十年前的事。

動手拆掉這座祠堂的，正是宗右衛門第十代子孫——也就是當今柳屋的主人。

這位柳屋主人名曰吉兵衛。

據說吉兵衛學識淵博，原本對這座祠堂的神通就心存懷疑。

再加上，大約十年前，他在參加南品川的千體荒神堂——也就是品川荒神（註4）講經後，就完全改信荒神堂了。

這或許有追隨信仰時潮的嫌疑。

「若祭祀的對象是神佛聖人，尚無大礙。但對象若是一株據傳已成精的怪樹，未免就太莫名其妙了——」

據說吉兵衛曾如此辯解。

於是，他就拆毀庭院中的祠堂，並在三月二十七日荒神大祭這天不理會家人勸阻，將拆下來的木材丟進護摩壇火堆裡燃燒殆盡。

註4：日本民俗信仰的守護神，可大致分為灶神的三寶荒神、屋外的屋敷神、宗族神的地荒神、以及牛馬守護神等類型。

接著吉兵衛宣稱將砍除庭院中的柳樹。但柳樹位於中庭，而且又是株高度超越屋脊的巨木，因此除非是拆掉房子，否則恐怕是無法砍伐。

後來吉兵衛不知是又有哪裡不滿，一再改變信仰。但庭院中的祠堂卻一直沒有重建。

柳樹因此躲過一劫。但礙於一家之主吉兵衛的不信邪，所以就沒有人再祭拜這棵樹了——至少在表面上是如此。

這客棧雲集之地也因此開始出現傳言，認為吉兵衛所為說不定會讓好不容易變成守護神的柳樹精再度作怪，不，甚至連柳屋的繁盛也將到此為止。

可是。

柳屋並無任何明顯變化。客人依舊源源不絕，生意亦未有任何衰退，反而益加興隆。

話說從前創業者宗右衛門在此地興建客棧，原本就是不畏妖魂作祟之舉。吉兵衛當今的做法似乎也是一脈相承。反正傳說歸傳說，謠言歸謠言，只要當事人認定是毫無根據的迷信，大家便會隨之改變想法。

之後十年，柳屋的生意絲毫不受影響，依舊是繁榮鼎盛。

然而——

姑且不論是不是鬼怪作祟，柳屋並非完全平安無事。

災禍並非影響柳屋，而是悄悄降臨在吉兵衛身上。

吉兵衛今年四十歲，所以，在十年前剛滿三十。

當時他已經有了妻小。

但在拆掉祠堂那陣子，吉兵衛的孩子過世了。

據說是遭意外亡故。
過沒多久，他的妻子也死了。
據說是喪子導致她精神錯亂——因此自盡身亡。
根據傳言——吉兵衛之妻就死在庭院的柳樹下。
三年後，吉兵衛迎娶繼室。
但也不知是何故，這位繼室一直生不出孩子。
常言三年無子便休妻，三年後這位繼室便回娘家去了。
翌年，吉兵衛三度娶妻。
這次終於生出了孩子，但生後三個月便夭折了。
聽說是病死的。
第三任妻子喪子後就發了狂，從此離家出走、行蹤不明。
吉兵衛只好四度娶妻。據說這個妻子也因難產喪命。
結果，吉兵衛十年內失去了四個妻子，包括流產的在內，也死了三個孩子。即使吉兵衛再怎麼沒夫妻緣，這些數字也未免太嚇人了。
發生這麼多不祥的事，讓人們議論紛紛——有人認為這顯然是妖魂鬼怪作祟。畢竟這些災禍都是在吉兵衛拆毀祠堂後發生的，而且，遭殃的都只是吉兵衛本人。
吉兵衛的絕子絕孫，應是遭柳樹報復——由於吉兵衛的舉動觸怒神樹之靈，神樹的詛咒才會使其妻兒喪命——凡對迷信稍有敬畏者，想必多少會如此推測。
的確，將此歸咎於妖魂鬼怪作祟者果真不乏其人。多次遭遇如此不幸，外界還是不免開始繪

聲繪影，出現各種惡意的謠言與揣測。也有人認為吉兵衛一再改變信仰，乃是為了供養亡故的妻小。

可是——

吉兵衛雖然有他的信仰，但同時也是個精通漢詩唐詩的博學之士，因此對這類迷信一概嗤之以鼻。

「這些事都只是偶然發生。若非偶然，那就是我修行不夠精進，絕非庭中那株樹所為——」

吉兵衛毫無畏懼地公開表示。

他以此毅然態度抵擋了惡劣謠言。

即便類似的凶事一再發生，也只能將柳屋主人的無妻無子視為人世間常有的不幸。

但另一方面，也可能是因為吉兵衛太會做生意的緣故。

畢竟一般人都愛趨炎附勢，對有財勢者比較不敢批評。

【貳】

哎呀。

這不是阿銀嗎？

真的是阿銀嗎？好久不見哪。

咱們多久沒見啦？

已經有七年了吧？那時候，妳和我都只是小姑娘而已——

什麼？

年齡多少還是別講比較好吧？

倒是，妳為什麼這身打扮？又不是賣糕餅的，看妳穿得如此鮮艷。哦？阿銀妳在教人跳舞？原來如此。這也難怪，妳以前就能歌擅舞，還會彈三味線嘛。我以前就覺得妳一定會成為一個一流師父的。

哦，真的嗎？

哎呀，我的經歷不會比妳好到哪兒去啦。如何？要不要休息一下，請妳吃個飯糰吧。

唉，真是的。

和妳久別重逢，妳看我高興得都落淚了。

唉，阿銀呀。

真的——妳一點兒都沒變，還是當年那副小姑娘的模樣，真是令人羨慕哪。哦？妳問我嗎？

唉，一言難盡呀。

該怎麼說呢？

過得很辛苦啦。

當年我和師父連個招呼都沒打就離開了——什麼，大家都很掛念我？真的嗎？聽妳這麼說真高興呀。其實，當時我覺得最難過的就是和妳分開呢。

妳也知道我爹過世了吧？

後來的景況就很慘了，我們只得結束家裡的生意，搬到外頭租屋居住。我也沒辦法繼續學藝了。

然後，我娘去兼差賺錢，我也接了一些縫縫補補的差事。是呀，是負了不少債。

最後，我只好逃亡躲債了。

我爹還在世時，我們家的生意就很不好，負債累累。不斷借錢的結果，搞到債臺高築。

當時我還覺得下海賣身或許會比較好過。如今我真的這麼想呢。其實當妓女也沒什麼不好，對吧？

當時日子過得很苦，真的是三餐不繼。

但即使如此，我還是繼續待在江戶。畢竟要去鄉下種田，我們也幹不來。加上我娘原本就是江戶人，想到外地討生活也沒什麼門路。我們也沒膽搬到京都去，連在江戶都混不下去了，搬到京都也好不到哪兒去吧。一家子只有女人，哪能有什麼作為？

反正，我們還是留在江戶，只是一會兒東一會兒西，在一些非常骯髒的地方搬來搬去四處躲債。真是辛苦極了。

過了不久，

我娘就病了。

得了肺癆。

我們當然沒辦法讓她好好養病。讓她吃點像樣的飯都不簡單了，別說是買藥，我們就連看大夫的錢都沒有。頂多只能讓她吃點飯，是啊。結果，拖不到半年，她就死了。死得還真是淒涼呀。

當時我抱著我娘的遺體和我爹的牌位，茫然得不知該何去何從，還真是欲哭無淚呢。

我窮到沒辦法幫母親辦後事，就連要把她下葬也沒辦法。無計可施之下，只好趁夜把遺體搬到寺院門前。但我連委託寺院供養她的錢都沒有，因此就只能把我娘的遺體留在那裡了。

我娘就這麼成了孤魂野鬼吧。

當時覺得自己真是窩囊、也太難過了。那時還真是以淚洗面了好一陣子呢。

然後，在我爹過世約三年後，我已經差不多二十歲，可以出去工作了。可是，像我這樣來歷不明、看來活像個乞丐的姑娘，有誰敢雇啊？

真的沒人想雇我。

我家曾是藥材的大盤商——這種事無論我再怎麼說，也沒人願意相信。畢竟如果查明我所言不假，那也是往事了，對現在哪會有什麼幫助。我手邊又沒錢，雇用我一點好處也沒有。

是啊，假如有錢，日子就不會過得那麼辛苦了。

但即使如此，我還是沒動過去賣身的念頭。

我娘也說這萬萬不可。她講到嘴都酸了。

這等於是她的遺言吧。

也正因為如此，我娘才毀了自己的身子。她認為只要自己死了，就可減輕我的負擔。直到過世之前，她都不希望我去賣身。

所以。

嗯。

我已經沒有其他選擇了。此時心念一轉，如果自己下海當流鶯，或許就可以解決一切問題。

所以我就——

噢，沒關係啦。不好意思，好久不見了，我卻一直講這些教人難過的往事。以前和妳一起學歌舞那段日子，真的是我這輩子最好的回憶呢。所以……

是啊。一想起這些往事，我就忍不住想落淚呢。

噢。

結果呢，我就到餐館打雜去啦。

一開始待的是一家又小又髒的餐館。我非常認真工作，只可惜沒待很久。因為老闆對我上下其手，於是——我就辭了。

不是的，不是因為這樣。

我畢竟已經不是個小姑娘了。這也是沒辦法的事，年紀都那麼大了，還在做這種工作，要說我從沒讓男人碰過，也沒人會相信吧。再加上我都已經到了該嫁人的年紀，卻從來沒有出嫁的打算。過了二十歲，也無法保持原本的美貌了。

是啊。

當時我已經不是什麼大盤商的千金，只是個飯館女工罷了。

但即使如此，老闆想和我發生關係，當然還是不行。後來，我就被老闆娘給攆了出來。老闆要留我下來，但老闆娘不允許。

因為老闆娘認為我是個蕩婦。

其實她是在嫉妒我吧。

後來我不論到哪兒工作，不出多久都會被男人毛手毛腳。其中最快的，上工初日老闆就對我上下其手。也有人是因為看上我的身體，才雇用我的。

當然，我是能擋就擋，可是卻老是被指責別太驕傲，甚至有的還罵我除了有點姿色之外，哪有什麼能讓人看上眼的。所以老是被人攆走。即使我不拒絕，不久又會被他們以其他藉口攆走，像

是誣賴我偷了什麼東西之類的。

反正總是會逼我離開就是了。

也有些色瞇瞇的老頭子表示要包養我。這我可不要——即使我的身體已非完璧，也沒淪落到賣身，讓人包養那還了得？

對。

於是我就開始流浪，最後就在此處落腳了。

飯盛女（註5）？是的，我終究還是下海了。飯盛女就等於是在客棧接客的娼妓嘛，靠出賣靈肉賺錢。很可笑吧？夠悲哀吧？

但這比起在江戶幹流鶯要好得多啦。畢竟不必像流鶯那樣在暗路拉客，也不至於餐風露宿、睡覺時裹草蓆。住在客棧裡，遠比在私娼寮裡舒服多了。畢竟我不是被賣給娼寮的，也沒簽過賣身契。

最重要的是——

什麼？

呵呵呵。

而且……

噢——

我現在還過得挺幸福的。

註5：受雇於客棧，服侍旅客進餐、奏樂伴唱的歡場女子。

是這樣子的，有個人聽到我的遭遇，非常同情。該怎麼說呢？

說來還真是不好意思呀。

他倒也沒幫我贖身，因為我原本就沒簽過賣身契。

而且還存了點銀兩。噢，就是這樣。

對，其實他不是我的恩客。

是這樣子的。其實——他是我的老闆，就是我受雇那家客棧的老闆。

是啊。什麼？我想嫁個有錢的男人？

哎呀阿銀，被妳這麼一說，還真有點不好意思呢。別這麼說嘛。是啊，因此，我也不必再接客了呢。

即便我原本是個富商千金，如今畢竟是個飯盛女。所以這件事其實也很折騰人，反對的人可多著呢。這也是理所當然的嘛。畢竟我都二十五歲了。可是——哎。

後來婚事還是談成了。三日後就商定了嫁娶事宜。

因為——當時我已經懷了他的骨肉了。

【參】

阿銀，世界可真小啊——說了這句話，穿著麻布夏衣的男子以手上的棉布代替手帕，擦了擦剛剃完的和尚頭。這塊棉布到方才為止，還裹在他的光頭上。

這男子就是——詐術師又市。

「照這麼說，那位偶然遇到的女子，是妳從小認識的朋友，在輾轉流浪各地之後，成了對面這家客棧的飯盛女。而且這個女人即將成為那位吉兵衛的第五任妻子，是這樣嗎？」

「沒錯。」

回完話後，巡迴藝妓阿銀打開紙門，將手肘掛在窗櫺上，眺望著窗外景色。

她身穿華麗的江戶紫和服，肩披草色披肩。她的肌膚白皙，生得一對妖艷的美麗鳳眼——她是個巡迴藝妓，一個從事街頭表演的傀儡師。

阿銀瞇起雙眼眺望。

從她所處的位置，應該可以望見對面的客棧屋頂，以及那株比屋頂還高的柳樹。

她和又市兩人就待在柳屋正對面的小客棧——三次屋的二樓。

「倒是——」

那株柳樹可真大哪——阿銀說道。

妳話說到哪兒去了——又市說道：

「阿銀，妳到底有什麼打算？」

「打算？你指什麼？」

才抵達這兒不久的又市一面解開綁腿，一面對阿銀說：

「這次的事都是妳告訴我的。如果妳想抽身——我也不會在意，錢可以還妳。」

「阿又，我才不知道你在說什麼呢——」

阿銀說完關上了紙門。

「——總不能讓事情這樣繼續下去吧？」

阿銀的嗓音讓人連想到三味線。

「可是——」

「可是什麼？」

「照這麼聽來——那位姑娘名叫八重是吧？八重她——還真過了好一段苦日子，好不容易才換來現在的幸福，是這樣吧？」

「是呀——」

阿銀垂下視線，伸長了白皙的頸子說道：

「——八重原本是茅場町的藥材大盤商的千金。阿又你應該聽過這家商行吧？他們老闆——七年前上吊自殺了。」

「茅場町的藥材大盤商？七年前——」

又市以食指蹭著下巴沉思，不一會兒似乎想到了什麼，使勁拍手說道：

「——妳是說？就是那個——被旗本武士刁難而破產的須磨屋？」

「是啊，就是須磨屋。」

「這我倒有聽過，聽說那是場災難。因為混蛋武士找碴，說他們賣的藥沒效，導致他們肚子痛，便向須磨屋勒索——是這樣子吧？所以，八重就是須磨屋老闆的千金？」

又市皺著眉頭沉默不語。過了一會兒，他突然悶聲笑起來，肩膀不住地顫動著。

「笑什麼？什麼事這麼好笑？」

「我就說嘛，阿銀，妳曾告訴過我，當妳還是個正經姑娘的時候，曾和某大老闆的千金小姐

一同習藝，指的就是這件事啊？」

是啊——阿銀轉過頭來看向又市。

她細長的眼睛邊緣抹著一抹淡淡的紅妝。

「——那有什麼好笑的？」

又市大聲笑起來，說道：

「妳曾是個姑娘這件事還不夠教人發噱嗎？沒想到如今人見人怕的巡迴藝妓大姊頭阿銀，竟然也曾有過如此純真的過去呀。」

少嘲弄我——阿銀噘起嘴抗議道：

「對不起，老娘我昔日也曾純真無瑕，當過一個含苞待放的小姑娘，你就給我留點口德行嗎？我曾是純真無瑕有什麼好笑？想耍嘴皮子也該有個限度吧。你這個死御行！」

哼——御行嗤之以鼻地回道：

「別開玩笑了，愛耍嘴皮子的是妳自己吧。若是妳講起話來沒這種架子，我多少還會改變對妳的看法。但問題是，像妳這麼潑辣又伶牙俐嘴，恐怕沒個五年、十年是沒辦法練成的，是吧？所以想必妳從小大概就是這副德行吧？」

「什麼嘛！我看你才是只會耍嘴皮子，看女人卻完全沒眼光。我告訴你，我兒時可是個眾人公認的可愛小姑娘。而八重剛好少我一歲，她很乖巧，跳起舞來也頗有天份。只可惜——」

阿銀話說不下去，把臉轉到一旁。

「唉——」

又市攤開白色棉布，望著和阿銀同樣的方向說道：

「——唉，災難本來就像場傾盆大雨，說來就來，想躲也躲不掉。妳我不也都經歷過類似的遭遇？不過，常言道留住青山在，不怕沒柴燒，不是嗎？」

「是啊，能活著比什麼都好。只要能活著，或許還有機會嫁個有錢大爺，飛上枝頭當鳳凰呢。」

所以阿銀呀，對八重來說，吉兵衛真的是個乘龍快婿吧？又市探出身子說道：

「唉——堂堂老客棧的老闆迎娶一個飯盛女，通常大家都會認為是女方高攀吧。」

這我了解——阿銀說道：

「各種說法都有啦，不過，最關鍵的還是八重有了小孩。柳屋這個客棧老闆一直都生不出小孩，想必無子嗣繼承家業讓他憂心不已吧。因此管她是飯盛女還是女傭，只要懷了他的骨肉，原本的身分就不重要了。」

又市已經完全脫掉旅行裝束，盤腿坐在地上問道——她的身分應該不是個問題吧？

「唉——八重如今雖然身分卑賤，但昔日畢竟也曾是個富商千金，原本就不是個妓女或村姑嘛。」

「或許吧。不過，我想到的是，八重大概才下海不久吧？吉兵衛再怎麼古怪，畢竟也是個客棧老闆，要對自己客棧雇請的飯盛女下手，也不會找個在風塵中打滾多年的女人吧。」

「說的也是。」

「話說回來。阿銀，須磨屋在七年前就倒閉了。然後過了三年，八重她娘才過世，所以她是四年前才開始一個人過活的，是吧？但即使如此，當時她還是遵守她娘的遺志，沒有下海當流鶯。另外，她也沒離開過江戶，所以，應該是到了品川才下海成為飯盛女的吧——」

「所以她是剛下海？」

「應該是吧。畢竟這裡是東海道的第一個宿場呀。」

「那麼——八重是在柳屋下海的？」

「有可能。姑且不論她當時是否仍為完璧之身，但想必是來到這兒才開始接客的。吉兵衛大概是在決定雇用八重時——就注意到她了吧。」

「照這麼說——表面上是讓她到客棧來當飯盛女，事實上則包養了八重。是嗎？」

那還用說——又市繼續說道：

「吉兵衛既然因看上八重而雇用她，當然不希望其他男人碰她。所以，八重的恩客應該只有吉兵衛一個。如果是這樣倒還好，但阿銀呀，我就是因為這樣才擔心她呀。八重現在很幸福沒錯，但若妳從那個名叫阿文的女人那兒聽到的消息當真——」

事情可就嚴重了——又市一臉嚴肅地望著阿銀說道。

「若阿文所言屬實——」

「那個人——」

阿文絕對沒說謊——阿銀有點生氣地說：

「——阿文說的都是真的。她——可曾下過地獄呢，經歷超乎咱們想像的事，只是，她知道的也只限於發生在她自己身上的事，至於這到底是否屬實——恐怕是難以判斷。不過這也是理所當然的嘛。」

那妳認為呢——又市彎腰問道。

「吉兵衛這個人——」

「應該就像阿文說的吧，這種事——他應該做不出來吧。」

「可是——咱們沒證據呀。」

「咱們不就是專程來找證據的嗎？」

所以啊——又市腰彎得更低，繼續說道：

「找證據需要點時間。不過，距離婚禮只剩下三天，我要講的就是這件事，時日已無多。如果吉兵衛那傢伙的為人果真如阿文所言，想必不會輕易露出狐狸尾巴。但麻煩在——我們也不能還未確定真偽就把事情告訴即將過門的新娘，對吧？」

「阿又，這件事——即便是真的，恐怕也不會有人相信你。因為大家是不會相信世上真有這種人的。所以如果沒人相信，你再怎麼解釋都是白費力氣，只會惹人厭而已，不是嗎？」

「妳這說法也對——如果是這樣，我們該怎麼辦？難道我們就什麼都不說，眼睜睜看著她過門？當然，姑且不論這件事到底是真是假，但如果謹慎一點，最好的方法還是——就是由我來挑撥雙方，讓這場婚事告吹——」

又市這個人，雖然外表是作僧侶打扮、撒符紙的御行，但其實是個靠與生俱來的三寸不爛之舌吃飯的惡徒，靠一張嘴招搖撞騙，是個名副其實的詐術師。特別是挑撥離間、讓夫妻離異更是他的拿手好戲。要他出馬對女人說幾句甜言蜜語，藉此讓她悔婚，可說是易如反掌。

「——等她嫁過去就太遲了，所以，我們必須在完婚之前把這件事情辦妥。這其實挺簡單的，甚至不必設什麼計謀圈套——」

這招可行不通——阿銀說道。

「為什麼行不通？」

「她肚子裡的孩子要怎麼辦？」

「什麼怎麼辦？」
「孩子是無辜的呀。好不容易懷了胎，逼她把孩子流掉未免也太不人道了吧？咱們也不能讓她一個女人家孤零零地流落街頭，揹著孩子接客吧。這點道理阿又你應該也很清楚才對呀。」
阿銀說完，歪起細長的頸子盯著又市瞧。
又市則露出驚訝的表情，說道：
「阿銀呀，照妳這麼說，這問題根本不可能解決，我看咱們乾脆就別插手了。所以我一開始不就講過嗎，這件事咱們就隨它去吧。」
「什麼？阿市，你什麼時候變得這麼畏首畏尾了？這件事沒什麼好猶豫的吧——」
阿銀斬釘截鐵地說：
「咱們當然要保障八重的幸福，否則豈不辜負阿文之託？這不是你這騙徒發揮神通本領的大好機會嗎？」
說到這裡，巡迴藝妓以更嚴厲的語氣繼續說道：
「不是你死就是我亡，咱們雙方誓不兩立——這不是連最差勁的劇本或酒館店小二都懂的道理嗎？而能化不可能為可能的，就只能靠你這騙徒的能耐了。也因此，我才砸下大筆銀兩找你來幫忙。拿多少錢就幹多少事吧。」
妳還真是囉唆呀，也不知道愛耍嘴皮子的是誰——又市一面抱怨，一面熟練地把棉布纏到頭上。然後，他拿起身旁的偈箱往脖子上一掛，大剌剌地站了起來。
「上哪兒去？」
「反正沒辦法啦，我先去附近做點兒生意再回來。幸好那謎題先生人還沒到。無論如何——

咱們若要設圈套，當然得先做點準備。我先去和檀那寺的人打聲招呼，在那附近繞一圈，撒撒這種靈驗的符紙祈祈福——」

話畢，又市從偈箱中取出一張印有妖怪圖畫的符紙，撒向空中。

【肆】

那是妖怪作祟。

絕對是妖怪作祟。

如果那不是妖怪作祟，還會是什麼東西作祟？

沒錯，那一定是那株柳樹的妖怪作祟。

不是、不是，不該說它是在作祟，應該是在生氣吧。

受到如此淒慘的虐待，連那株柳樹都生氣了。

樹木確實會成精。當然會成精呀。

你不相信？

我老家在信州，那兒窮鄉僻壤的，就有很多成精的樹。

有呀，這種事到處都有。

像我出生的地方，地名叫做大熊，那兒有一株名叫飯盛松的松樹。

那株松樹長得很雄偉，枝幹的形狀活像一碗盛滿的飯。

那株松樹生得還真是漂亮呀。

據說當年源賴朝公（註6）打那株松樹前經過時，發現月亮懸掛在這株飯盛松上非常漂亮而稱讚不已，可見這株松樹的歷史有多悠久。

據說若在煮飯時放進這松樹的葉子，煮出來的飯保證美味，我們家裡也是這麼煮的。

真是令人懷念哪。

曾有個傢伙想砍掉這株飯盛松。

這是我孩提時代的事了。據說斧頭一砍進樹幹裡，樹幹便噴出血來，把那樵夫嚇了一大跳。然後，有隻蛇從樹幹的傷口跑出來，攻擊那樵夫。

什麼？

我是沒親眼看到啦，我又不是樵夫。不過我倒是認識那個樵夫，後來他還真的死了，而那棵飯盛松的樹幹上確實有道傷痕，並且類似血液凝固的黑色東西還一直留在上頭。

這種事絕非空穴來風。

畢竟樹也是有生命的。

年歲一久也會衰老嘛。

倒是，柳屋那株柳樹——你看過了吧？嗯，大家都看過吧。只要走進宿場，不想看到都不行，長得還真是雄偉呀。

我活到這麼大把年紀，還不曾見過如此雄偉的柳樹呢。

註6：鎌倉時代的初代將軍。

比飯盛松還高大，樹齡也更老吧。

就連飯盛松那樣的樹都有靈性了。我想這株樹能長到這麼大，就代表它所懷的力量有多可怕呀。

什麼？

不一定都會幹壞事啦。

人不也一樣嗎？受到別人照顧時都懂得感恩，也會報恩。反之，被人欺負時就會懷恨在心，也會報復。不過人可能會恩將仇報，畜牲和樹木就不會這麼不講情義了。

所以如果能好好愛護它們，應該就會有福報吧。

如果任意欺負它們，就可能遭報復了。

大樹確實會成精。

畢竟你看它生得那麼雄偉、那麼巨大。

柳樹原本就會成精嘛。而且那株柳樹樹齡數百年，噢，甚至上千年，是全國最高齡的柳樹，雖然不是飯盛松，但據說砍傷它也會流血，砍倒它則會惹來災禍。據說也曾有人嘗試過，並因此賠了老命。你看這樣都會惹禍上身，可見那株柳樹有多可怕了。

對，對呀，那兒原本就不宜住人。

對啊，問題就是那株柳樹所在的位置。柳屋蓋在那裡，等於是和那株柳樹借地。當然，要向它借地，當然就得好好伺候它。至少要懂得感恩，善待它、珍惜它，這不是理所當然的事情嗎？你說對不對？

什麼？

吉兵衛這個人就是愛追根究柢，才會不懂得這個道理。他完全不相信樹木有靈性，認為樹木就是樹木，如果每個人都不敢砍樹，就不可能蓋房子，連木杓子都做不出來。

唉，這麼說也不是沒道理。畢竟我們必須伐木才能蓋房子，才有柴木煮飯來填飽肚子。但這其實也是心態問題吧。

對啊，是心態問題。

佛家不是說，山川草木皆有佛性嗎？

所以，認為樹木可以要砍就砍，是不正確的。人要懂得珍惜，才不至於將它們消耗殆盡。

畢竟有樹木咱們才能蓋房子，才能煮飯、喝湯。大家都應該懂這個道理。

就連十年前，那座柳樹祠堂被拆毀的時候——

聽說他拆祠堂時，幹得非常狠絕呢。

即使如此，如果他有什麼信仰，那還另當別論。他若是篤信阿彌陀佛還是觀音菩薩，不相信柳樹有什麼法力，那麼即便柳樹作祟，念佛也可讓他得到庇佑。畢竟神佛何等偉大，信祂們是絕對沒壞處的。

所以他若是為了貫徹對神佛的信仰，才要砍掉柳樹、拆毀祠堂，那我還能理解。

什麼？

不對、不對。

他信荒神哪裡虔誠？不過是做個樣子。

也不知道他是哪根筋不對勁。當時我就認為他的信仰絕對過不了半年。

沒錯，他很快就放棄了。

所以呀，像這種半調子的信仰，反而更不好。
我就是這個意思嘛。
他的歷代祖先都葬在宗祠廟裡，他卻不知是怎麼回事，竟然跑到隔壁鎮上的廟裡聽講經。真正有信仰的人，應該是不會這麼做的。
我呢，從吉兵衛小時候就了解他的為人。吉兵衛表面上是很會做生意——可是，他卻和他的父祖輩不同，完全沒信仰。
沒信仰呀。
他是有點小聰明。想必就是這小聰明在作怪吧。
畢竟信佛可不是講道理。
表面上，他是有信仰沒錯，事實上卻只是硬拗道理。
是啊，我也這麼覺得。他好像什麼神都拜。
其實，所有與信仰有關的作為，吉兵衛的目的不過是為了生意。離開荒神講經會之後，又改變好幾次信仰，但他真正追求的，一直都是利益，而且這利益並不是心情與感受的問題，而是眼睛看得到的利益，也就是金錢。
信仰哪是這麼一回事？
對神佛祈禱時，哪能直接開口要錢？但吉兵衛好像是這麼做了。
總之他幹的似乎不僅如此——
這位大老闆，最近似乎對江戶各種流行的神明都有興趣，一點節操都沒有——看來他並不是打自內心信仰神佛的。

還不簡單，他的目的還不是為了拉客人。

他不是曾參加庚申講經會還是大黑講經會嗎？他只是暫時佯裝虔誠，和講經會的人混熟，然後再利用這層關係把講經會裡的信眾拉到店裡，讓他們花錢。

哪有多遠呀？這兒不過是品川呀。

距離江戶哪有多遠？在這一帶做生意，總比在什麼鳥不生蛋的地方要容易吧？從江戶來的遊客不是大都會到步行新宿來嗎？總之，吉兵衛就利用這個手段，巧妙地招呼信眾到他的客棧投宿。

唉，這也不算什麼壞事啦。

是啊，柳屋老闆其實不是個壞人。他為人慷慨，待人親切，因此風評還算不錯。他做生意認真，甚至給人熱心過頭的感覺。

你說他是個守財奴？噢，他也不至於那麼吝嗇啦。說他愛錢，毋寧說他只是很認真吧。畢竟身為生意繁榮的百年老店柳屋第十代掌門人，也許是自覺責任重大，不得不認真吧。只是，若為此佯裝篤信神佛，就未免太可悲了。

但不管怎麼說，他到底不是誠心在信仰神佛。

信仰不虔誠的人，就會遭報應吧。

即便自己無心為惡，但若信仰神佛的目的純粹是賺錢，如此信法反而不好。

而且他信的不都是流行的神明？這些哪能庇護他呀，對手可是一株千年老樹呢，所以才會招致如此結果呀。

沒錯。一個人不謙虛自省、敬天畏神是不行的。

其實不論是神、佛、還是庭院中的大樹，如果你真的對它敬畏有加，自然就會產生謙遜之心，

這是最重要的。反之，吉兵衛既不信神佛，又亂砍樹木——即便他為人再怎麼好，還是難免會遭到報應吧。

這就是報應呀。

什麼？

不不，其實針對這件事，我也勸過他好幾次了。

如果他能信這些莫名其妙的神佛，至少也可以用神酒祭拜一下庭院中的神木吧。

可是他哪聽得進去呀。

他就是脾氣硬。

所以才會死了兒子，老婆也留不住。

倒是，記得吉兵衛第一個兒子名叫阿信，生得還挺可愛的。

那娃兒真是——

嗯。真是可憐呀。

兇手就是那株柳樹呀。

還能有什麼意思？正如我所說的呀。

那娃兒當時在中庭，就死在褓母的背上的。當時他脖子才剛硬呢。

據說當時褓母正背著他哄他睡。那天那娃兒一直睡不著，褓母便走到中庭，一面唱著搖籃曲一面哄他睡。

然後，聽說那天風勢不小。

是啊，呼呼地吹著。

原本哭個不停的娃兒突然安靜了下來。
聽說褓母以為孩子終於睡著了。
於是，她想回房間，讓孩子到床上睡覺，不料才走一步，就覺得背後好像有人拉扯。褓母覺得很奇怪，回頭一看，竟然有一隻很長的垂柳從空中伸下來，勾住自己的背後。
褓母覺得很奇怪，試著掙脫它。
卻掙不開。
再怎麼用手撥都撥不開。
最後她抓住柳枝，用力一扯。
沒想到這時候背部傳來「呃！」的一聲。發現情況不對，褓母立刻脫下背巾，把娃兒放下來。
這下。
據說她發現娃兒的脖子上纏了好幾圈柳枝。
可能是風讓柳枝纏住娃兒的。
小娃兒就是脖子被纏住，才沒再哭出聲的。
是呀。
那娃兒就是被柳枝給勒死的。
照顧孩子的褓母後來幾乎發瘋了。孩子的娘——好像叫做阿德吧，也是痛不欲生、幾近瘋狂。
當時我人也在場，看得連自己都難過得不得了。
結果，不久後，那位褓母就不見了。然後，阿德也在柳樹下，而且正好在祠堂前方自戕而死。
想必她是傷心得無法自己吧。

吉兵衛則是備受打擊，整個人變得六神無主。
那位女傭？
喔，你是指那照顧娃兒的保姆嗎？她後來在海邊被人撈上來，看樣子是投海自盡的。
這一定是報應呀。
如果這不是報應，還會是什麼？
否則柳枝怎麼會剛好纏住娃兒的脖子呢？
真是太可怕了。
但即使如此，吉兵衛還是不打算善待那棵柳樹。
其實不只我，他客棧裡的其他伙計也都勸過他好幾次，但他就是不聽。也許吧，既然那棵柳樹殺害了他的妻小，再拜它也沒用了。我一開始還以為他是因為怨恨，才會對那株柳樹如此輕蔑，他當然不可能去祭拜殺了他妻小的仇人吧。但事實並非如此；這種念頭他想都沒想過。吉兵衛他——他認為那只是一場不幸的意外罷了。
當然，這是一場意外沒錯，但這情況畢竟和被同天花板上掉下來的瘋狗咬到不同，是吧？可是，吉兵衛竟然說道理是一樣的。也許他若不這麼想，會難以承受這打擊吧。只是……
後來他依然——

【伍】

報應？

那應該不是報應吧？

嗯。與其說是報應，不如說是冤魂遺恨吧。

什麼？

柳樹精報復？

這種傳言……有根據嗎？

是賣蝦的與吉說的？唉，老一輩的都是這麼說的啦。不過，我想這是因為這一帶居民的祖先牌位都供奉在那座廟裡，廟裡的和尚才會這麼說的，大家自然也就跟著這麼說了。

我和吉兵衛是從小一起長大的，所以我很清楚這件事的前因後果。

可是大家都把前後關係弄錯啦，前後關係。

大概是他們忘了吧。

唉，這些老一輩的都比較健忘嘛。畢竟事情都已經過了十年，加上與吉也都這把年紀了，連去年的事他都記不清楚，而且對那件事的看法或許又有些一廂情願吧。

吉兵衛拆掉柳樹祠堂，是阿信過世後的事啦。

是啊。

那娃兒是剛入秋時過世的，當時柳樹枝條還很青翠。沒錯，我聽到對面出事了，立刻跑過去查看，發現阿信脖子上還貼著幾片柳葉。

真是教人不忍卒睹啊。

是一樁很不幸的意外呀。

是啊，純屬意外。

吉兵衛拆毀祠堂則是翌年春天的事。據說，他是用荒神祭典的護摩之火燒掉那座祠堂的。千體荒神堂的大祭在三月，這祭典除了鎮住荒神，也能助人避免火災。荒神是一種灶神，我們這種做生意的都會拜，一點也不奇怪。

是呀。

目前拜荒神的信徒甚眾。

是呀。這件事其實是有原因的。

吉兵衛並絕不是信仰不虔誠。

只是大家把前後順序弄混了，才會覺得有問題。

所以囉，是阿信被柳枝勒死的悲劇在先。當時吉兵衛傷心欲絕，嚎啕大哭幾近發狂呢。

他是個疼愛孩子的人，疼阿信可是疼得沒話說。

再加上這是第一個兒子。在那之前，吉兵衛婚事老是談不攏，直到三十歲才好不容易成了親呢。

生下阿信之後，他終於有子嗣可繼承家業，吉兵衛簡直是欣喜若狂。因此遭逢此喪子之痛，自然是錐心刺骨呀。

連我看了也難過得跟著落淚呢。

總之是這件事先發生，之後阿德才在祠堂前自戕而死的。

是呀，阿德並不是在祠堂的遺址，而是在祠堂前身亡的。阿信過世之後——當時發生了一大堆事，對了，當時喪禮還沒舉行。祠堂也還在，我還記得鮮血濺得祠堂上到處都是呢，絕對錯不了。

同一天，那個照顧娃兒的女傭就投水自盡了。

不過，她的屍體是在好幾天後才由土左衛門在海邊發現的。這下——一連的慘事終於惹惱吉兵衛了。

什麼？當然就是怪罪那株柳樹呀。

平常人都會這麼想吧？

他因此認為那株柳樹害死了他兒子，而且還連帶害死了他的妻子和女傭。

他認為那株柳樹就是所有禍害的元兇。

在那之前，吉兵衛其實早晚都向那株柳樹供奉神酒，中元和正月也會準備牲禮祭拜，如此用心供養，卻換來如此打擊，哪會不惱羞成怒。因此這件事絕對算不上恩將仇報。

原本供奉得如此虔誠，這下該怎麼解釋呀？

你想想，吉兵衛一家世世代代住在那兒都是平平安安的，為什麼突然會碰到這些災禍？不管那株柳樹會庇祐人還是會成精作祟，他原本祭祀得那麼虔誠，此等災難為何仍降臨在他身上？這完全說不通吧。

而且，你當然不能期待他繼續誠心膜拜那株害死他妻小的柳樹吧。噢，這與吉也提過嗎？當然呀，這是理所當然的，畢竟那株柳樹絞死吉兵衛可愛的兒子嘛，祠堂上還留著他妻子的血跡呢。

就這樣，吉兵衛一改每逢正月參拜祠堂的習慣，也禁止家人參拜。當然，當時他還在服喪，這麼做是很合理的。

你說是不是？

沒錯。

他都這麼難過了，哪可能要他向殺害妻小的仇人合掌膜拜，是吧？應該沒有人這麼傻吧。可是，周遭老一輩的都以此威脅，說一切都是那株柳樹在報復，如果不更誠心拜祭，將會發生更可怕的事。這些話讓吉兵衛不知該如何是好，此時正巧聽到別人的建議，便信起了信徒甚眾的荒神。

後來他拆毀祠堂，把拆下的木頭丟進護摩之火燃燒，看得出他有多生氣，內心可是充滿怨恨。因為祠堂牆上阿德的血跡怎麼洗也洗不乾淨，所以，每次看到祠堂，吉兵衛就會憶起那樁傷心事。因此他只好——可是，拆掉祠堂，柳樹還在呀。畢竟那株樹絞死了他的兒子，因此他決定一不做二不休，打算連這株不祥的樹都給砍掉。不過，他終究沒能動手。

後來，不管他再怎麼誠心禮佛，還是無法抹平失去老婆與孩子的痛苦。

因此吉兵衛才會一再改變信仰。

是呀。

所以我才說大家都把前後關係搞混了呀。

並不是他改變信仰才遭報復，也不是他對那株柳樹不恭才被懲罰，而是因為先有這些意外事故，吉兵衛才會改變信仰，並且對那株柳樹心懷怨恨。

這樣你懂了嗎？

之後就開始有人傳言是那株柳樹在作祟。若果真如這些人所言，那麼這株兩百多年來一直沒惹事的柳樹，為什麼會突然開始作怪？

這不是很奇怪嗎？

把那些事歸罪於柳樹作怪，根本不合理。

如果說吉兵衛歷代祖先都曾為柳樹所害，那還說得通。可是打從第一代的宗右衛門起，連續

八、九代都不曾聽說有人遭難，而且代代均得以安居樂業。為何到了第十代才出事？這你也覺得說不通吧？

我也覺得很奇怪。

所以，不論他遭逢多少不幸，應該都不是那株柳樹在作祟。我看也只能這麼想了吧？我反倒認為是那株柳樹因吉兵衛的怨念而枯竭呢。

你想想。

那椿發生在十年前的事，一直遺害至今呢。

沒錯，正是如此。就是因為如此，這十年來吉兵衛才會慘禍不斷，不管改信什麼神佛，都遇不到一件好事。因此他才會不斷改變信仰。

是啊。

他娶的第一位繼室喜美，還有後來的阿文、阿澄——每個到頭來都……

對，所以吉兵衛原本已經堅持不再續弦了。可是，他得有子嗣繼承家業呀。

所以，周圍的人都拚命勸他續弦。

他也是因此才決定迎娶喜美的吧。

是呀。

其實，吉兵衛這個人還挺好商量的。喏，你看他長得一表人才，也很懂得待人處事，不會無理取鬧、冥頑不靈。他還宣稱娶了繼室之後，一定會把過去的事情忘得一乾二淨，一切從頭來過。

聽了我也覺得很寬心呢。

倒是，你也知道吧？——對，他們遲遲生不出孩子。

不，他們夫妻感情倒還不錯。而且，即使生不出小孩，也沒有公公婆婆老在一旁嘮叨，親戚朋友也全都不緊張。畢竟你也知道，當時吉兵衛才三十四歲，喜美也只有二十二、三歲。孩子日後要生幾個都成。如果他們夫妻倆都已經五、六十歲，那就另當別論了。

對對。

他們夫妻處得還不錯啦。對對，你說的沒錯，生小孩這種事是不能勉強的，所以，吉兵衛似乎曾和妻子商量，也許可以收個養子。

但事出突然，真的很突然。

喜美竟然不告而別，回娘家去了。

不該說是回去啦，該說是逃回去的吧。

原因就不清楚了。她好像在怕些什麼。

對呀，似乎是有所畏懼。

親戚們好幾次去請她回來，她都直呼害怕，不敢回來。似乎曾有一兩次是順利把人帶回來了，但又讓她逃了回去。

是呀。

大概是——吉兵衛本人是什麼也沒說啦。但後來我想想——對呀，喜美的確該逃回娘家。因為後來的阿文跟阿澄都遇害了嘛。噢？我的意思是……

一定是鬧那個呀。錯不了。

就是那個呀。那個。

冤魂呀，阿德的冤魂嘛。

據說是出現在那株柳樹下。不，我可不是在開玩笑。很多人都曾聽過女人啜泣的聲音。我不久前也聽到了呢。

對呀。

所以我不是說嗎？

並不是那株柳樹在作怪啦。

如果是鬼怪作祟，應該是阿德的冤魂吧。她死了孩子，幸福的生活也因此破滅，所以才會出來鬧事呀。

是呀，想必正是如此。

她很可能是嫉妒那些繼室吧。

自己無法達成的心願，哪能讓別人搶功？也或許她對丈夫還心存眷戀吧。

阿德的確很可憐。

由此可見，女人的執念真的很可怕，咱們倆都得小心哪。

是呀。

如果柳樹精要報復，應該會先搞垮吉兵衛的客棧嘛。

理應是這樣吧？可是你看，柳屋照樣生意繁榮，興旺得不得了。哪有這種半吊子的懲罰？而且所有災難都降臨在吉兵衛身上，喔，不，嚴格講應該不是降臨在吉兵衛身上，而是在他的妻小身上。

他的第三任繼室，就是阿文。就連她也遭了殃，而且下場淒慘。

阿文生了一個孩子，叫做庄太郎——我們都叫他阿庄，出生後三個月就夭折了。

據說死因不明。而且，孩子夭折後的約十天裡，阿文都臥病在床，有天突然衝出門去，從此不知去向。而且她還不是普通的逃家，因為她離開時一路大哭大喊，赤腳跑過街道，把大家都嚇了一跳呢。

她是發狂了吧。

沒錯，是不尋常。

阿文從此音訊全無。

阿澄的情況也好不到哪兒去。

她已經是第四任的繼室了，所以我們都很擔心。所幸吉兵衛滿體貼的，阿澄也過了一段幸福的日子，過沒多久肚子就大了起來，吉兵衛也很高興呢。

是呀，他是很疼孩子。

吉兵衛真的很喜歡孩子。換作是我，可能會嫌又要生啦，真麻煩。但他可不一樣，對懷孕的妻子非常照顧，不僅每天拿最好的東西給她吃，甚至生意可以不做，也要留在家裡照顧她。

可是。

事情發生得很突然。

阿澄有天就毫無預警地失蹤了。

當時她應該已經快臨盆了，當時我還以為她是回娘家待產了呢。

不料……

之前也沒聽說阿澄的身子有哪裡不對勁。

是呀。

但後來卻傳出阿澄死於流產。
原本準備慶祝孩子出世，最後卻變成喪事。
這件事連我也大吃一驚。是啊，一定是阿德的亡魂在作祟。
看樣子，阿德真的懷恨至深。她不允許吉兵衛擁有子嗣——也不允許他過得幸福。
這是一種詛咒吧，詛咒。
所以——吉兵衛才會到處求神問佛。這也是沒辦法的事啊，哪有誰敢責怪他。
這件事應該跟那株柳樹沒關係吧？
沒關係啦。
是呀。
所以我才擔心呀。
對對，就是他這次的婚事呀。你說那位八重小姐嗎？不知道她會不會也……
不不，不是她身分的問題。她向來性情很好，長得也很標緻。聽說她原本是江戶某大商行老闆的獨生女不是嗎？
是啊，我聽說過。
真的嗎？
你和八重小姐是什麼關係？
昔日曾受過她爹照顧？
噢，原來如此——這下我弄懂了。原本還在好奇你為什麼要如此打破砂鍋問到底呢。原來如此呀——是，什麼？七年？你找八重小姐找了七年？噢噢，原來如此。不是啦，我想她也過了一段苦日子吧。是的，是的，對呀。

想必你真的很替她擔心吧？

不，她雖然是個飯盛女，但實際沒在接客啦。

這點我倒是可以保證。

是呀，想必吉兵衛一開始就是打算娶八重小姐為妻，才雇用她的。

對，沒錯，你看得很清楚嘛，我是覺得那位八重小姐長得有點像阿德啦。真的，我是這麼覺得啦。所以當初掮客一把八重帶來，吉兵衛當場就——對對。

可是……噢，她似乎——已經有了。

什麼？不，噢，是孩子啦，我指的是有了孩子。

八重小姐似乎已經有孕在身了。

正是如此呀。吉兵衛自己也說啦。既然有了孩子，就完婚吧。是呀，是吉兵衛自己說的。

是呀，他們倆後天就要完婚了。

可是呀，正如我剛才所說。因為我知道過去發生過什麼事，所以很擔心這次會不會又重蹈昔日的覆轍。當然，現在吉兵衛正在興頭上，當著他的面我也說不出口啦。

當然說不出口呀。總不能警告他，小心這次妻小又要遭殃吧？

說不出口吧？

什麼？

喜美？——你是指吉兵衛的第二任繼室？

喜美她——還活著呀。應該還好吧，不就只是回娘家而已？幸好她沒有幫吉兵衛生下孩子呢。

聽說她改嫁到大井一帶，成了一家雜貨舖老闆的繼室——

【陸】

柳屋吉兵衛與八重的婚宴盛大莊嚴，進行得非常順利。

原先吉兵衛親戚擔心的事——也就是關於八重身分的糾紛——也因為出現知道八重過去的男子，終於圓滿解決。表面上已經沒有任何問題，婚宴在平穩的氣氛下結束。

吉兵衛親戚主要擔心的，並不是八重原本是從事低賤的工作，或是主僕成婚的風評會如何，而是懷疑吉兵衛會不會受騙。不過，雖然八重從事卑賤職業，但柳屋一家畢竟只是商人，並非武士，也沒有什麼立場掛心。只是，如果八重真是別有居心，想霸佔柳屋家產——這件事就另當別論了。

如果八重只是單純的風塵女，親戚們也不至於那麼擔心，況且她已經懷了吉兵衛的骨肉。她是個藝妓風塵女這點，只要花點銀兩幫她贖身就成了。但八重一再強調自己並非風塵女或藝妓，而是個落魄的大商行千金。只是八重苦無辦法證明自己的身分，也難怪大家懷疑了。

所以，有些親戚們起初堅決反對這門婚事。不過大多在了解八重的人格後，發現自己不過是杞人憂天。於是，吉兵衛在八重肚子變大之前就決定婚期了。但即使如此，還是有親戚反對。

不過，所幸剛好出現一個據說曾受過八重的爹，也就是須磨屋源次郎照顧的男子——自稱家住京橋的通俗小說作家山岡百介——一口氣便化解了大家的疑慮。

八重印象中並不記得有百介這個人。

不過百介談起一些八重的往事，每件都和八重所述完全一致。而且經過調查，也確認百介的身分並無造假。

不僅如此，此時又出現一位自稱八重的兒時玩伴——在根津當舞蹈師父的阿銀。八重倒還記得阿銀這個人，阿銀則證實了八重的確是須磨屋的獨生女。

就這樣——在眾人祝福之下，八重風風光光地成為柳屋吉兵衛的妻室。

八重淚流滿面地表示，這輩子原本已經不敢奢望有機會穿上這身白無垢。看到她這副模樣，列席親友也不禁跟著流下同情的淚水，就連原本懷疑她的親戚們都掉了淚。果真是一樁良緣。

總之婚宴是圓滿結束了。

然而到了婚宴結束後的翌晚，異象就開始出現。

第一個看到的是個女傭。

深夜——據說她看到庭院中的柳樹突然發光。

她惶恐地前往查看，結果看到中庭有鬼火飄來飄去。

但吉兵衛斥為無稽，沒把這當作一回事，只是很多人還是心想：果然……果然又出現了——

翌日。

又有人聽到女人的啜泣聲。

聲音當然是從中庭傳來的。不僅是晚上守更的老頭，一些投宿的房客也有聽見，家裡的男僕女傭們更是全都聽到了。

終於又出來啦——住在柳屋對面、和吉兵衛一起長大的三次屋小老闆三五郎心想。

三五郎這個人既膽小又神經質。但即使如此，他就是愛看熱鬧。每次一聽到柳屋出事的傳聞，

三五郎總是率先趕去一探究竟。

三五郎也曾旁敲側擊地警告過吉兵衛，但吉兵衛從年輕時就是個理性的人，堅決反對迷信，因此完全不把這件事放在心上。只是每次看到這個工作勤奮的新過門妻子，就感到於心不忍。之前，三五郎四度目睹好友的妻子慘遭凶難，而且悲慘的程度還非比尋常，不是自殺、失蹤，就是發狂病死，個個下場教人不忍卒睹。

因此看到八重越是開朗高興，三五郎反而更是憂慮。或許是曾聽過八重昔日不幸遭遇的緣故，三五郎眼中看到的，是這姑娘歷盡千辛萬苦，好不容易得到的幸福的景象。

——這件事能放著不管嗎？

三五郎如此想。

他算得上是個好人。

於是，三五郎前去拜訪在柳屋下榻的山岡百介。他和百介是在婚宴前兩天認識的，並且曾就此事做過一番深入的討論。

百介自稱希望成為一個通俗小說作家，實際上在江戶也從事一些謎題的寫作。他所寫的這類謎題主要是投孩童喜好的問題集，其中有些連大人都難解，由此可見百介的腦筋很不錯。他周遊列國、到處收集奇聞怪譚，準備出版一些目前正流行的百物語，看來對玄妙奇事和妖怪幽靈十分熟悉。

因此三五郎才會認為百介是個智者。

一打開紙門，三五郎便開門見山地說道：

「出現啦。」

三五郎進門時，綁著總髮的百介正打開筆墨盒以筆沾墨，在筆記簿上寫著些什麼。幾天前他和三五郎的談話，想必也已經紀錄在這本筆記簿上了。

百介抬起頭來回道——似乎正是如此。

「今早女僕們非常驚慌。昨晚我倒是沒有注意到有什麼異狀就是了。」

「因為你這房間面向大馬路嘛。從我家店裡可就看得一清二楚了——」

敞開著的紙門對面，就是三五郎的爹所經營的旅館——三次屋的二樓。

「——但是距離這兒的中庭還很遠吧？」

「是有點遠。」

百介把筆收進筆墨盒，便離開小桌子站了起來，請三五郎在坐墊上坐下。

「不過——此事可是真的？」

「應該是真的沒錯。原本已經有好一陣子沒聽到了，但婚宴後的第二晚，又開始聽到那哭聲。而且，聽說婚宴當晚就有人看到柳樹旁出現鬼火呢。」

「中庭出現鬼火，應該是在婚宴後的第三天，而不是當天吧。」

「只是第一天都沒人看到而已啦——而且那鬼火就出現在阿德過世的地方。你也看過了吧？」

「看過什麼？」

「就是中庭那株柳樹。」

「噢——」

百介翻開筆記簿說道：

「——看過了。從環繞中庭的走廊看過去，真的是非常驚人，沒想到柳樹竟然可以長到如此

高大。不過，祠堂原本在什麼位置，我就看不出來了。」

「那地方如今已長滿雜草，不准任何人靠近。這也是吉兵衛的決定，不得祭祀，也不得整理。當然，也沒有人敢靠近啦。只不過，這麼一座大好庭院，過去一向是這家旅館的賣點，因此很多人認為任其荒廢實在可惜——」

「有點野趣也不是壞事呀。」

「是啊，看起來恐怖些，是比較有柳樹精作祟的氣氛。噢，姑且不談這個；祠堂原本的位置就在池邊。」

「是在池塘的——這一帶嗎？」

百介邊說邊打開筆記簿，向三五郎出示其中繪有中庭圖案的一頁，在圖畫四處還寫有各種補充說明。

「噢，你也會畫畫？畫得還真傳神呀。對對，就在這一帶。」

「就是這個——有點突出的地方。是吧？」

「是啊，景象和十年前有點不同了。噢，對對，阿德就是死在這一帶的。當時她的腳還浸在池塘裡呢。祠堂就在這一帶，而她的血就……」

三五郎指著圖比劃著。

於是，百介拿出筆，把三五郎所說的記在筆記簿空白處。

「——原來如此呀。」

「百介大爺，照這樣下去，八重小姐會不會有危險？」

是有點不妙——百介回答。

「畢竟她也是我恩人的千金……」

「但問題是，阿德的詛咒威力可是強得嚇人。我很清楚吉兵衛之前幾任妻室的遭遇，這次絕不能讓八重小姐蒙受同樣的災禍。她再過半年就要生孩子了，在那之前，咱們得想想辦法呀。」

能想什麼辦法？百介雙手抱胸地說道：

「——畢竟八重小姐還沒遭到什麼災禍，那夜半的啜泣聲和鬼火，真偽至今也未明……」

你還真是多疑呀，三五郎皺起眉頭說道：

「你不是曾周遊列國，蒐集了各類奇聞怪譚嗎？」

「沒錯。正是因為如此，才須更要慎重點呀，小老闆。這類故事大多其實是假的。如果囫圇吞棗照單全收，只怕會成為眾人笑柄。」

「是嗎？」

是的——百介說完，闔起筆記簿繼續說道：

「這件事也一樣。在下也不是懷疑小老闆和與吉啦——」

「你覺得哪裡有蹊蹺？」

「嗯，是呀——」百介含糊不清地回道：

「與吉和其他許多人都主張是那株柳樹在作祟。可是，我先前聽小老闆陳述了很多事，所以便上柳屋的宗祠廟請教那兒的住持。」

「你是說覺全和尚？他也說過吉兵衛都沒去那兒祭祀祖先吧。」

「是啊，他也這麼說。不過——我也請教了和尚，是否真如小老闆所言，大家都把前後關係混淆了。畢竟無禮地對待柳樹而遭報復，以及因柳樹作祟而不再祭祀柳樹，兩種狀況不是恰恰相反的嗎？」

「那麼，他如何回答？」

「他告訴我——第一代宗右衛門的妻子阿柳就是個柳樹精。所以，吉兵衛被鬼魂作祟，遭逢如此災難，都是因為他沒好好供養阿柳的緣故。而且，遇到不幸事故，他還不來拜託我們，反而改信其他宗派。」

和尚怎麼會這麼講？——三五郎聞言嚇了一跳，接著又問道：

「那麼，阿德的亡魂呢？」

「他說自己有幫忙供養，所以阿德不至於淪為孤魂野鬼。他已經超渡了阿德他們母子倆。」

「哎呀，這和尚怎麼會講這種莫名其妙的話？現在這情況，不就代表她根本還沒被超渡？」

三五郎不解地伸手搔了搔脖子。

「——什麼柳樹精嘛，哪可能有這種東西？如果有人說你祖母是銀杏或者杉木成的精，你會相信嗎？」

「這種話哪能相信呀。總之——那和尚還說，一切災禍的元兇，都是他們的第一個孩子信吉的死所引起的。」

「也許是吧。」

「那和尚認為，那件事也是柳樹報復的結果。」

「報復？難不成他又說，柳樹會報復是因為吉兵衛沒好好供養先祖？哪有這種事？如果吉兵衛的祖先是柳樹，他死去的兒子信吉身上豈不也流著柳樹的血？柳樹哪會殺害自己可愛的子孫？根本就牛頭不對馬嘴嘛。和尚滿口要供養要供養的，但那株柳樹現在不也活得好好的？想必他只是希望吉兵衛多去他那兒佈施吧。這和尚真是——」

百介安撫他道：

「好了好了，即使真是如此——我比較在乎的還是第一個孩子的死因。如果與吉等人所言屬實，罪魁禍首就絕對是那株柳樹了。也就是柳樹伸出了柳枝，纏住娃兒的脖子。那位和尚也說娃兒是柳樹殺的，因此絕對是那株柳樹作祟。那麼——」

當時真有柳枝纏在娃兒的脖子上嗎？百介以手摀嘴低聲問道。

三五郎困惑地皺眉回道：

「我之前不是說過了嗎，娃兒脖子上是有幾片葉子。那可愛娃兒的脖子上留有被纏繞的痕跡，上頭還有幾片青翠的柳葉——哎呀。一想起這景象，我就覺得心如刀割呢。」

原來如此——百介聞言雙手抱胸沉思起來。

「有哪裡不對勁嗎？」

「沒有啦——其實，曾有個民間故事和這情況很類似。那件事發生在唐土。據說宋代有個名叫士捷的人，被柳枝纏住頸子而身亡。」

「真的嗎？果真有這種事？」

不不——百介繼續說道：

「這種故事——我也就聽過這麼一個。」

「噢？」

「是真有柳樹會變幻化成女人的傳說。淨琉璃〈祇園女御九重錦〉中也有這類情節，可見這應該是普遍的傳說。據傳幽靈常在柳樹下出現，這也是有原因的。像松樹生得雄糾糾氣昂昂的，因此被喻為勇猛的武士之盾。反之，柳樹的模樣則教人聯想到女人的陰柔。而幽靈在陰陽兩方中屬陰，加上柳樹生長在水邊，所以怎麼看都是陰。」

你果然是有學問的人，說起話來果然都是有憑有據的——三五郎露出一臉佩服的神情。

「所以呢？」

「所以，柳樹和幽靈是密不可分的。在我們江戶，流鶯也都喜歡站在柳樹下拉客。所以，在河邊暗處的柳樹下站一個女人，應該是個任誰都聯想得到的景象。不僅如此，在戲劇及讀本中的插畫也很常見。」

「原來如此。所以呢？」

「所以，像小老闆所認為的，一切都是柳樹下不散的冤魂作祟，或者是現世的遺恨尚未化解的亡魂等等的，都是很普通的推測，大多數人都會如此推想。再者——柳樹會幻化成女人，也是很傳統的說法。在一些鄉下地方，大家甚至會把這類傳說當真。只是，柳枝會伸出柳枝將孩子絞死，這未免就太——」

「太罕見了？」

「與其說罕見，不如說是太突發奇想了。如果是知道唐土那故事的人可能不稀奇，但是——」

「但是怎樣？」

「但如果真的發生這種事——」三五郎側著脖子，一臉疑惑地接下去說：

「噢，確實是有點怪，這下我也覺得柳樹哪可能會作祟？但如果不是柳樹作祟——怎麼會發生這種意外呢？百介先生？」

「其實，類似的意外非常罕見。那並不是自然發生的。如果那是事實——那麼吉兵衛喪子的

憤怒，以及阿德亡魂的報復就比較容易理解了吧。正是因為這種意外很罕見——」
不過——百介打開筆墨盒蓋子說道：
「那些認為是柳樹報復的老人，最終的根據就是這一點。也就是最初的災禍是柳樹造成的。因此後來的一連串不幸，就都被他們歸咎為柳樹報復的結果。」
嗯嗯——三五郎雙手抱胸，一臉罕見的古怪表情沈思了起來。
「即使如此——我還是覺得應該不是柳樹報復的結果吧。這種事的確很罕見，如果真是柳樹報復，那麼阿德、和後來的兒子阿庄，應該都會遭到同樣的遭遇才對。也就是在睡著的時候，被伸出來的柳枝勒死，但這種事只發生在第一個娃兒身上——」
接著他低下頭沈思了半晌，然後才拍著膝蓋說道：
「——吉兵衛很有學問，有時會吟誦唐土的詩什麼的，我都聽得似懂非懂，說不定那是——」
原來如此——百介的表情興奮了起來，並闔上了筆墨盒蓋說道：
「究竟是柳樹精報復，還是阿德的靈魂作怪——總之這件事我們都不能放任不管吧。不過，咱們應該先去瞧瞧庭院裡每晚到底發生些什麼事。」
「去、去瞧瞧？」
「是啊。不先把這點弄清楚，什麼問題都解決不了，不是嗎？只會一味害怕，事情要怎麼解決？想向吉兵衛勸說些什麼都不行——我看這樣如何？小老闆，咱們就躲在中庭裡，瞧瞧到底是什麼情況。」
哇——三五郎大喊一聲，他已經是一身冷汗了。
「我，我是擔心，咱們會不會因此被牽連？」

「如果真是柳樹精報復，是有可能被牽連。不過，阿德應該沒理由怨恨咱們倆吧。更何況若是真的鬧鬼，我還是得保護八重小姐呀——」

如果你害怕那就算了——話畢，百介便把身體坐正。三五郎則趕緊揮手說道：

「我哪會害怕？只是——」

「那就好。既然如此，咱們得先做點準備。待明晚，不，後天晚上子時——」

百介如此作了結論。

【柒】

法師也聽說這件事了？

就是柳屋那件事？噢，對對。

就在今晚，法師投宿的客棧三次屋小老闆，就是長得像女形（註7）的那位。

對對。他老愛看熱鬧。這次聽說三五郎小老闆和一位柳屋的客人——一個從江戶來的作家，打算一起到鬧鬼的庭院埋伏呢。

這兩個傢伙可真是不要命呀。

不過，柳屋這位老闆，你也知道的，他就是完全不信邪。對啊。聽說他很有學問，滿嘴子曰

註7：歌舞伎中男扮女裝的戲子。

子曰的，說什麼子不語怪力亂神。對呀。

他就是這麼頑固，據說他一聽到這消息，就召三五郎和那個客人去數落一頓，叫他們倆別幹這種傻事。

可是，法師呀，聽說那位客人和剛成為柳屋老闆夫人的——就是不久前剛過門的那位夫人，還有點交情呢。

他表示如果那傳言屬實，就不該等閒視之。就是說嘛。但柳屋老闆就是認為那謠言純屬無稽。倒是，那位東京來的客人似乎也很有學問，還反問吉兵衛即使是純屬無稽，只是個捕風捉影的謠言，讓他在庭院待一晚又有何妨？

吉兵衛這個人有膽量又講道理，只要是合理的事，他都能接受。他認為鬼火或午夜的中庭哭泣聲等盡是胡說八道，完全不把這些放在心上，但若是這麼做能讓兩人心服，他也沒理由拒絕他們的要求了。

你的意見是？

噢，不過，真的有鬧鬼呀。真的鬧鬼。

雖然究竟是柳樹精還是他亡妻的怨靈，我是不知道。反正真有鬧鬼就是了。

畢竟你也知道吧，那個三次屋的小老闆，就喜歡東家長、西家短的。

正是如此。什麼事一被他知道，馬上就和印成瓦版（註8）差不多。所以這件事在他決定和那位江戶客人夜探中庭抓鬼前，早就傳遍這一帶了。

是啊。

至少在品川這一帶已是無人不知了，噢，說不定還傳到了江戶呢，昨天這一帶不是來了不少

人嗎？其實他們全都是來一探柳屋妖怪究竟的。

嘿嘿嘿。

我嗎？

去啦。就昨晚。

不過，要看到可不容易。畢竟是在中庭嘛，總不能偷偷潛入那客棧裡頭吧。只是沒想到，昨晚我一路來回都已經在深夜了，聚集的人還真多呀。

大家都愛看熱鬧？

也難怪嘛，還有什麼事比這更有趣的？

然後，我就聽見啦。不，是真的。

那聲音不是很響亮，我從旁邊走過時可是豎起耳朵才聽到的。隔著那麼大一棟客棧，當然聽不清楚呀。

可是。

嘶、嘶——那啜泣聲就像這樣。

後來，那聲音就哭得更悲傷了，聽起來像蚊子叫一樣。

唉，我一聽到，覺得彷彿被潑了一身冷水，連睪丸都縮了起來呢。當時在場的每個人都僵住了，個個起了一身雞皮疙瘩。

註8：江戶時代在街頭兜售的快報，由於最早多以黏土刻字燒成瓦狀製版，故得其名。後來多以木版為之。

是呀。後來過了一陣子，我覺得似乎聽到那女人在說些什麼。她說……是聽不大清楚啦，好像是……孩子還我，把孩子還給我！

這件事情百分之百是真的。

這些都是真的。

我都親耳聽到了。

這下把圍觀的人都給嚇得一哄而散了。是呀，嚇死人啦。

我剛剛還聽說，昨晚在柳屋投宿的客人，很多都聽到了那哭聲。而且他們就在客棧裡，所以，一字一句都聽得清清楚楚。

他們都說聽到一個女人的呻吟聲直喊恨啊、我恨這株柳樹啊，孩子還我，還給我！我要把繼承這株柳樹血脈的人統統殺個精光！

嚇死人啦。

好幾個客人覺得實在太嚇人了，所以連夜換到別的客棧去了。我逮住其中一個問了些事。

然後呀，法師。

我昨晚都在那兒躲好久了。要是就這麼被嚇回家，豈不毀了我灰神樂的馬太郎這一世英名？

你說我也是來看熱鬧的嗎？當然是啊。

然後呢，我就這樣抬頭往上看。昨晚不是有月亮嗎？然後呢，你也知道吧，那兒的右手邊不是有個火見櫓（註9）嗎？上頭可擠滿了人呢。當然，他們都是來看熱鬧的，和我一樣啦。

我就飛也似的跑過去啦。

一到望樓下頭，法師呀，我就聽到了一陣奇怪的歡呼聲。

喔——噫——的歡呼聲。

然後，我也爬上了梯子。

因為從那上頭可以眺望中庭呀。

只是那株柳樹還真大，把下頭遮蔽得一片黑漆漆的，完全看不清楚。藉著天上灑下來的月光，只看到柳枝輕輕地搖晃。那柳枝飄蕩，哎呀，看起來就像個女人在洗頭髮呢。真是嚇死人啦。

在枝葉之間，看到一個幽魂像這樣輕輕地飄來飄去。

不，我可不是在胡謅呀這位法師。

那真的是人的幽魂呀。

還是該稱作鬼火？幽魂和鬼火是不一樣的嗎？

唉，反正就是一團火球啦。雖然距離有點遠，但我絕對沒看錯。

我用這雙眼睛親眼看見的。管別人信不信，我可相信我這雙眼睛。

所以，那兒真的鬧鬼呀。

還不知道是幽靈還是妖怪啦，反正就是鬧鬼。絕對錯不了，那可是如假包換的妖魔鬼怪呀。

真是嚇人哪。

所以，我擔心三次屋的小老闆今晚若是到那中庭，會不會有什麼三長兩短。我是這麼覺得啦。

那就真的不妙了。

法師，你是個法力無邊的御行吧？

註9：消防瞭望塔。

如何？

什麼？

什麼，我也很危險？

這是為什麼？

因為我不只聽到，還看到了？哪、那有這種事？別這樣吧法師，你別嚇人嘛。饒了我吧。

什麼？真的嗎？不要呀。這、這、這該怎麼辦？

法、法師——

什麼？事情不妙？什麼不妙？

求求你幫我想辦法吧。拜託拜託。

這張符紙？隨時帶在身上？

那我當然會隨身帶著呀，即使死了爹娘也不會丟掉啦，真是謝謝你。

好的，好的，給我一張，給我一張。

要多少錢——好的好的。如果能幫我趕跑那惡靈，這點錢哪算什麼。這符紙真的有效吧？噢，真的嗎？那就好。幸虧碰上了你呢。

且慢。如果連我都會遭殃，那柳屋那些人——會被怎麼樣？

法、法師、法師——

【捌】

當晚。

三次屋三五郎、山岡百介、與柳屋吉兵衛三人，一同來到巨大柳樹高聳的柳屋中庭。

主人吉兵衛原本沒打算同行，但事情發展到這地步，他也難袖手旁觀。

當天——柳屋來了非常多人。

原本八重對柳屋的種種怪事幾乎毫不知情，但聽聞謠言趕來的親戚老人以及湊熱鬧的民眾一口氣把這些事全告訴了她，聽得她驚懼不已。雖然吉兵衛一再安慰她，但此時否認中庭有異象的就只剩吉兵衛一個，因此這番安慰對八重毫無效果。

鬧鬼啦！鬧怨靈啦！哪裡，什麼也沒有啊！他們夫妻倆只能如此反覆一問一答。

當然，大家也指責這場騷動的元兇三五郎與百介太不知道天高地厚，別做傻事以免遭橫禍，甚至叫他們打消這個念頭，以免觸怒柳樹精。

再者，有人也認為柳屋主人應上祠堂祭祀祖先牌位。但也有人認為畢竟是妖魔作怪，所以宜先除妖祓禊。甚至有人建議柳屋應暫時歇業，直到一切水落石出為止。八重依然畏懼不已。吉兵衛則在經歷一段孤軍奮戰後，最後還是覺得自己身為本地之主，應在今晚率先究明真相。

但親戚們對此都強烈反對。情勢因此陷入膠著。

正巧在這時候，一位常在柳屋出入的壽司師傅馬太郎帶來了一位巡迴修行者，事態這才急轉直下。這位修行者是個數日前才來到品川宿的御行和尚，在馬路上為民眾加持祈禱，販賣除魔符紙，據說非常靈驗而頗受好評。

可能是附近居民都已經認識他，個個鼓掌歡迎。但吉兵衛的親戚們大多持懷疑態度。

不過——這位御行似乎認識柳屋宗祠廟的住持覺全和尚，一獲悉此事，老人們的態度這才有了大幅轉變。

首先，這位御行將除魔符紙貼在房間四個角落，接著請八重入內，要求她天明以前都別出來。入夜後，御行便喚來覺全和尚，商量該如何勸阻三人的行動。

多數人都接受御形的提議，但也有些人反對。

反對者當然就是吉兵衛與百介。

「世間本無鬼魅魍魎，今日大家仍被弄得如此不安寧，要怪全怪我失德。所以，至少為了讓吾妻八重心安，我想我也該親眼看看——」

吉兵衛如此宣佈。

無論御行與親朋好友如何相勸，吉兵衛還是不願改變決定。百介也表示這畢竟是他的提議，也聽不進眾人的勸阻。

另一方面，三五郎雖然是百般不願，畏懼得手足無措，但畢竟已是騎虎難下，因此最後還是決定三人一同前去一探究竟。至於其他親朋好友，則悉數留在佛堂誦經等待。在三人進入庭院之前，御行先向他們告誡三大要點。

第一，絕不可靠近柳樹。第二，即使鬼魅出現，與其他人也絕不可以目光或言語溝通。第三，三人都得攜帶除魔符紙，片刻不得離身。

御行不厭其煩地反覆告誡後，便向三人派發符紙。

但是——吉兵衛並沒有接受御行的符紙。

自家庭院裡不可能鬧鬼，因此並不需要這種東西——他如此頑固地拒絕了。

御行聞言露出悲傷的表情。

後來——昭告深夜降臨的鐘聲響起。

這下——三人便走進了庭院。

今夜與昨夜不同，天上是烏雲蔽日，整個中庭一片漆黑。

黑暗之中，只聽得到風吹過草叢的窸窣聲，以及吹動池面的水聲。

最引人注意的，當然還是聳立在庭院正中央的那株成精柳樹。雖然眼睛看不見，卻很容易清楚感覺到那狀似蛇般的垂柳，宛如一頭長髮般隨風飄動。

沒有人敢出聲，個個都在屏息以待。

這時。

一陣風吹上了三人的臉頰。

沙——沙——沙。

接著。

——恨——我恨呀。

惶恐不已的三五郎被嚇了一大跳。

——我恨，我恨這株柳樹呀。

此時柳樹的樹蔭突然射下一道陰光。

接下來——

一個膚色慘白的女人從黑暗中浮現。

三五郎當場一陣慘叫，衝回走廊躲向柱子後頭。

百介則睜大眼睛，渾身僵硬。只有吉兵衛——邁步向前。

沙——沙——沙。

這女人——胸前插著一把懷劍，

手上抱著一個脖子上有柳枝纏繞的娃兒。

沙——沙——沙。

——我恨老闆哪。我恨吉兵衛哪。你如此喪盡天良，竟然還敢悠悠哉哉地迎娶繼室，到底安的是什麼心呀——

女人以令人毛骨悚然的聲音說道。

「妳、妳是什麼人！」

吉兵衛大聲喊道，同時從懷中抽出匕首，朝庭院中央衝去。

——這裡也埋有屍體吧？

「住口！妳這妖怪！」

——你。

真是喪盡天良呀。

沙——柳枝搖動起來。

轉眼間，一切都消失了。

「嗚哇！」

一臉蒼白的三次屋三五郎發出嚇人的哀嚎，連滾帶爬地逃回佛堂。等在裡頭的親朋好友和御行一看到三五郎這副模樣，就知道出事了，連忙趕到中庭。

然而——此時的中庭一切正常，毫無異狀。

只有山岡百介俯身倒臥在迴廊這頭的地上，柳屋吉兵衛則完全不見蹤影，彷彿已為黑暗所吞噬。即使如此，大家都認為周遭仍瀰漫著一股不祥的氣氛。

只不過，與吉老人等幾個人表示，似乎聽到了吉兵衛的慘叫和女人的笑聲。

又市站在黑暗中凝視庭院，接著執起手中搖鈴一搖。

「御行　奉為——」

御行說完，現場每個人都感覺不祥的氣氛似乎已隨之消退。

接著，又市指示大家在庭院中燃起篝火。

妖異的火光照亮了黑暗的庭院，一片漆黑的池面與柳樹古怪的輪廓在夜色中一一浮現，唯獨吉兵衛仍渾然不知去向。

枉費御行一番忠告，他因身上沒帶符紙才會為妖怪所吞噬，老人們個個皺起眉頭，全都一副垂頭喪氣的模樣。然後根據漸漸回過神來的三五郎與百介所述，一位抱著娃兒的女鬼現身，滿嘴怨恨不斷咒罵，吉兵衛聞言氣得抽出刀子，邊喊邊朝女鬼衝去。總之，由於御行的三大勸誡他無一遵守，才會遭此橫禍。在場所有人都接受了這個說法。

「各位——」

御行看了看大家說道：

「此事實非這株柳樹所為。」

接著他繼續說道：

「經過一番深入查訪，再加上仔細檢驗過這株柳樹——在下發現這株柳樹並非妖魔鬼怪，實乃守護此家族之靈木也。成精報復之說，對其可謂失禮萬千。」

御行義正辭嚴地說道。聞言，老人們個個一臉訝異。

「一切——乃埋在這株柳樹旁的冤魂詛咒所引起。而這株柳樹稟其魔力，力抗妖魔，柳屋全家人至今方能平安。不料吉兵衛非但不相信柳樹之功德，甚至排斥佛祖慈悲的庇祐——今日方為妖魔所擄。很遺憾——他再也無法回來了。」

御行說完，再度搖了搖手中的鈴鐺。

這下老人全都跪倒在地，拚命向柳樹道歉祈禱。

【玖】

一如又市所言——吉兵衛再也沒活著回到柳屋。

眾人當晚便開始四處找尋在騷動中失蹤的吉兵衛，一直找到翌日清晨。不料吉兵衛也不知是升天還是遁地，就是完全不見蹤影，隔了十天，他的屍體才在海邊被發現。據說身上並沒有外傷。

另一方面——八重則是平安無事。

柳屋的親戚們都鬆了一口氣，至少老闆夫人平安無事，也算是不幸中之大幸了。

三次屋三五郎也漸漸恢復正常，看來是毫無大礙。這下他認為這一切多虧那位御行幫忙，亟欲向他道謝，找了又找，才發現他早已離開宿場。原來也沒等到天亮，御行就帶著百介一起離開了。柳屋一家人在品川四處搜尋，就是沒找到那位御行。

最後眾人在宗祠廟住持覺全和尚的帶領下，召來附近眾多僧侶，隆重舉行弔慰吉兵衛的法會。就連千體荒神堂住持等法師，都參加了這場跨越不同宗派的法會。

據說這場法會可謂盛況空前。

之後，眾人擇一良辰吉日，在曾鬧過鬼的中庭蓋起一棟新的柳樹祠堂。

據說在開工動土時，從地底挖出兩具破碎的骨骸。

大家都嚇了一跳，原來這就是那位御行所說的冤魂詛咒呀。這下便一改初衷蓋起了墳墓，虔敬地供養這兩具遺骨。

八重——後來順利產下一名男嬰。

成為吉兵衛的遺腹子——也就是家業繼承人之母的八重，名副其實地成了柳屋的老闆娘。她廣受各界好評，中庭的柳樹更是益發繁茂，柳屋的生意也依舊興隆，甚至較昔日更為繁盛。

吉兵衛歿後半年，北品川終於恢復平靜。

然後——在一座眺望品川宿入口的小山丘上，可以看到三個人影。

「結果還不賴嘛——」

又市眼睛往上翻地看著阿銀，一臉滿足地笑著說：

「——這下子八重也可以安心了吧。吉兵衛的親戚看起來都還挺正派的。而且——咱們也完成了阿文的請託。」

給晚了點，還請包涵。這是餘款——阿銀說著，從揹在背後的箱中掏出一堆以紗布包裹的金

子。

「和前幾次一樣——我還是完全搞不清整件事的來龍去脈。」

收下金子的謎題作家百介一臉困惑地說道：

「我只知道當時的幽靈是阿銀假扮的——而鬼火其實是又市拿火把造假的，接下來我又照你們吩咐的演了段戲，對整個過程卻完全無法理解。和前幾次一樣，我很懷疑，這次我是否真有幫到忙？這些金子——我真有資格收下嗎？」

百介一副愧疚的表情。

「幹嘛說這些傻話呀？百介先生，你可是幫了大忙呢。喜美以及阿澄孩子的行蹤不就是你查出來的嗎？阿銀，妳說是不是？」

是呀——阿銀以撒嬌的嗓音說道：

「而且也多虧你幫忙，我們才能證明阿文的事是真的。不過，也多虧喜美平安無事。畢竟她是唯一存活的證人。」

「可是，我根本不知道那位阿文小姐委託咱們的工作內容是——」

百介語帶尷尬地說：

「那位阿文，不就是吉兵衛的第三任繼室嗎？她好像生了一個名叫庄太郎的兒子，後來孩子因病過世，阿文也因此精神錯亂，逃離柳屋。是吧？」

「沒錯。不過，與其說她是精神錯亂，毋寧說是被嚇得——差點精神錯亂吧。所以，阿文逃離柳屋後還能活到今日，連她自己都大呼不可思議呢。」

「被嚇得差點精神錯亂？她到底委託你們辦什麼事？」

幫她的孩子報仇呀，又市回答。

「她的兒子——不是病死的嗎？」

「不是。我聽到阿銀提到這件事時，也覺得很奇怪。再怎麼說都應該不可能吧，還猜想這是不是這女人因喪子悲傷過度而產生的幻想。可是後來才了解——殺害阿文孩子的竟然是——」

竟然就是吉兵衛，又市把話接下去說道。

聞言，百介驚訝得嘴都合不攏。

「可、可是——吉兵衛不是很疼孩子嗎——而且他再怎麼看都——不像是會幹這種事的人……」

看起來是真的不像——又市瞇著眼睛，皺著一張臉說道：

「但——阿文確指稱是他幹的。不僅如此，殺害第一個孩子的——也不是什麼柳樹精，而是吉兵衛本人。」

這下百介的嘴張得更大了。

「真，真是教人難以置信呀。」

「吉兵衛為人一如風評，可謂知書達禮，亦深諳經商之道。而且他待人和善，不僅對女人體貼備至，也生得相貌堂堂，據傳還特別疼小孩。聽說頭一任妻子懷孕那陣子，他可是高興得不得了呢。卻沒想到——」

「卻沒想到什麼？」

「沒想到——他的高興只持續到孩子出生為止。這件事情其實是後來吉兵衛自己向阿文坦誠的，說他只要看到娃兒的臉，就會湧起一股難以抑制的衝動。」

「衝動？」

「一股想把娃兒殺掉的衝動。」

「這、這怎麼可能？」

「把娃兒活活揍死，或掐斷娃兒的脖子——那衝動可是強烈到如此程度，完全無法壓抑。吉兵衛自己也說，他還有理性時，確實覺得娃兒很可愛，也會禁不住想疼疼。但不知道為什麼，就是會湧起一股抵擋不住的古怪意念。一般而言——這種事是不會有人相信的，就連吉兵衛自己原本也無法相信。據說他告訴阿文，其實自己也不是想憎恨、折磨、或者殺掉孩子，只是有股衝動讓他想破壞什麼東西。」

「他真的這麼告訴阿文？」

「是的，他向阿文坦承自己過去造了些什麼孽——」

又市說完瞄了阿銀一眼，接著繼續說道：

「——一般人是不會坦承自己造了這種孽的，若要說也只是開玩笑吧。所以，我聽到時，起初也沒把它當一回事。」

「後來……才發現是真的？」

他病啦——阿銀把話接下去說道：

「可是他沒認為這是病吧。一個人會變成這樣，一定是有理由的。也就是，他為何莫名其妙想要殺掉第一個兒子——也就是阿德的孩子？吉兵衛為此左思右想，苦惱不已。你想想，娃兒明明是可愛得不得了，一看到娃兒的臉竟毫無緣由地想把他殺掉，這背後一定有什麼理由。他自己想必也很想知道吧。」

「那麼——他找到理由了嗎？」

「有啊。吉兵衛這個人，就是愛在絞盡腦汁仍覓不得答案後，勉強找到一些理由來說服自己。」

「不會吧——這種事情哪有什麼理由？再怎麼說，我也實在想不到一個連自己的孩子都狠得下心殺掉的理由呀。」

「例如——或許這孩子不是自己的親生骨肉，才會想把他殺掉。想必他這種人會如此下定論吧，其實不過是牽強附會。可是只要一有這種想法，他便無法擺脫，一直以阿德紅杏出牆為由折磨她。而阿德也很快就注意到丈夫這種不可理解的舉動——也就是他對孩子的殺意，因此暗自保持警戒。於是——」

「吉兵衛開始注意阿德什麼時候會有疏忽，有天——他發現褓母背著娃兒，終於忍不住下了手。首先，他殺死女傭，接著，再用柳枝絞死了孩子。」

真是太殘酷了——百介的臉上血色頓失。

「是很殘酷——據說他自己也如此認為，覺得這不是人幹得出來的事。他似乎曾有向阿文如此懺悔過。但後悔總在犯錯後，死了的娃兒哪可能復活。此時他急中生智，想起了百介先生提過的那個唐土的故事。」

「因此——他就故佈疑陣，佯裝娃兒的死乃柳樹精作祟？」

「倒也不至於。一開始他只打算將其佈置成一場意外，柳樹不過是個凶器——一不小心纏了上去把娃兒給絞死。至於擔任褓母的女傭則被他悄悄丟進海裡。若大家相信這是場意外，想必也都會以為這女傭乃因過度自責而自殺。總之，當時論誰也想不到，兇手竟然就是吉兵衛吧。但吉兵衛雖騙過了所有人，卻騙不了阿德。結果——吉兵衛就一不做、二不休，把阿德也給殺了。」

「把她的死佈置成自殺？這……也是他幹的？」

「沒錯——吉兵衛也曾斬釘截鐵地坦承自己就是在祠堂前殺死阿德的。這下連他都覺得自己不是人了。他之所以一再改變信仰，也是因為自己心裡有鬼——據說他是如此向阿文說的。」

百介驚訝地摀住了嘴。

「這世上——真有這種事？」

「就是有啊。聽到他親口說了這些，阿文想必是驚駭得無法自已，也納悶他為什麼要向自己坦承這些事——」

「是因為阿文——有孕了？」

「先生果然聰明。娃兒還在肚子裡那段期間，吉兵衛把妻子照顧得無微不至。但到了眼看著就要臨盆的日子，吉兵衛開始恐懼自己的老毛病會不會再犯，便向阿文坦承了一切。只不過——試著站在阿文的立場想想吧，一個有孕在身的女人聽到丈夫這麼說，會做何感想？」

「原來如此——當然會……」

當然會驚駭不已呀，百介回道。

「沒錯，所以情況真的是糟得不得了。即使如此——一足月娃兒還是生了下來，這下想逃想躲都沒法子了。果不其然，吉兵衛一看到剛出生的娃兒，就變了個人。」

「這——還真是嚇人呀。實在太可怕了。」

「當然嚇人呀。那可真是提心吊膽呢。不過，頭三個月都還平安無事，但最後吉兵衛還是趁阿文疏忽時下了手。雖然他對外宣稱兒子是病死的，但死因阿文當然很清楚，孩子是被扔進池裡淹死的。就這樣——阿文當場發瘋，逃離了柳屋。」

「那麼——第四位繼室阿澄呢？」

「噢，吉兵衛宣稱阿澄死於流產。但事實上孩子有生下來，只是吉兵衛這次當場把他給殺掉了。至於阿澄是因為孩子遇害蒙受衝擊而死，還是一併遭吉兵衛殺害，這就不得而知了——只知道她們母子倆就被埋在祠堂遺址下頭。」

這就是——那所謂詛咒的髑髏？百介問道。

「是啊——真是教人遺憾。」

「所以，咱們哪能讓吉兵衛五度逞兇——」

阿銀說道，並從箱中取出一個人偶的頭。那人偶刻得活靈活現的，活像個真正的娃兒。這就是她在柳樹下抱著的東西。

「——可是，咱們就是找不到證據。但託百介先生的福，從三次屋小老闆那兒打聽到祠堂原本的所在位置，阿又才找到了阿澄母子倆的骨骸，我也才能夠和逃過一劫的喜美見面，問出她逃走的理由。」

「所以，那位喜美小姐——是因為看透吉兵衛的本性，才逃走的？」

是呀，阿銀回答道：

「可是，最痛苦的——其實還是吉兵衛本人。你看他在近距離看到我的臉時，雖然沒對我做過什麼，心臟卻——就這麼停止了。真是可悲呀——」

可悲呀——阿銀再次感嘆道，接著又摸了摸娃兒人偶的頭。

帷子辻

因昔日曾丟棄檀林皇后之尊骸
至今仍不時可見
女屍曝晒荒野
犬獸黑鳥爭相啄食之景象
此怪異之事也

繪本百物語・桃山人夜話／卷第三・第廿二

【壹】

京洛之西有一處岔路口，名曰帷子辻（註1）。

此處東通太秦，北達廣澤，東北通往愛宕常盤，西方直指嵯峨化野，乃一四通八達之道路輻輳。但此處卻瀰漫著一股教人不知何去何從的氣氛，佇立此岔路口，直教人產生此處非道路岔口，實乃道路盡頭之錯覺。

這也是理所當然。

因為此岔路口往西直通化野一處人稱露水不消的亂葬場。這裡有埋在念佛寺八千石塔下方的孤魂野鬼，以及小倉山麓無數陳屍街頭化為風塵的無名屍，想來果真是世界盡頭。

古時候。

俗稱檀林皇后的嵯峨帝之妃橘嘉智子過世後，送葬隊伍肅靜地前進，眼看著就要來到這個岔路口時，突然吹起一陣風，把覆蓋棺木的帷子吹得飄落此處，此岔路口因此得名。有人認為此乃生前篤信神佛的皇后曾在嵯峨野附近的尼五山興建一座檀林寺，因此與此地結緣之故。

可是。

也不知是真是假，有人傳說，這位古代皇后臨終前曾留下遺言，說死後其亡骸切勿下葬弔喪，

註1：日文「辻」為岔路口之意。

只須丟到岔路口任其曝曬荒野——據說此乃其生前遺言。

不論是誰，聽到帝妃尊骸竟得曝曬路旁，想必都要納悶其緣由。傳言皇后立此遺志，乃為了以其身體現無常的道理。

據說——世間萬物變化不息，人生與人體皆屬虛空，不可能永遠存在。她希望藉此舉讓世人了解這個道理。

據說皇后在世時本是個絕世美女，不僅為眾人所欽慕，任何人看到她都會怦然心動，甚至因此產生邪念。據說皇后因此立下遺囑，希望自己的遺體於七七四十九日的中庸期間曝曬荒野，以讓眾人見識肉軀隨風吹雨打改變的模樣，以讓迷戀其美貌而忘記禮佛之愚者領悟世間無常，以教育眾人成佛之法門，其信仰虔誠可見一斑。

檀林皇后曾請求唐僧儀空協助我國建立第一所禪院。若非如此高貴的佛法信徒，恐怕也不會留下如此難能可貴的遺囑吧。

據說有許多為皇后美色迷惑者，在目睹其屍漸趨腐敗、遭禽獸啄食的模樣後，都頓時醒悟。

而皇后尊骸曝曬之處，據說就是這個帷子辻。

所謂帷子，應該就是佛教葬儀中穿在往生者身上的經帷子（註2）吧。

只不過。

皇后尊骸腐朽後——據傳帷子辻便不時出現一女屍曝曬路旁，遭貓犬烏鴉啄食之景象。

難道此岔路口洞悟了無常？

抑或是無常已蔓延至此處？

只不過，若世間果真無常，為何相同的昔日景象會如此一再出現？

此景豈不違背篤信佛法的皇后之功德？
由此看來，那顯然是狐狸精作怪。
要不就純屬幻覺、白日夢。
總而言之，這些都已是昔日往事了。
當時大家都認為這不過是個古老怪談，聞者無不斥為無稽，想必也無人願意相信。於是久而久之，隨著時光飛逝，此故事也逐漸為人所淡忘。
然而。
在這古老怪談平息後又歷經不知多少寒暑的後世——
這遠離京都的荒涼岔路口再度出現異象。
在盛夏的農曆八月即將結束時——
帷子辻每晚開始出現神似檀林皇后幻影的女性腐屍。

【貳】

「真是嚇人哪——」
京都嵐山盡頭一座人跡罕至的佛堂內，一個身穿白麻布夏衣、頭纏行者頭巾的撒符紙行者正

註2：以白麻布製成的壽衣。

在仔細端詳一卷攤在木頭地板上的繪卷——此人正是御行又市。

「看起來真教人不舒服呀。」

又市雙手抱胸，抬頭看看他面前的男人。對方一身僧侶打扮。

此人雖已剃度，且身穿墨染法衣，但其實並非正派僧侶。他相貌如凶神惡煞，教人難以相信此人誠心向佛，但這長相已將其素性展露無遺。

此人名曰無動寺玉泉坊，是個在京都一帶為惡的惡徒。

其名號乃由比叡山七大奇觀之中的無動寺谷、與名曰玉泉坊的妖怪結合而成，本名、出身完全無人知曉。當然，他這身僧侶扮相不過是為了方便混日子，和比叡山可是毫無關係。大津一帶就是這個無賴之徒的地盤。

這張畫感人吧？玉泉坊說道：

「這可是我受靄船那傢伙所託、上某豪門大戶家裡磕頭借來的，還付了不少銀兩呢。可別把它給弄髒了。」

不是已經夠髒了嗎？又市不屑地說道：

「倒是，靄船那傢伙還好吧？」

「還是老樣子吧。他說馬上就會到這兒來，並且交代我先趁這段時間給你見識見識這東西。」

覺得如何？御全坊拉長脖子問道。

「還問我覺得如何？這種噁心的畫，看了會有啥好處？江戶雖然也流行這類殘酷的東西，我也沒見過如此令人作嘔的。就連黏糊糊的臘人形都比這悅目得多了。」

又市皺著眉頭回答。

這繪卷——

上頭畫的是個女人。

不過，畫中的女人只有在第一幅裡是活著的。

第二幅畫的是她剛死的模樣，接下來的就是其屍腐爛的過程了，而且還畫得十分清楚。

每個階段都噁心到教人不忍卒睹。

這繪卷俗稱《九相詩繪卷》，又名《小野小町壯衰繪卷》。

上頭畫的就是人死後軀體化為塵土的九個階段。

這畫哪裡感人？又市問道。

真的很感人呀，玉泉坊回答：「——這幅畫感人，因為它告訴咱們世間無常嘛。」

「可是未免也太無情了吧。一個原本沉魚落雁的美女，卻放任其腐敗潰爛，實在是太殘忍了吧。這裡頭畫的可不是一兩天的事，任一具屍體曝曬荒野那麼久，這簡直是瘋了。這種東西哪可能討個性急躁的江戶人喜歡？」

不是啦，這不是無情，是無常啦——玉泉坊繼續說道：

「阿又呀，這可是一幅告訴咱們人世瞬息萬變的畫呀。即使這女人如此標緻，死了還是不免腐爛，屍體膨脹、生蛆、遭狗啃噬成白骨。可見經過時間淘洗，原本再美的東西都會變醜，美醜其實是一體兩面，沒什麼美麗的東西是不會變醜的。色即是空；只知追逐美色的人實乃愚蠢至極。」

「哼。」

又市對這番話嗤之以鼻：

「這道理誰不了解？入道（註3）呀，你以為自己剃了幾年和尚頭，就真成了和尚嗎？看你天

天吃香喝辣，還有膽拿這些佛門道理來說教？色即是空乃世間常識，上哪兒找不懂這道理的傻子？誰都懂的事，哪須要看這種噁心的玩意兒呀。誰不知道要活得超然，萬萬不可為這種轉瞬即逝的愛戀所迷？看來你真該去見識見識兩國的煙火（註4）呀。」

又市指著第一幅畫繼續說道：

「這張畫只要看這幅就夠了。對於江戶人而言，接下來的都是多餘。接下來會變什麼模樣——還是別去想吧，硬要探究反而壞了風情，就像人不該去窺探有機關的戲棚子後台一樣。即使每個看倌都知道表演是假的，若經營妖怪屋的沒能讓他們驚嘆，要靠什麼吃飯？你還真是打箱根以西的荒郊野外來的（註5）哪。」

這裡不就是箱根以西嗎？你真是愛挖苦人哪——玉泉坊笑著說道：

「阿又啊，這種畫叫做九相圖，乃根據一首名為九相詩（註6）的古老漢詩繪成，可謂歷史悠久，和你剛才說的超然或我是不是土包子無關。這種圖畫無非是要告訴我們，紅粉翠黛不過是唯影白皮；而男女淫樂擁抱的不過是彼此的骨骸。總之，人死後都會呈九相，這第一幅畫就是生前相——」

玉泉坊指著第一幅畫，繼續說明道：

「你看，這畫裡的女人生得國色天香。誠如你所言，如此美女容易教人迷戀，美麗得簡直如綻放的煙火。只可惜如此美女，終究還是得面對死亡——」

玉泉坊指向旁邊的一幅，畫的是一個躺在草蓆上，以白帷子覆蓋的女子。

「這是她剛死去的新死相。人已經死了，所以臉色很難看。若是病死的，想必死前就變得相當憔悴了。不過——這模樣看起來，好像還和睡著差不多。」

「才剛死，模樣哪會變多少？」

「是啊。昔之和顏悅色，今在何處？不過昔日面影猶存，看來還是有所不捨。是吧？」

「是對人世間仍有留戀？」

又市問道。是還有留戀，也還有執著呀，入道點點頭說道：

「大概是對世間還有執著吧。畢竟她的相貌還和活著時一樣，看不大出她已經死亡，只是身子不會動罷了。阿又，你剛才不是說，接下來的畫都是多餘嗎？」

當然是多餘的呀，御行回道：「人都已經死了，埋起來不就得了嗎？」

這可不行——玉泉坊說道：

「她看起來還和睡著差不多吧？看到她這模樣，仰慕者想必還不會就此拋開思慕之情，只會希望她醒過來、活過來吧。」

「所以，還是把她埋了吧。」

「是呀。可是，這福畫又如何？」

入道指向下一幅畫。

死者屍體已經腫脹，皮膚變得一片紫黑。

註3：在此指剃度的和尚。

註4：1732年，江戶鬧饑荒且爆發霍亂，八代將軍吉宗於翌年在隅田川舉行名為「施餓鬼」之煙火大會，以驅邪驅邪避凶、祭祀亡魂，從此成為當地一年一度的盛會，至今不息。

註5：「荒野與妖怪都在箱根以西」為江戶人罵人土包子的俗諺。

註6：一說指白樂天或日本空海大師根據佛家「九想觀」所作的詩作。

容貌也有大幅改變，已經看不出原本的容顏了。

「你看，這就叫肪脹相。人死後軀體都會膨脹，是吧？這時候臟腑腐爛、手腳變得硬如棍棒——生時一面光澤，又如春花，今復何在？一頭秀髮也變得如乾草般雜亂。待六腑全腐爛，屍臭就會溢出棺木。就是這麼回事。」

我才不想看呢——御行說道。

「對吧？任誰都會有如此想法。即便這女人生前讓人如何仰慕，看到她這副模樣也會死了心吧。」

「所以啦，我打一開始不就說過，接下來的都是多餘嗎？反正我懶得再聽你那些平調子的講經說道了。」

好啦好啦，玉泉坊笑著說道：

「算了，就當作是在靄船到來之前，聽我玉泉坊講個故事吧。你也別直皺眉嘛。接下來就是所謂的血塗相——」

入道指向下一幅畫。死者肌膚愈來愈黑，而且開始四處生孔，就連眼球都流了出來，景象實在是不堪入目。

「死屍從頭到腳，渾身膿血流溢，我平時所愛的人，即是如此之相，汝身及我，早晚與此無異——就是這麼回事。一個人生前人格再高潔，肉身其實都是如此不淨。演變至此相，肉身所有不淨更是悉數顯現。接下來則是肪亂相——」

至此階段，看來已完全不成人形了。

上頭已經長滿了蟲。

「死屍為鳥獸挑破，或為蟲蛆爛，皮肉脫落，骨節解散——你看，多麼骯髒啊。此時屍臭已可傳至二里、三里之遙。要說世上何謂不淨，這就是最好的表徵。不過，這屍骸雖然令人作嘔，但對禽獸而言卻是上等佳肴——」

玉泉坊滾開卷軸，展示出接下來的一幅畫。

下一幅畫畫的是以野狗為首的野獸以及烏鴉、老鷹爭食這具腐屍的景象。

「——這叫噉食相，死屍為禽獸所食，身形破散，筋消骨離，頭足交橫。此時人已淪為禽獸餌食，尊嚴至此蕩然無存。你或許會怪狗太不識相，但這對狗而言其實是理所當然的事。下一個階段則是——」

這個作僧侶打扮的流氓繼續捲動繪卷。

「喏，這是青瘀相。有些繪卷以這幅為首，但這張的順序是如此。至此階段，整張臉已形同髑髏，上頭的肉幾乎消失殆盡，接下來就要整個變成白骨了——」

說著，入道把卷軸捲到了最盡頭。

「此乃骨連相。前一幅畫裡的死屍還有皮膚，姑且分得出死者是男是女，這下別說是美醜，就連性別也已無法分辨。接下來，最後一幅是骨散相，這下死屍已是白骨一堆，散亂一地，只待化為塵土。五蘊本皆空，人生在世時何必如此迷戀這副身軀？如何？要詐術的，這下多少悟了點道吧？」

少囉唆！廢話說完了吧？又市不快地說道：

「簡直就像陪自己睡了一宿的妓女，夢醒時竟然變成個老太婆似的，噁心極啦。今天如果是個德性高超的法師向我說這些教，或許我還會聽聽——可是，聽你這沉溺於酒色的傢伙講這些道理，只讓我覺得作了場惡夢。」
你這張嘴巴怎麼還是這麼毒啊？入道說道。
不好意思，我最厲害的就屬這張嘴。御行回答。
「算了。不過阿又啊，你臉色不太好，看了這東西真有這麼不舒服？真是不好意思呀。只是，像你如此老奸巨猾、法力高強的詐術師，竟然連這區區幾幅畫都看不下去，真是教人意外啊。」
少胡說，我只是討厭看到女人的屍體罷了——又市抗議道。
「正如我一開始說的，人的本性原本就骯髒，不過是在這糞土般的東西上披著層皮，上點顏色，穿點漂亮衣裳，竭盡所能地裝得漂亮些罷了。這張畫等於是把人給殺了、剝了皮，有啥好稀奇的？」
只不過——又市兩眼依舊盯著這張繪卷說道。
只不過什麼？玉泉坊問道。
沒什麼啦，御行回答。
只見他的眼神無精打采的。
「到底是怎麼啦，阿又？理由我是猜不透，但看你一副無精打采的。昔日咱們一起闖蕩京都時，你的目光可從沒如此無神呢。而且——你現在這身打扮是怎麼回事？完全不信神佛的詐術師還打扮的一副御行的模樣，連我玉泉坊都懷疑自己是不是看花了眼呢。」
這不干你的事，又市回道。
「什麼？你不會是在想家吧？看你這古怪的神情氣色，難不成是死了爹娘？」
呿，又市咋了聲舌說道：

「我這靠耍詐術混飯吃的哪有爹娘？從小就是個沒人養的，老實說，我也不是個江戶人。我出生在五州，老爹是個莊稼漢，還是個沒出息的酒鬼，在我八歲那年就死了。我娘一生下我，就和男人私奔去了。所以，我是個如假包換的天涯孤子——」

「噢？」

玉泉坊訝異地睜大了眼。

這還是頭一遭聽到這伶牙俐齒的詐術師聊起自己的身世呢。

「原來如此。我原本還以為你是個江戶人呢。不過話說回來，你的神情還真的有點古怪。我等會兒還有件事得拜託你呢，如果你在掛心些什麼，要不要說來聽聽？」

反正也沒啥大不了的——又市說道。

「就說來聽聽吧。」

還不是為了一個女人，又市說道。什麼樣的女人？入道問道。

「已經是好幾年前的事了——我曾在江戶遇到過一個腦袋不大正常的女人，不，應該說是個老太婆吧。這女人非常好色，晚上沒男人就睡不著。即使她年華不再，教人多看一眼都難，但還是拚命在老人斑上抹白粉，乾裂的嘴唇上也抹著厚厚的朱紅，真是難看到令人作嘔。如此妖怪，每晚卻都要勾引男人上床。」

「就是那種好色女囉？」

「是呀。那女人老在做夢。」

「做什麼夢？」

「就是自己依然年輕貌美的夢，也沒看見自己已是又老又醜。不，她是故意視而不見吧。」

真可憐哪，入道歪著厚厚的嘴唇說道。

「是啊。我——也曾被那女人勾引——」

又市講到這兒，便沉默了下來。

「然後——發生了什麼事呀阿又？你讓她買了？」

「哪可能呀？我只是——讓那女人看清了事實。」

「你讓她夢醒了？」

結果你猜那女人怎了？又市反問道。

「噢，是失望還是羞愧？或者是痛改前非？」

「她死啦。上吊死了。」

「死了？」

「是呀。而且——屍體就像這幅畫裡這般浮腫不堪，嘴邊流滿了口水。」

玉泉坊默默地看著又市手指的那幅畫。

肪脹相。

她死時就這副模樣——又市再次說道。

玉泉坊皺起眉頭問道：

「是嗎——可是阿又呀……」

「人一知道真相，就活不下去啦。」

又市雙眼更加無神了。

「世間其實很悲慘呀，玉泉坊。不只是那老太婆，就連你、我，每個人都一樣，大家都得自欺欺人才活得下去，否則根本無法苟活。人明知自己本性齷齪骯髒，還是得大剌剌地騙吃騙喝。所以——」

咱們的人生不就是一場夢？

又市繼續說道：

「即使把人搖醒，用水潑醒、或者打耳光打醒都沒用。世間原本就是場騙局，人人卻把這騙局當真，你說這世間有沒有毛病？話雖如此，大家要是真夢醒了，真相反而會教人痛苦得活不下去。人就是如此脆弱，要想活下去就只能把這場騙局當真，除此之外無他路可走。只有活在虛幻的五里霧中，人生才能順遂。不都是這樣嗎？」

又市講到這兒突然抬起頭來。大塊頭的入道也跟著轉過頭去。

只見佛堂門口站著一個穿著樸素的矮個子男人，以及一個頭上頂著盛花簸箕的女人。

「好久不見啦，耍詐術的——」

來者——乃靄船林藏是也。

【參】

靄船林藏——表面上靠賣筆墨維生，實則是個惡棍。

靄船意指於迷霧中開到山上的船。每逢中元，從琵琶湖到比叡山的每個坡道都會舉行亡魂乘船登高的儀式——這也是比叡山七大奇景之一。據說這名號的由來是只要中了他的圈套，一切都變得真假難辨，宛如漫步於青靄之中，任其玩弄於股掌之上。

亦有傳聞他出身朝臣世家，但此說真假無人知曉。

「又市啊，你我曾交杯結拜，卻連一封信都沒捎來——也未免太薄情了吧？有好一段時日沒聽到你的消息，原來你是周遊列國去啦？我可是花了好大的力氣找你呢。難道是為懺悔自己昔日惡行出家修行去了？」

又市把頭轉向林藏說道：

「就是這麼回事。瞧瞧這身打扮，如今我已是個四海為家的御行了。」

話畢，又市從懷裡掏出搖鈴搖了一聲。

「這可就教人吃驚了。你是真的在修行？」

「不行嗎？話說回來，靄船你今天這身打扮，看來像個大商行老闆，但我看你壞事也幹不了多久了，還是學學我剃個和尚頭吧。把外貌整理得謙恭點，多少也較易明辨是非善惡呢。」

在你身上倒是看不出來——林藏笑著說道：

「——是誰把鑄佛熔了拿去賣的呀？」

「所以我才剃了光頭，好精進修行啊。倒是——我的事你是聽誰說的？」

又市盤腿坐了下來問道。

還不是御燈小右衛門？林藏笑了笑說道：

「——你上回幫那大官佈的局，還真有兩下子呢。」

呿，原來是那個老不死的傢伙呀——又市又說道：

「倒是，你幹嘛把我叫到這窮鄉僻壤？我可忙得很呢。」

「就因為有事找你幫忙呀——」

說完林藏走進佛堂；來，給你介紹一下——他說著，把背後的女人拉了進來。

她身穿河內木棉衫（註7），外罩烏袖，黑掛襟上披著粗肩帶；腰圍前掛（註8）則有一條御所染（註9）的細帶。

這是京都賣花女——白川女（註10）常見的打扮。

「她住橫川，名叫阿龍，是我兩年前開始合作的夥伴。這位——這是耍詐術的又市。是我以前在江戶時的——狐群狗黨。」

請多指教，阿龍有禮地向又市打了聲招呼。

這女人生得頗為端莊。然後，林藏與阿龍關上門，在繪卷旁坐了下來。

「——你看過了嗎？又市。」

「唉，看過啦。不過看是看了，不知這幅畫裡有什麼名堂。」

「說的也是——先幫你說明一下吧。」

「入道已經解釋過了。」

這和尚哪懂些什麼？林藏說道。

註7：日本古時位於今大阪東南部之河內國出產的粗木棉，一般用於製作法被（日式短袖外套）、暖簾等。

註8：工作用的圍兜。

註9：十七世紀時日本宮女服裝使用的染布，或指仿其染法染製的布料。

註10：在京都身穿白川地區特有的服裝，頭頂著花沿街叫賣的女性。

「少囉唆。別看我這副德行，我可是在廟裡待到十五歲的，講經說法我可是駕輕就熟。阿又，你說是不是？」

「廟裡住過有什麼了不起？哪知道你是看墓園的還是管茅廁的。如果住過廟裡就了不起，倉庫裡的老鼠不都變成大僧正了？如果是門前（註11）的小僧侶還討人愛，哪像你塊頭大得不像話。讓你在門前講經說法，我看還是拿鐵棒打打殺殺的比較適合你吧。」

你這傢伙還真是沒口德呀，玉泉坊邊嘮叨邊捲起繪卷，但林藏立刻按住他的手。

「且慢。這張畫可是很重要的。」

又市一臉不耐煩的表情。

「要我幫什麼忙就快點說吧。要我偷東西我可不幹。」

「並不是什麼有銀子賺的差事。」

林藏說完，併起右手的食指與中指輕撫了一下鬢角。

沒錢賺的差事我也不幹，又市咆哮道。但前金後謝是不會少的，林藏回答。

「錢會是誰出的？你嗎？」

「這我不能說。不過，阿市你聽好，這原本是我的差事，但我一個人總是處理不來。可是，明天起我又得依頭目的吩咐到長崎一趟。」

「所以找我來替你完成？不能等你回來再做嗎？」

那可能就太遲了，林藏又說：

「事情是去年夏天發生的。就在太秦再過去些的帷子辻——」

突然出現一具女人的腐屍——林藏說道。

「腐屍？」

又市聞言看向繪卷。

「是呀。大概已經死了十天或二十天了，眼珠脫落，臟腑皆已化作屍水，毛髮如鳥巢般雜亂糾結──喏，就像這幅畫裡的模樣。」

他指向血塗相說道。

「且慢。」

又市打斷林藏的話說道：

「即便是在都城之外，畢竟也是個岔路口，怎沒人打那兒經過？況且不是還有人住在山上嗎？要不然行商的還是什麼的也會打那兒經過吧？」

「當然呀。是有很多人打那兒經過。」

「這不就奇怪了？怎麼會有女人死在那種人來人往的地方，卻沒人注意到？京都人雖然個個是慢郎中，也不至於讓一具屍體躺在地上十天二十天的，任其腐爛吧？就算是忙碌無情的江戶人，看到有女人倒臥路旁，也會伸手搭救呀。」

情況並非如此──林藏繼續說道：

「京都居民其實也並非都是慢郎中。」

「呿，你這話鬼才相信。很看他們怎麼辦祭典的不就知道了？一付懶洋洋、要死不活的。祭典應該要很有氣勢才對，但京都人抬轎子走一町就得花好幾刻鐘，也難怪他們會任人路死街頭，任

註11：江戶時代，名目上為寺廟土地，但築屋供人租借居住以增加寺廟收入的區域。

其腐爛嘛。」
又市批評一番後站起身來又說：
「不好意思，我告辭了。」
「且慢。急性子是成不了事的。江戶人就是這種驢脾氣才教人傷腦筋。你們江戶人講什麼瀟灑，講什麼做事要有氣勢，總是宣稱錢在荷包裡絕不過一宿，不就是打腫臉充胖子？江戶人和京都人哪個比較闊綽，從身上行頭不就看得出來？與其虛張聲勢，不如實際點兒吧。」
「少囉嗦，林藏，稍微有點臭錢就看不起人啦？你雖然有錢，卻全花在吃吃喝喝，有啥好令人羨慕的？我雖然是過一天算一天，但這哪叫窮？哪像你這守財奴，一輩子都不知道錢該怎麼花。錢可不是賺來存的呀。」
「真是的，你真是改不了尖酸刻薄哪。阿市——」
林藏苦笑著制止又市離去。
「——雖然你換了一身行頭，但本性還是沒改嘛。別鬧彆扭了，坐下來吧。我也清楚你不是個見錢眼開的人。」
「那就有話快說、有屁快放。不然我可要告辭了。」
「先聽我把整件事說清楚再做決定吧。我不會唬弄你的。」
那就快說吧，又市再度坐了下來。
「又市呀，其實那具女屍一開始就是腐爛的，而不是在路上爛的。」
「這是怎麼回事？」
「簡單說就是——屍體是在腐爛之後才被扔到路上的。」

「這是怎麼一回事？我不知道那女人死因為何——但你的意思是在被棄屍之前，嫌犯一直把屍體放在身旁，直到爛了才扔出來？」

看來就是這麼回事，林藏回答。這哪有可能？又市馬上反駁。

「唉，你先別急。且聽我把整件事的來龍去脈說一遍吧。」

根據林藏的說法，整件事的經緯如下。

一年前的夏天——

帷子辻出現一具腐爛的女屍。

當然，看熱鬧的人與捕吏蜂擁而至，原本安寧的岔路口變得一片人山人海。

屍體腐爛得非常嚴重，只是雖然五官體格無法辨識，但從身上的衣服判斷，死者身分應該不低。如果死者出身卑微，就算案情再可疑，只要當做是路死荒野的無名屍就能交代了。但再怎麼看，她顯然都是武家妻女，所以，京都奉行所與京都所司代都無法放任不管。

過沒多久，死者身分就有眉目了。

乃京都町奉行所與力（註12）笹山玄蕃之妻——名曰阿里。

據說當事人在事發前兩個月行方不明，與力曾動員所有奉行所同僚四處搜索。

不過——

一開始沒能辨明死者的身分，其實是有原因的。

首先，阿里並不是被綁架，也不是遭人殺害。

註12：江戶時代大官之幕僚。

事實上，阿里在失蹤前兩個月，就因罹患感冒而過世了。

因此，被綁架的並不是阿里的人——而是阿里的屍體。

阿里的亡骸在荼毗火化之前，便在家人徹夜守靈之際如一陣煙般失蹤了。

這真是怪事一樁。雖已亡故，但阿里畢竟是個與力之妻，可謂茲事體大；難道是有人刻意挑戰官府權威，抑或蓄意愚弄武家？總之整個奉行所因此事一片譁然。只不過經過一番搜索，不僅屍體沒找著，犯案者的身分也沒半點眉目。從沒聽過有人要偷屍體，於是有人謠傳此事乃狐狸精作祟。也有人說貓會操控人屍，被貓魂附身的屍體能自行走動什麼的。還有人謠傳有一種類似貓的野獸乘坐的火燄車，也就是名為火車的妖怪，會在葬儀上竊走死者的遺體。若真是這類妖魔鬼怪所為，奉行所與所司代哪可能緝得了兇？

這案子就是這麼回事。

因愛妻屍首遭竊而變得心力交悴的與力笹山玄蕃，據說在趕到現場之後，直抱著腐爛不堪的亡妻屍骸痛哭。不過，可能也是屍體太慘不忍睹，圍觀者都沒有人敢靠近玄蕃，安慰他。只是——

帷子辻的異象並沒有因此結束。

到了年底。

一具女屍——再度出現於帷子辻。

而且同樣是死亡兩個月以上，已經嚴重腐爛的腐屍。不過由於時值冬日，腐爛情況不似先前那般嚴重，但依舊令人不忍卒睹。

不久——官府從死者身上的梳子及墜子等判斷，此人應是祇園杵之字家的藝妓，名曰志津乃。

據說志津乃於兩個半月前失蹤，但和阿里的情況不同，她並不是屍首遭竊，而是在生前便已失蹤。只是周遭並沒有人想到她可能是遭誘拐失蹤的。

想必是某恩客為志津乃贖了身，把她帶走了——當時大家都這麼認為。雖然不知這號人物是誰，但這項傳聞並非空穴來風。事實上，據說在志津乃失蹤前不久，有一筆金子被送到店裡，表明要交給志津乃。

不過——認識志津乃的人都說，志津乃遺體的穿著打扮似乎和失蹤那天一樣。至於死因，則似乎是被勒斃。由此推斷——志津乃可能被綁之後立即遇害，屍體被藏於某處一段時間，待其腐敗才被扔了出來。當然，官府照例動員緝兇，只是經過一番搜索，仍查不出嫌犯為何人。

冬去春來。

帷子辻竟然出現第三具屍體。

這第三具屍體損傷程度更加嚴重，據說面容幾乎一半已化為白骨，不過還是從身上的護身符辨識出其身分。死者乃東山料理店由岐屋的女傭，名曰阿德。阿德的死因無法確認，但至少不是刀傷，據推測可能也是遭勒斃。

然後——

「前天——又出現了。」

林藏話說完露出困惑的表情，轉過頭來看又市。

「難道這次的呈骨散相？」

又市指著繪卷說道：

「第一個與力之妻呈血塗相。接下來的藝妓呈肪亂相。第三個女傭則為青瘀相；顯然是愈來愈嚴重。到了這階段，第四具屍體可能就是遭犬獸啃咬的噉食相囉？不會吧——嫌犯竟然將白骨棄

置在這個人來人往的岔路口？」

「喔，這倒沒有。這次還好。被發現的是一名白川女——也就是賣花女，名曰阿絹，是個良家婦女，不僅工作勤奮，也很會照顧人。是吧——阿龍？」

阿龍點了點頭。

「可別以為我會掉淚呀。」

「這我知道。」

「只是，沒想到林藏你會如此不中用，什麼時候心變得這麼軟啦？不過是一個認識的姑娘遇害，竟讓你如此同情？這下滿載十億亡魂、含恨蜿蜒登高的靄船林藏這威名豈不虛傳？」

又市捲起白衣的袖子說道。

堂外是蟬鳴陣陣，堂內也是悶熱非常。

「你還真是愛耍嘴皮子呀。耍詐術的，阿絹的屍首應該是在死後被藏了好幾天，才突然被棄置於帷子辻。當然，屍體是遭人棄置，但阿絹並不是被人殺死的。」

「什麼？」

阿絹是自殺的——林藏說道：

「她是上吊自殺的。這點不會錯。有許多人看到她在梅樹上上吊，慌忙地想拉她下來，終不成只得去找人幫忙，結果在這段時間裡屍體就不見了。後來她的屍體在岔路口被發現時，繩子還纏在脖子上。」

「又是人死了屍體才被偷走的嗎？」

「看來就是如此。」

「這未免也太奇怪啦。」

又市一張臉都僵住了。為了掩飾內心的慌張，他刻意以浪速腔（註13）說道。

真是教人洩氣啊——林藏說道。

「這哪是洩不洩氣的問題？聽你講了這麼多，還是沒任何線索，這忙叫我怎麼幫？你該不會是要我幫忙找出嫌犯吧？」

「沒錯。嫌犯為何人，我大致已有所掌握。」

「那麼——上奉行所報案，把人抓起來不就成了？」

又市做出打梆子的動作。林藏則皺起眉頭說道——正因為沒這麼簡單，我才找你來的呀。

【肆】

帷子辻連日出現異象。

一到傍晚時分——打岔路口經過的人變少，行人樣貌也因暮色而逐漸模糊時，奇怪事情就突然出現。

這次是一具躺在草蓆上的女性屍體。

一看就知道是具屍體。全身黑青浮腫，蒼蠅群聚而且長蛆，有幾次還出現野狗咬食臟腑。

註13：浪速為大阪古地名。

最先發現這異象的，是個賣藥郎。

賣藥郎大吃一驚，心想怎麼又出事了——大家都知道此處自去年夏天起，已相繼出現四具腐爛女屍了。可是當接到通報的捕吏紛紛持刀趕至現場時，屍體卻已不見蹤影。於是官員質疑賣藥郎謊報消息，賣藥郎則堅稱確有其事。事實上，不僅是賣藥郎，其他也有數名民眾目睹。不可思議的是捕吏們大力搜索，也沒找著任何痕跡。

但翌日又出現相同的景象。

同樣是黃昏時分，同樣有目擊者稟報，但捕吏們趕赴現場時還是撲了個空。

第三天、第四天，同樣的情況一再出現。

捕吏們因此決定，在第五天事先安排幾個奉行所的同心（註14）在附近埋伏。

理應有人棄置屍體，事後再將其回收。

可是——

卻不料數名同心都夾著尾巴逃回奉行所。

屍體是出現了。

但完全沒看到有誰把屍體運來。按理說，載運屍體即使不用推車，也必須用馬或牛車——畢竟是具腐屍，依常識判斷，總不能用挑或用揹的吧。同心們因此將注意力鎖定在這類目標上。

但完全沒看到這類東西經過。

就在眾人稍不留意之際——屍體又出現了。

捕快們個個都懷疑自己的眼睛是否出了問題。

但確實有具屍體躺在地上。

而且一如先前的報案者所述，屍體上蒼蠅雲集，臭氣沖天。

於是，幾個人慌忙地開始尋找嫌犯，卻不見任何人影。

在附近擴大搜索，也只發現一位挨家挨戶化緣的托缽僧。這個僧侶在屍體出現前，就已經在這一帶了。為求謹慎，捕吏們還是問了這個和尚幾個問題，但他對案情顯然是一無所知。

「那和尚——就是我呀。」

玉泉坊說道。這位入道背後揹著一只可裝進一個人的大葛籠。

「那真是有趣極了。那些彎腳同心全都嚇破了膽，連牙都咬不攏呢。就在他們亂成一團時，那屍體又消失了。」

「所以那應該是——鬼囉？」

謎題作家百介邊說邊蓋上了筆墨盒的蓋子。

兩人正走在太秦廣隆寺後方的狹窄坡道上。

「原本以為是近年罕見的鬼故事，千里迢迢趕過來，結果也沒什麼大不了嘛，反而發現這件事又和又市有關。」

這件事已經那麼有名了嗎？走在前頭的玉泉坊轉過滿臉鬍鬚的臉，回頭看向百介。

至少在大坂一帶已是廣為人知了——百介回答。

「世界可真小呀。沒想到——印書的一文字屋竟然是又市的舊識。我是透過江戶一個做出版的朋友來找他商量出版事宜的。」

註14：江戶時代聽命於與力的低階捕吏。

「一文字那傢伙，過去也很照顧我。」

說完，入道在坡道上停下了腳步。大概是身上揹的東西太重了吧。

「不過，謠言傳得也真快呀。你到底聽到什麼了？」

「其實，我一開始聽到的是檀林皇后亡魂出沒的消息。當時就覺得這很重要——畢竟我是專門收集奇譚怪譚的。」

這我聽說過——入道調整了一下背著的葛籠說道：

「你打算出版百物語吧？阿又說你好奇心挺強的。」

「是啊——我好奇心是很強。尤其是認識了他以後。我的事就不重要啦。話說回來，這次我來京都四處打聽，發現情況不太對勁。竟然有四具女屍相繼出現在十字路口。一會兒是藝妓，一會兒是賣花女，一會兒是料理店女傭，還有武士之妻——」

是啊——玉泉坊回百介的話。百介接著又說：

「這些兇殺案——與其說是兇殺案，不如說是棄屍案吧，消息好像還沒有傳很遠。據說是一年前開始發生的，至少還沒傳到江戶。」

「可能是每件案子之間都相隔一段時間的緣故吧。而且，四件之中有兩件不是兇殺案，官府要緝兇也毫無線索；對他們來說這可是攸關面子問題，所以這案子也不敢過度張揚吧。只不過話說回來——這件事雖然古怪，但就地緣關係來看，倒也沒什麼好驚訝的吧。」

「地緣關係——什麼意思？」

是啊——玉泉坊回答道：

「京都這地方，其實四周都是亡骸呀。」

「四周都是亡骸？你的意思是這兒有很多墓地？」

不是墓地多，是屍體多——玉泉坊說道：

「你看，這都城三面環山。」

玉泉坊抬起頭來，刻意做出環視周遭的動作。

「這些山都不是人住的地方。不論是鞍馬還是比叡山，皆有鬼門鎮護。其他山頭也是如此。然後，所謂的裾野又名七野，也就是平野、北野、紫野、上野、萩野、內野、以及蓮台野，乍聽之下山邊皆是平原——但這些平原可都不是單純的平原。」

「不是單純的平原？」

「你沒去過船岡山的千本閻魔堂嗎？」

去過呀，百介回答。百介一向喜歡巡訪寺廟神社。

「你知道船岡山原本是個刑場嗎？那兒有一條千本通，雖然是從朱雀大路延伸過來的，但那地方原本叫千本卒塔婆。而內野那地方，在昔日曾是棄屍的場所。」

「棄屍？」

「是呀。蓮台野直到現在都還是墳場。現在墳墓大都有墓碑，但昔日大都是將屍體就地扔了。接下來——東山三十六峰之一的阿彌陀峰山腳下，現在叫鳥邊野，同樣是個埋葬場。」

「你是說清水寺的另一頭——六道珍皇寺那一帶嗎？」

「沒錯。那地方可說是冥界的入口。至於這頭則是——」

入道轉身面向西方說道：

「是小倉山——也就是化野。你看過化野念佛寺的千燈供養了嗎？」

很遺憾，還沒看過——百介回答。

「是嗎？那地方滿荒涼的。雖然風景漂亮，但就是給人一種無常的感覺，那兒的眾多石塔，供養的是自古以來在那兒腐朽的無數骨骸。歷史上，京都曾歷經無數次祝融與兵荒，每逢劫難，屍體全被丟到周邊地區。比如，帷子辻前方的化野，也是個棄屍的場所。」

「棄屍——不埋葬嗎？」

「據頭鳥邊野那一帶習慣火葬，但化野這帶都就是地丟棄。這就叫風葬吧。」

「風葬？」

「是啊。如今是沒人這麼做了，但其實直到不久前——那一帶總是堆滿了腐屍骸骨。因此九相圖裡畫的並非憑空想像，昔日在這一帶可是司空見慣的景象——」

這惡棍一臉真和尚的神情說道：

「若無常野露水不消，鳥部山雲煙煙常往，而人生於世亦不得不老不死，則夢物之情趣安在？就是這麼回事吧。」

這是《徒然草》裡頭的句子吧？百介回應道：

「意思是——帷子辻乃通往無常之地小倉山的入口，故湧現如此幻象乃理所當然？」

「沒錯。人是健忘的，而且每個人終將一死，更替了幾代，昔日的記憶就會漸漸模糊。只不過，即使人搬遷，土地也不會有任何改變。即便屋子倒塌、樹木枯死，大地還是會繼續存在。因此即便人淡忘，土地還是會記得，京都一帶就是深深烙印著這類令人作嘔的記憶。」

「所以會鬧鬼嗎？」

百介一臉訝異地問道。鬧鬼倒不會，玉泉坊露出惡棍的真面目回道：

「所有妖魔鬼怪都不過是人作的戲。你看你周遊列國，有遇過什麼真正的妖魔鬼怪嗎？世上哪有這種東西。可是，你看，大家還是繪聲繪影，巴不得世上真有妖魔乃人之常情。畢竟居住在如此古老的城市——自然就會產生這方面的聯想，尤其是在帷子辻這一帶。因此阿又設的圈套才會教人無法識破，有時就連我都懷疑會不會是真的呢。」

「真的——幽靈嗎？」

雖然那其實是阿龍扮的——入道繼續說道：

「不過阿龍還真會作戲呀。她已經連演了半個月了，一次都沒讓人拆穿。演得可真好呀。」

「可是——演得再好，也不能一直演下去吧。即使扮得再好，但生者和死者總有區別，遲早會被人識破吧？」

就百介所知，又市的圈套總是設得很縝密，幾乎是無法拆穿。

想必這次也一樣吧，百介心想。又市設想的計謀既深且遠，遠非百介所能企及。不過，連續裝神弄鬼半個月之久，畢竟還是有危險。誰都知道夜長夢多，照道理又市平常應該不會拖這麼久才對。百介對此頗為不解。

但此時玉泉坊表情神妙地說——放心吧，這不會被拆穿的。

「其實，就連我也嚇了一跳呢。沒想到，他刻意以腐汁裹面，讓蒼蠅蛆蟲聚集。並將腐爛獸肉置於肚皮上，吸引野狗咬食，扮得實在徹底。而且每次都在逢魔刻（註15）現身，一般人怕危險，哪敢靠近如此令人作嘔的東西？」

註15：黃昏時分。

原來如此——百介說道，但他還是無法了解這麼做的意圖何在。

「你們繼續這麼扮下去，到底是有什麼打算？只是為了把行人嚇跑嗎？這一切——和過去幾次一樣，我還是參不透。」

「就連我也參不透呢。不過，這是事實，已經愈來愈少人敢打那岔路口經過是個事實。這半個月來持續這麼攪和，就連奉行所也拿咱們沒轍了。既然是幽靈妖怪作祟，也別想緝什麼兇了，所以同心均已悉數撤回。這陣子只要一過黃昏時分，那兒就連隻狗都不敢靠近。」

「即使已經無人敢靠近——你們還要繼續扮下去嗎？」

當然呀——玉泉坊回答。

「也不知道他是在等什麼——哪有兇手會跑到遭自己殺害者亡魂出沒的地方？想避開都來不及了。」

聞言，入道納悶地扭了扭脖子說道。

「我也是這麼想。若我是兇手，絕不會靠近那地方。如果真是鬧鬼，那可是避之唯恐不及；若不是真鬧鬼，那就肯定是個圈套。對吧？」

有理——玉泉坊說道。

「但我覺得那兇手的頭腦應該不簡單。」

「此話怎說？」

「我完全想不透他為什麼要這麼做。或許——他是因為和女人起了什麼爭執才下手殺人，事後心生恐懼而把屍體藏起來——這是有可能的吧。過了一段時日，屍體漸漸腐敗，無法繼續藏下去，只好拿出去丟掉——若是這樣，還能理解。」

「也許就只是這樣吧？」

「可是第一具女屍並非死於他殺，是死了屍體才被偷走的，這點真的很不尋常。」

「說的也是。唯一的可能就是兇手與死者遺族結怨，因而藉此報復。但他又不是戰國亂世的野武士，覆蓋經帷子的屍體上頭也沒什麼好偷的。若想把屍體加工成些什麼——結果也沒這麼做。那麼，兇手這麼做一定是為了侮辱死者，以折磨其遺族。」

「可是，那位亡妻遺體遭竊的與力笹山，人格高潔官品清廉，剛正不阿嫉惡如仇，是個不可多得的好官，據說不久就要昇為首席與力。所以只聽到有人同情他，可沒看到任何人在幸災樂禍。」

「是嗎？可是——會不會有人因為嫉妒而欲打擊他？」

噢，是有這種可能——入道回答。只見他的臉孔逐漸消失在西下的夕陽中。

「——但那位與力失去了愛妻，原本已經承受相當大的打擊。據說他甚至捨不得將妻子火化或埋葬。待他終於下定決心讓妻子入土，遺體卻在葬禮前一天遭竊。原本準備厚葬的愛妻，最後卻落得曝屍荒野，這下的打擊可就難以言喻了。」

「打擊——」

「是打擊呀。據說他已是形同廢人了。如今兇手尚未歸案，而且只要情況稍一平息，又爆發類似事件，讓他再度憶起這樁悲劇。若是有人刻意要打擊他，對他的仇恨想必不淺。還真是陰險呀。那位與力不僅已是意氣消沉，據說就連身子也壞了，如今正告假在家休養。這兇手佈的局還真是成功呢。」

「他辭官了？」

「那倒沒有。他的亡妻是個所司代還是什麼大官的女兒。可能是這個緣故，加上他們夫妻倆一向很恩愛。如果他是個普通的與力也就算了，但他正好又是個武士，妻子亡骸遭竊對武家而言可是奇恥大辱。而且不僅承受此恥辱，還遲遲無法逮捕兇手歸案，只能日日掩面哭泣。可想而知，他一定是將下屬怒斥一頓後，在家閉門蟄居——想必是這麼一回事吧。」

「應該不是這樣吧。」

「不然是怎樣？最愛的伴侶亡骸遭辱的苦惱，不是當事人恐怕是難以想像。若是設身處地為他想想，恐叫人難掩憐憫之情——因此上頭才要他休息一陣。聽說就是這樣。當然，岳父擔任政府要職，對他多少有些幫助，再加上他又如此受岳父賞識。上頭對他如此開恩卻沒惹人閒話，想必是他平日以德服人的緣故吧。」

「他們夫妻倆很恩愛——」

百介停下腳步，從筆墨盒拿出筆，在筆記簿上寫了幾個字之後，又問：

「這麼聽來——兇手犯案的動機應該是看這個與力眼紅吧。」

「是嗎？可是，是否有人嫉妒或羨慕他到什麼程度，我們是不清楚，但若是因此殺害其妻，那還不難理解，為何要偷走遺體，就教人想不透了。而且還為了偷遺體一再殺人？」

「不過——就結果來看，偷走屍體的攻擊效果是非同小可吧？」

「就結果來說是如此。那位與力因此備受打擊，但也不至於丟了官，俸祿也沒減少，反而廣受周遭同情。再者，以第二個遇害者為首的女人，和他都沒半點關係。」

「真的沒半點關係嗎？」

應該是沒有吧——入道走進小巷，接著說：

「首先是藝妓志津乃，雖然容貌、才藝都不差，但在眾藝妓裡算是比較不起眼的。她人際關係單純，沒什麼親朋密友。她行事低調，默默賺錢，在杵之字家中是顯得有點格格不入。」
「聽說有人要為她贖身？」
「這件事讓杵之字家嚇了一跳，沒有一個人相信。即使真有人送一筆金子來，也沒人知道金主為何人。這下她一死，就更沒人會知道了。接下來遇害的是一個女傭，在由岐屋料理店工作。這家館子常有武士上門光顧，與力與同心也常上那兒吃飯，但怎會連女傭都……再者，最後一位的白川女——則是上吊身亡的。」
「自殺原因為何？」
這我就不知道了——入道回答。又說：
「她賣花的夥伴說她並沒有自殺的理由。總之，她自殺的原因無人知曉，和那位老實的與力應該無關吧。」
「真是麻煩啊。總是不管怎麼看——刻意待屍體腐爛再拿將之棄屍——這種事也未免太奇怪。這麼做究竟意義何在？依我看，這無非是為了冒瀆死者。可是，林藏大爺不是說——嫌犯為何人，大致已有所掌握？」
「似乎是如此。不過答案我還沒聽說。」
玉泉坊突然停下了腳步。此時已經變成一個黑影的入道開口說——
此處就是帷子辻。

【伍】

岔路口——天色漸漸暗了下來。

附近民宅，家家戶戶都是門窗緊閉。

四下已無人敢居住。

附近景色並無特殊之處，葦簾、犬矢來（註16）、暖簾、以及屋瓦等等，和其他地方的都沒什麼兩樣。只不過，整個風景還真是陰森森的，給人一種置身他界的感覺。此時風已平息，空氣沉悶，連蟬鳴都已停止，夏夜鬱熱的空氣叫人喘不過氣來——天色亦已漸漸昏暗。

氣氛頗為凝重。

這兒的黑夜也似乎降臨得較其他地方早。

這下——就在那頭。

屍體出現了。

那東西怎麼看都是具屍體。渾身皮膚發紫潰爛，上頭蒼蠅群集。仔細一看，嘴角眼角黏膜處均有蛆蟲爬來爬去，並有白濁的黏液垂流。當然，那具屍體是一動也不動。

她的頸部纏著一條粗繩子，綁有繩子的皮膚顏色更黑，脖子也不自然地扭曲。她的雙眼渾濁，半張的嘴裡一片漆黑，嘴裡完全沒有氣息。況且她還是臭氣沖天，任誰看了都要覆眼摀鼻，儘速離開。

四個半刻鐘。

她還是動也不動地躺在地上。

最後，夜色逐漸籠罩屍體。不，或許是從屍體內湧現的黑暗，伴隨屍臭往周遭擴散吧。

接下來——人鬼難分的逢魔刻來臨。

四下鴉雀無聲。只有一種低沉的聲音從岔路口的方向傳來，彷彿是小倉山的亡魂們開始蠢蠢欲動。

突然。

出現了一個人影。

只見他步履蹣跚——

那人影彷彿一個酩酊醉漢，踉踉蹌蹌地朝屍體走去。走到屍體邊，人影便站住不動了。

隱約可見此人腰上掛著一支長長的東西，看樣子來者是個武士。

武士在屍體旁跪了下來，彷彿在磕頭似的低下了頭。

他是在懺悔，還是受到過度驚嚇站不起來？似乎兩者皆非。

那武士——正在使勁吸氣。

彷彿正在享受這股屍臭，吸得非常起勁。

這景象十分不尋常。這可是稍稍靠近就會令人噁心的惡臭呀。

後來，武士開始嗚咽了起來。

註16：屋外以竹片或木片搭造的擋土牆。

但這嗚咽聲聽起來——似乎並非出自哀傷。
那男人——似乎反而很高興。
阿——阿絹。阿絹。
妳——妳曾經說過要——
我對你的心意是永遠不會變的。
不管妳變得再臭再爛，我——
我——我都不會忘了你。
鈴。
此時響起一聲鈴聲。
那武士嚇得回過頭來。
只見一個白影在昏暗的岔路口浮現——一個白衣男子正站在那裡。
此人正是頭裹行者頭巾，胸前掛著偈箱的御行又市。
「施主如此深愛她？」
又市問道。
「——施主您——是不是深愛著她？」
「你，你是誰？」
「貧僧是個居住在彼岸與此岸邊境，往來於冥府與人間化緣的御行。」
「你——你是個御行？」
「是的。今晚阿絹又現身了。施主您——也是有罪之人啊。」

阿絹啊，阿絹啊，武士低聲喊著，臉緊貼著裹屍的帷子。

「我是如此愛慕妳，妳卻——」

「如此愛慕她？」

「阿絹她卻說，我們倆身、身分不匹配。」

「她這麼說並沒錯啊。武士和賣花女，身分的確是有天壤之別。」

「即使身分有別，但我們倆還都是人呀，而且還兩情相悅。即使無法結為連理，只要彼此恩愛體貼，有什麼不可以的？可是——阿絹卻說，男人對女人總是不懷好意。」

「她大概認為，施主只是貪圖她的美色吧？」

「也許是吧。她曾經告訴我，很感謝我對她的關懷，但她並不喜歡逢場作戲，不想被男人玩弄。但我是如此愛慕她——」

可是，可是——武士的臉頰貼向腐屍，上頭的蒼蠅全都飛了起來。

「阿絹，妳看，我是真心誠意的。我如此真誠，妳了解了嗎？阿絹，妳了解了嗎？阿絹啊。」

「阿絹她——是不是想學習上古的檀林皇后，以自己的身體讓世人悟道？」

「不是的，他不是要讓什麼人悟道。阿絹是因為懷疑我才這麼做的，好讓容易為女色所惑的我清醒。其實我不好色，我不是這種人。阿絹，妳為什麼就是不相信我？這下妳應該可以了解了吧？我——」

武士開始吸吮起屍體上的屍水。

「我是認真的，所以，不管妳變成什麼模樣，我的心都不會變的。這下妳——應該已經了解了吧？可是，為什麼我都說了這麼多，阿絹妳就是不肯相信？為什麼就是不相信我？可是，如今妳應該了解了吧？」

「這種事並不是要相信就能相信的。恐怕施主也曾懷疑過自己吧？」

「是啊。我也曾懷疑過自己。我也曾想過，誠如檀林皇后的故事所指，人如果能了解世間無常，就會拋棄一切執念。只是——這件事是不一樣的。」

「不一樣的？」

「是不一樣的。確實，世間無常，瞬息萬變，沒有任何東西是永遠不變的。然而——人的心可不一樣。御行大爺——」

武士抬起沾滿屍水與蛆蟲的臉，望向御行。

「真不巧，貧僧碰巧是個不具備人心之人——」

因此施主這番話貧僧實在聽不懂，白衣男子說道。

「我指的是信念、真理、理想，這些無形的東西是永遠不會變的。」

「是這樣嗎？」

「應該是的。當然，諸相無常乃真理之一，色即是空亦是真理。不過，當你說萬物皆空時，皆空這個道理本身就是不變的。同理，情愛思慕之念——不也是不變的嗎？」

「真不巧。貧僧一出生就沒爹沒娘、無家可歸；這道理，貧僧實在聽不懂。」

你哪能了解，你哪能了解呀——武士呢喃道，緩緩站起身來。

「其實一開始我也曾懷疑，然而——然而……」

是因為——施主對亡妻的思念？御行問道。

「沒錯。我深深地——愛著吾妻。真的很愛她，打從心底深深愛她，至今不變。沒錯，即使吾妻已死，我對她的愛還是不變。由於深感此留戀、執著——我才——」

「想來個自我考驗？」

御行靜靜地說道。

武士點了點頭。

「沒錯，我決定考驗自己。首先，我想確定的是，我喜歡、憧憬的到底是什麼？若我只是喜歡吾妻的體態動作——那麼一旦她過世，此情理應斷絕。若我只是鍾意其外貌——待她身體腐爛，我就會掉頭而去。若只是魂魄受其勾引，她過世後我一定就會忘了她。可是——」

「可是——施主您……」

哈哈哈——武士笑了起來。

「結果不論經過多久，我對她的思念完全不減。所以——我可以確定我的愛乃如假包換，是真正深愛著吾妻的。」

「可是——在這過程中，施主就開始畏懼了吧？」

御行往前踏一步。

「因此——」

「因此什麼？我是真心的，我是真心的——」

「施主是個罪人。」

「什麼？」

御行搖動起手中的搖鈴。

武士蹣跚地站起身來，擺出警戒的姿勢。

「你看那些沉溺於酒色的男人，只把女人當作洩慾的道具。他們沉迷美色，以美醜判斷人的價值，這哪是身為人應有的作為？這哪裡符合人倫？難道生得醜的注定卑賤？貧窮的人註定卑賤？難道人與人的關係，只能靠這些表面的、易變的東西維繫？這是不對的。」

「或許真的不對。」

當然不對——武士又說：

「所以，即便吾妻遺體徹底腐爛，化為一堆白骨，我對她的思念也不會改變，她是生是死也完全不重要。我對她的心意是純粹的、真實的。因為了證明此事，我才三度，甚至四度——」

「施主這麼做太任性了。」

「你說什麼！」

武士伸手握向配刀。

但御行依舊搖著鈴，往前踏出幾步。

「你好大的膽子，竟敢嘲笑我和吾妻的感情？竟敢侮蔑我與阿絹的結合？」

貧僧沒這個意思，御行回答，接著又說道：

「人與人的關係只有活著時存在，人一死，這種關係就斷絕了。」

「你——你說什麼？」

「死人乃物非人，所以會腐爛。屍體與垃圾糞土無異，不過是不淨的東西。人死了既無魂魄，亦無心智。當然，誠如大爺所言，生死僅一線之隔，美醜、男女之差異亦是微不足道。只不過——」

「只不過什麼？」

「施主可聽說過黃泉津比良坂的故事？」

御行問道。

「——也就是伊邪那美神於產下火神時駕崩，伊邪那岐神欲見其妻，而追往黃泉國的故事。」

「這我知道——」

武士彎下腰，說道：

「——我當然知道。古神伊邪那岐認為兩人開國大業未竟，因此進入冥界，勸說伊邪那美一起回陽間。不料他看到伊邪那美屍身蛆蟲滿佈，更有雷鳴吼發，其頭有大雷居，其胸有火雷居，其腹有黑雷居，下陰者有折雷居，於左手者居若雷，於右手者居土雷，於左足者居鳴雷，於右足者居伏雷——於此併有八大雷神繞纏其身。伊邪那岐視此狀而見畏逃還——是這個故事吧？」

「沒錯。伊邪那美見其夫如此膽小，憤怒不已，即命黃泉津醜女、黃泉軍、八柱雷神等追捕伊邪那岐。伊邪那岐為了躲避黃泉軍追殺，只好逃到黃泉津比良坂這陰陽交界之處，並將巨大的千引之石推到黃泉津比良坂，封住黃泉國之出口。這是個古代神話。倒是，大爺……」

御行大聲問道：

「施主可知道——伊邪那岐神為何要逃回去？」

「哼——」

武士嗤笑道：

「那是因為伊邪那岐對其妻之愛不真。即便妻子身上長滿蛆蟲，個性完全改變，但妻子終究是妻子。但伊邪那岐過度執著外表——因而對其妻產生厭惡。話說回來，他逃回去的情節雖是人的想像，但神終究不該做這種事。至於我——」

武士再度轉身背對御行，伸手輕輕撫摸起覆蓋在屍體上的蓬髮。

「我——是不會像那樣變心的。」

「真的嗎？」

「你膽敢質疑我？」

武士緊緊將屍體抱起。

「我真的深愛著她。即使她已是這副模樣，我仍然深愛著她。」

「那不過是施主的妄念。」

「你？你說什麼——」

武士的臉頰貼向黏答答的腐屍，狠狠地瞪著御行。

「我已經說過很多次了，那具屍體不過是個東西。你如此拘泥於物質，不是妄執是什麼？死者都已經——」

不在人世了，御行說道。

「不，她還在這裡！這是阿絹。這並非什麼物質，她就是阿絹。即使她已腐朽臭爛，那又如何！她終究還是阿絹。你可別拿魂魄才是人真正的面貌這類話來狡辯呀，我可不想聽這類胡說八道。即便魂魄已經飛散，她是阿絹這點是絕不會改變的。我不會上當。我不會上你的當的！」

太愚蠢了，真是太愚蠢了——御行嗤笑道：

「人是沒有魂魄的！」

「什麼！」

「更何況，根本沒有冥界這種東西。」

鈴。

又響起一陣鈴響。

「沒、沒有嗎？」

「活著的身體是有魂魄。只有活在世上的人心中——才有冥府。因此——一個人必須盡快把亡者送往心中，否則生死之界將會混淆。而所謂千引之石，就是隔開現世與您的內心之間的岩石。如果您任意地搬走這塊石頭——您就只會迷失方向。然後，如果你執意要通過黃泉津比良坂，就連你那些女人也會受不了了。」

「你、你說的我聽……聽不懂。」

「死者如今只存在於您內心之中，無法再回到現世。因此，你必須把屍體當物質看待，方才得體。」

「可是、可是我——我就是眷戀這屍體，想討厭它都沒辦法。」

「沒必要討厭它呀。」

御行語氣嚴厲地說道：

「伊邪那岐神之所以逃離黃泉國——並不是因為其妻太醜令他嫌惡。」

「那、那麼——他為什麼要……」

武士語帶顫抖地問道。

「伊邪那岐神是——由於被追捕而逃離的。由於他打破禁忌，觸怒了亡妻——伊邪那美神。」

「觸、觸怒？」

「沒錯。生氣的是——自己的醜相被瞧見的伊邪那美神。」

「為，為什麼——」

「因為她事前已交代過伊邪那岐神別來看，但他還是來了。」

「叫他別來看？」

「人——只有活著才叫人。神亦是如此，死後若不能好好送祂一程，是會冒犯到祂的。畢竟死者——也有尊嚴。大爺，沒有人希望自己的醜相被人瞧見。看到屍首日趨腐爛，最難過的想必就是死者自身。而此時死者最不希望看到自己這副模樣的，就是死者打從心底喜歡的人——那就是您了。」

「不，你胡說八道。怎麼會有這種事？怎麼會——」

「大爺，您怎麼連這點道理都不懂？再怎麼任性也該有個限度。不論阿絹、志津乃還是尊夫人——如今全都是悲憤不已！」

「胡、胡說！你少給我——胡說八道——」

我沒有騙你——御行把鈴鐺湊向武士面前。

「若認為我是胡說八道，你不妨自己問問看。」

「問問看？」

武士一張臉依舊面對著御行，只將視線緩緩往屍骸上移。

此時腐爛的女屍睜開了白眼，

腐爛的嘴唇也開始顫抖了起來。

只聽到她說出一句話——

「妾身已顏面盡失……」

「哇！」

武士睜大了雙眼。

「哇、哇啊啊啊啊啊啊！」

「御行　奉為——」

鈴。

鈴聲響起時，尖叫聲已然停止。武士就在腐屍旁——

切腹自盡了。

此時，岔路口已完全為黑暗所吞噬。

【陸】

接下來的——就是一場相當奇妙的善後收拾了。

山岡百介原本和玉泉坊躲在樹蔭下，屏氣凝神地觀察事態如何發展。

玉泉坊一待武士斷氣，立刻點亮手燭走向岔路口，百介也趕緊追上去。根據入道的說法，一切都在預料之中。玉泉坊原本也不了解詳細狀況，只知道又市給的指示是——待來者一斷氣立刻現身。當然，百介也完全沒被告知真相，只能默默幫忙。

原本揹在入道背後的葛籠，裡頭竟然裝著一具男人的屍體。

至於這屍體為何人，以及入道為何要扛著他，並沒有任何說明。

然後，又市把往前倒臥斷了氣的武士拉起來，扳開手指，取下緊握在屍體手上的小刀，換上從刀鞘中拔出的長刀。接下來，御行把武士用來自盡的小刀刀柄，塞進這具身份不明的屍體掌心。

就這麼佈置出一個兩人對決、雙雙身亡的景象。

但最讓百介驚訝的是——那具女人的屍體竟然是真的。那——可是一具貨真價實的腐屍。由於事前聽了玉泉坊的解釋，百介還以為那是阿龍扮的。

今天阿龍只是藏身在屍體旁邊。若是如此，最後那句話想必就是阿龍說的囉？如今回想起來，當時夕陽已完全西下，帷子辻已是伸手不見五指。因此不論有人藏身何處，說些什麼話——理應都看不出來。

但在百介看來，那句話絕對是那具屍體講的。

想必那武士死前也如此認為吧。

武士的亡骸。

一具男屍。

再加上一具女性腐屍。

這群惡棍們拋下這三具屍體，離開了現場。

隔天早上——

全京都都震驚不已。

這下百介才猜透這圈套的部份實情。

聽到坊間傳言——百介這才開始明白又市設的是什麼樣的圈套。

結論是，那位切腹自殺的武士，就是笹山玄蕃本人。
據熟知內情的民眾所言——官拜京都町奉行所與力的笹山玄蕃，是個非常執著的人。坊間如此傳說——玄蕃因妻子過世而勞心傷身，即使被解除職務，他仍無法斬斷對亡妻的情愫，亦無法忍受亡妻遺骸受糟蹋的屈辱，便隻身前往亡魂出沒、生人望之卻步的帷子辻口，埋伏該處等待真兇現形。
就在此時，兇手——當然，就是玉泉坊搬來的那具屍體——為了拋棄第五具腐屍而來到現場。
事情就這麼發生了。
結果，執意報仇的玄蕃與棄屍的兇手相互砍殺。
最後雙雙喪命——
據推測，案情就是如此。的確，任誰看到現場，想必都會如此推論吧。
畢竟事發地點乃棄屍案頻發的帷子辻，加上腐屍旁邊躺著悲劇人物玄蕃和一名身分不詳的男子，兩人也都因為傷勢過重而死亡。除此之外實在沒有別的可能。
雖然真相並非如此。
玄蕃乃自盡身亡。
而看似兇手者，其實原本就是具死屍。
百介完全想不透這究竟是怎麼回事。
百介為了領取酬勞，離開西山的客棧，前往嵐山的破舊佛堂。
想必那就是又市的巢穴。
來到堂前，只見玉泉坊正在以斧頭劈柴。

百介一問，玉泉坊便大笑著說道：

「那具屍體嗎？那是我昨天到大津某寺院討來的。那屍體的五官夠猙獰吧？而且還是身份素行不詳，不過是具路邊找來的無名屍。」

「無名屍？難道此人與此事情無關？」

那當然——入道說道。汗水浸溼了他的一把鬍子。

「阿又昨天早上告訴我，今天很可能需要準備一具屍體，年紀最好是三、四十歲，死因最好是刀傷，被從肩膀斜劈砍死的最好。這可花了我不少力氣呢，最後卻只找到這個被刺死的傢伙。」

能張羅到已經很不簡單啦——百介率直地說道。

如果不是在道上混的，恐怕還不知該上哪兒找呢。

還真想不到，又市竟然把這具屍體偽裝成兇手呢——入道又說：

「又市的點子就是這麼讓人猜不透。那具女屍也是這麼來的。那一定是——半個月前開始設計這圈套時就找來的吧？想必是阿龍找來的無名屍。」

「可是——這麼做——好嗎？」

在百介的觀念中，這麼做可是對屍體不敬。玉泉坊似乎也注意到他的懷疑，便說道——其實一開始我也挺猶豫的。

「可是，想來想去，也還好吧。」

「還好？」

「是啊。阿市不是說過屍體非人，不過是個東西嗎？不這麼想可是無法成事的。阿又這想法還真是乾脆呀。再者，那兩具男女屍骸，看樣子生前都做過虧心事。反正那男人絕不是個好東西，一定是幹了什麼壞事才會曝屍荒野，反正中就要成為孤魂野鬼，若是最後還能派上用場幫助活人，不也是好事一樁？」

「噢——可是——」

屍體能派上什麼用場？百介相當不解。

他抬起頭來準備問玉泉坊這個問題時，玉泉坊正在擦拭額頭上的汗水，並喊了聲——噢，阿龍，妳來啦。百介回頭一看，看到阿龍正站在茶花樹下。

怎麼看她都是個可愛的城內姑娘，完全不像個能將大男人玩弄於股掌之間、懂得如何張羅屍體、並假扮成屍體騙過眾人的惡棍。

這皮膚白裡透紅的姑娘笑著和百介打了聲招呼。

「是這樣的——」

阿龍說道：

「——這樁差事的委託人，其實是所司代的某位大官。」

「所、所司代——那就是第一具遺體——那位與力之妻的——」

沒錯——阿龍點頭說道：

「據說笹山他其實是個好人，他非常疼愛妻子，工作也認真，備受岳父大人賞識。可是——」

「可是——這一切都是玄蕃幹的？不會吧？」

似乎正是如此——阿龍長長的眼睫毛垂了下來。

「他的妻子——原本預定在鳥邊野火化。可是，那位與力不忍心自己妻子的遺體被燒成灰燼，因此就——」

「這麼說來，把屍體偷走的——就是死者的夫君？」

沒錯，就是這麼回事——玉泉坊高聲說道：

「正是如此。玄蕃把妻子的亡骸藏在官邸後方的小屋中，天天都前去相伴。」

「怎麼會有——這種事？」

「我也覺得難以置信。不過，後來——屍體漸漸開始腐爛，到頭來玄蕃大概也是受不了了。於是，他就模仿檀林皇后的故事，認為若能藉此親身體驗人生無常的道理——自己違背人倫的罪孽或許就能獲得寬恕。卻不料——」

原來如此——玉泉坊念念有詞地說道，放下了斧頭。

「——他對腐屍產生不了一絲厭惡。」

沒錯——阿龍悵然若失地說道：

「即使屍體已經腐敗潰爛——玄蕃還是沒有因此厭惡自己的亡妻。這下他開始為自己的行為感到恐懼，最後就把腐爛不堪的屍體扔到岔路口。」

「這就是——第一具？」

「是呀。後來——他的性情大變，開始酗酒，並且上窯子找女人——」

「在那兒就搭上了志津乃？」

「對。不過他並不是真的鍾意志津乃，因為——他後來把志津乃給殺了。」

為什麼要殺她？百介問道。

「為了考驗自己吧。」

「考驗？什麼意思？」

「亡妻還屍骨未寒，自己就為藝妓所迷——如此事實讓他懊惱不已。因此他說服自己，對志津乃的迷戀不過是為美色所惑，為了確認是否如此，他為志津乃贖了身——」

「然後就殺了志津乃？而且殺死她後——還放任其屍腐爛？」

「似乎是如此。他認為待亡骸開始腐爛，想必自己就會開始厭惡志津乃吧——這就是他打的主意。如此一來，他不就能證明自己對亡妻的愛是與眾不同的？畢竟其妻屍體腐爛後，玄蕃對其也沒一絲厭惡。未料——」

「他對志津乃的腐屍——也毫不厭惡，是嗎？」

阿龍沒回答入道這個問題，把頭轉向一旁說道：

「人還真是形形色色。玄蕃到頭來——又對這結果心生恐懼，便再度將遺體棄置於岔路口。到了這地步——這位與力似乎從此就瘋了。」

「殺害下女的也是他？他又重蹈覆轍了嗎？」

阿龍步伐輕盈地走向牆壁，手倚在佛堂牆上說道：

「其實是他擔任所司代的岳父，覺得打從女兒過世後，女婿的舉止變得怪異無常，也擔心沒人照顧他的生活起居，因此三天兩頭就叫由岐屋差人送飯菜過去，而負責送飯的就是阿德。這阿德據說是個很討人喜歡的姑娘——」

「玄蕃——這下又？」

「沒錯，又把她給殺了，任憑屍體腐爛，但他還是無法厭惡。他一再等待，希望哪天能開始厭惡起屍體，等到最後怕了，就又去棄屍了。」

「那個名叫做阿絹的賣花女呢？她是自殺的吧？」

「這位阿絹她——昔日曾受過與力笹山玄蕃的幫助，從此便常出沒玄蕃宅邸。據說在其妻過世後，她每天都有進出。當然，阿絹是送花給玄蕃——因此玄蕃亡妻佛壇上的鮮花得以不斷。後來阿絹注意到——玄蕃的舉止變得很古怪。」

「她發現玄蕃殺人——還有各種怪異舉止？」

大概是吧，阿龍繼續說道：

「——可是那姑娘生性慈悲，想必是反而產生同情。於是——」

「他們倆的關係就親暱了起來？」

「那姑娘可能是為了報恩吧。」

身分不匹配——記得玄蕃曾提及阿絹如此說過。

玄蕃痛罵這毫不重要，他認為愛情完全不關乎身分、美醜——

「我認為阿絹一切都知情。也就是她知道——玄蕃是殺人兇手，同時也知道玄蕃對她是真心的。幾經掙扎，她最後就——」

上吊自殺了——

這麼做想必是為了抗議吧？百介問道。

「她是認為——活著也無法與他長相廝守，或許也對已故的玄蕃夫人感到愧疚吧。她認為自己若是死了，就能讓玄蕃死心。不料——」

「此時的玄蕃——已經完全瘋狂了。即使心愛的人已經死亡、屍體腐爛，自己的愛還是不會有任何改變——他對此抱持強烈的自信。」

所以。

他就把屍體搬回家，然後——

百介聽得搗住了嘴。

「他岳父所司代也隱約感覺到事態不大對勁，但又苦無證據，如果草率地將此事公諸於世，恐怕只會帶來無謂的麻煩。他很清楚這個女婿為人處事一向認真，骨子裡是個好人。所以，即便他殺了人，也是因過度思念自己過世的女兒，才會如此失分寸。只是，若被查出兇手是個與力，將嚴重傷害奉行所的權威，但又不能放任他繼續犯案。所以，他就委託靄船查明玄蕃是否就是殺人兇手，如果真的是——就不計手段阻止他繼續犯案。只是一切必須保密——」

「所以他們才設計了這個圈套？」

嗯——入道雙手抱胸地問道：

「——那圈套確實算得上功勞一件，玄蕃也真的無法再犯案了。不過——又市怎麼有把握玄蕃一定會切腹？」

還真不愧是江戶首屈一指的詐術師呀——阿龍說道：

「他一切都安排得鉅細靡遺。只不過，原本也沒要讓他切腹自殺就是了。不過，他早就計劃好各種方案，以因應各種不同的情況。」

說完，阿龍探頭朝佛堂裡望去。

「——那麼，御行現在如何了？比較有精神了嗎？」

「又市？他怎麼了？」

百介慌張地問道。

「喔，自從發生這件事以來，他就一直悶悶不樂。」

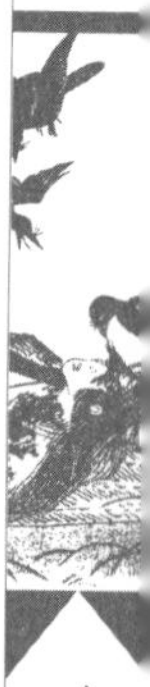

「又市也會悶悶不樂？」

百介露出不可置信的表情，從牆上裂縫窺探佛堂裡的情況。

一身行者裝扮的又市坐在光輪已經不見了的阿彌陀佛像前，偈箱被拋在一旁。

於是，百介從阿龍面前走過，由佛堂側面來到正面，打開了原本半開的門。

「又市——你……」

是百介嗎？——這詐術師有氣無力地說道。

「你怎麼啦？出了——什麼事嗎？」

「沒有啦——」

又市說完便看向百介。他看起來是有些憔悴。

接著又市悵然若失地說道：

「人，可真是悲哀呀。」

接下來又面帶微笑地說：

「我——」

「什麼事？」

「我——百介，我多少能——」

多少能了解那位與力的感受了。話畢，御行又市搖了一下手中的搖鈴。

巷說百物語　完

【主要參考文獻】

絵本百物語　桃山人　金花堂／一八四一年
変態見世物史　藤沢衛彦　文藝資料研究会／一九二七年
阿波の狸の話　笠井新也　郷土研究社／一九二七年
定本柳田國男集　柳田國男　筑摩書房／一九六三年
図説庶民芸能・江戸の見世物　古河三樹　雄山閣／一九七〇年
人・他界・馬　小島瓔禮編　東京美術／一九九一年
狸とその世界　中村禎里　朝日新聞社／一九九〇年
竹原春泉絵本百物語　多田克己編　国書刊行会／一九九七年

國家圖書館出版品預行編目(CIP)資料

巷說百物語 / 京極夏彥作 ; 蕭志強譯 . -- 初版 .
-- 臺北市 : 臺灣國際角川 , 2004[民 93]
面 ; 公分
譯自 : 巷說百物語
ISBN 978-986-7427-30-4(平裝)

861.57 93013603

巷說百物語

原著名＊巷說百物語

作　　者＊京極夏彥
譯　　者＊蕭志強

2019 年 10 月 30 日　二版第 1 刷發行

發 行 人＊岩崎剛人
總 經 理＊楊淑媄
資深總監＊許嘉鴻
總 編 輯＊呂慧君
編　　輯＊薛怡冠
美術設計＊李曼庭
印　　務＊李明修（主任）、張加恩（主任）、張凱棋

台灣角川

發 行 所＊台灣角川股份有限公司
地　　址＊105 台北市光復北路 11 巷 44 號 5 樓
電　　話＊（02）2747-2433
傳　　真＊（02）2747-2558
網　　址＊http://www.kadokawa.com.tw
劃撥帳戶＊台灣角川股份有限公司
劃撥帳號＊ 19487412
法律顧問＊有澤法律事務所
製　　版＊尚騰印刷事業有限公司
I S B N＊471-351-013-478-8